EMMANUEL PETIT

À mes parents, Jean-Paul et Evelyne
À mes frères, Olivier et David
À ma compagne, Maria
À mes filles, Zoé et Violette
À mes amis, Benoît, Patrice, Lorenzo et Jean.

EMMANUEL PETIT
À FLEUR DE PEAU

AVEC LA COLLABORATION DE
JÉRÔME LE FAUCONNIER

PRÉFACE DE
ARSÈNE WENGER

ÉDITIONS
PROLONGATIONS

« Il a toujours flirté avec le danger »

PAR ARSÈNE WENGER

« Emmanuel Petit a débuté en Première Division en mars 1989, alors que j'entraînais l'AS Monaco. J'ai longtemps hésité avant de le lancer dans le grand bain. Il était jeune et les circonstances n'étaient guère favorables. Mais à aucun moment, je n'ai regretté mon choix. Au marquage de Stéphane Paille, un attaquant de référence à l'époque, il avait été excellent.

Ses débuts résument assez bien Manu. Il trouve en lui les ressources pour s'élever au-dessus de la difficulté. Nourri par sa fierté et cette espèce de rage qu'il garde en lui, il refuse de se laisser vaincre sans tout donner. Les problèmes surgissent lorsqu'il n'a pas plus de véritables objectifs. Là, il déprime carrément !

Durant les premières années de notre collaboration, je l'avais surnommé « l'Emmerdeur ». Car si Manu peut se montrer extrêmement sympathique, c'est aussi dans sa nature de jouer les contestataires. Chez lui, la demi-mesure n'a pas sa place. C'est blanc ou noir. Jamais gris.

Pour une cause à défendre, il est prêt à aller jusqu'au bout et ne fait jamais semblant. Sa droiture force d'ailleurs le respect.

Pendant des années, nous avons été en désaccord quant à son utilisation. Je le faisais jouer arrière gauche, lui ne voulait pas en entendre parler. Mais c'est à ce poste qu'il est devenu international.

Aujourd'hui, je me demande encore comment j'ai pu être assez sot pour ne pas voir qu'il avait alors toutes les qualités d'un grand milieu de terrain.

Lorsqu'il était encore gardien, Jean-Luc Ettori avait déjà suggéré qu'on l'utilise dans ce secteur. Il avait raison. Manu affichait une grosse endurance, une lecture avisée du jeu adverse, une bonne passe longue et un sens tactique élevé.

En 1997, j'étais déjà parti pour Arsenal quand Monaco a remporté le titre de champion de France. Mais j'ai vu quelques matches à la télévision, et la nouvelle dimension prise par Manu dans le jeu m'a frappé. Il avait encore franchi un palier.

Les Monégasques avaient alors une très grosse équipe mais, sur le terrain, on ne voyait que lui. Cette omniprésence m'a tant impressionné que j'ai sauté sur la première opportunité pour l'engager.

Il se trouve que lui rêvait de jouer en Angleterre. C'est ainsi qu'il nous a rejoints à Arsenal.

Son entente avec Patrick Vieira me semblait naturelle. L'un est droitier, l'autre gaucher. Il y a donc déjà une vraie complémentarité. Manu était plus tacticien, positionneur ; Patrick plutôt provocateur, avec un jeu porté vers l'avant. Petit aimait jouer long, Vieira préférait les passes courtes. Ils avaient toutes les dispositions pour bien jouer ensemble. Et tous deux avaient le physique pour s'imposer dans le football anglais.

Pourtant, Manu a d'abord connu des difficultés. Je l'entends encore me dire : « Écoutez, je ne vais jamais m'adapter. Ici, ça ne joue pas au foot. Ils ne font que donner des coups. » Il était un peu déboussolé.

Distancés par Manchester United, nous sommes revenus petit à petit. Ensuite, l'équipe a décollé et nous avons réalisé ce fameux doublé.

Sa présence parmi les Bleus d'Aimé Jacquet en 1998 ne m'a absolument pas surpris. Même s'il n'avait quasiment plus fréquenté l'équipe de France depuis trois ans. Il faisait partie des 28 joueurs présélectionnés. J'avais poussé pour qu'Aimé Jacquet le retienne. Mais pour la liste des 22, cela a dû se jouer à peu de choses. Il faudrait poser la question à Aimé, mais j'ai le sentiment qu'il a fait l'objet de discussions tout l'après-midi du jour décisif. Je crois que le staff technique des Bleus craignait son côté rebelle, au cas où il ne serait pas titulaire. Finalement, Jacquet l'a pris et Manu a cartonné.

Je n'ai pas été surpris. Il était incroyable. Manu, c'est un animal de compétition. Quand il décide que cela en vaut la peine, il donne tout. C'est une batterie qui se vide. Après un match, il fallait le laisser tranquille car il était mort pendant deux jours. Pas physiquement, car il récupère vite. Mais mentalement, la compétition le bouffait.

Après 1998, il s'est retrouvé sans vrai challenge, face à une sorte de vide. À ce moment-là de sa vie, le foot est devenu un peu secondaire. Il a déclaré dans les journaux que, s'il devait partir, ce serait uniquement à Barcelone. Et Barcelone l'a courtisé. Pour moi, c'était le moment de le laisser partir.

C'est un homme plus attiré par les challenges que par l'amour du jeu. Il n'est pas du genre à organiser un quatre contre quatre entre copains. En revanche, si on lui dit : « Je trouve quatre mecs pour te battre toi et tes potes », il y a de fortes chances pour qu'il relève le défi.

Nous avons beaucoup d'amis communs. Je leur demande toujours des nouvelles de Manu. Entre lui et moi, dans la relation directe, il existe toutefois une forme de retenue, car nous avons eu un rapport hiérarchique d'entraîneur à joueur. Mais lorsqu'il vient sur un match en tant que commentateur de télévision, j'ai toujours plaisir à le revoir. J'aimais discuter avec lui après un match car il était sans concessions.

À plusieurs reprises, nous nous sommes confié des secrets. J'ai énormément confiance en lui. C'est un gars foncièrement honnête pour lequel j'ai un immense respect. Je sais aussi qu'il souffre énormément. Il existe chez lui une dimension tragique.

Ses relations avec le football ont toujours oscillé entre amour et haine. Le foot lui a pompé beaucoup d'énergie tout en l'épanouissant en tant qu'homme. Son histoire personnelle avec le foot n'a jamais été et ne sera jamais un long fleuve tranquille. Ce qui ne veut pas dire qu'il n'y reviendra pas.

Il avait aussi une haute idée de la notion de collectif dans le foot. Quand cette idée était bafouée, il était profondément malheureux.

Je partage son avis sur le fait que, si nous avions été de la même génération, nous serions amis. Il a un côté extrémiste que je comprends et que j'apprécie parce que, sur ce plan-là, nous sommes semblables. Sauf que moi, j'ai plus cherché à dompter ou à dissimuler cette facette de mon caractère.

Sur la fin de sa carrière, il est revenu s'entraîner avec Arsenal. Après son opération du genou, il aurait aimé rejouer. Comme tous les challenges impossibles qu'on lui proposait, ou qu'il s'imposait, celui-ci l'a énormément motivé. Mais il n'a pu le relever. Il n'en pouvait plus. Rien qu'à le voir courir, on sentait que son genou criait stop.

Manu est un joueur qui a profondément marqué ses entraîneurs car c'est quelqu'un de très entier, donc de très attachant. Il n'était pas prêt au compromis. Lorsqu'il pensait avoir raison, il allait au bout des choses. Il y avait en lui une forme de jusqu'au-boutisme presque émouvante. Je n'oublierai jamais sa valeur humaine. Ce qui ne doit pas faire oublier qu'il était un grand joueur.

C'est un homme qui a toujours été attiré par les sensations fortes. Il a toujours flirté avec le danger, qu'il s'agisse de ses relations avec les autres ou de la façon dont il a mené sa vie. Manu a horreur de la banalité au quotidien. C'est pourquoi il s'est toujours transcendé dans les grandes compétitions. Là, il était chez lui. Là, il était heureux. »

Ma vérité

Depuis que je suis adolescent, le désir d'écrire ne m'a jamais quitté. Cette envie m'a pris vers l'âge de 13 ans. Sans être particulièrement doué, je me reconnais une certaine facilité à prendre la plume pour écrire pendant des heures, sur tout et n'importe quoi.

Dès mon arrivée au centre de formation de l'AS Monaco, j'ai commencé à noircir des pages pour combattre ma solitude.

J'avais ainsi l'impression d'avoir un interlocuteur en face de moi. Chaque jour, le rituel était le même. J'écoutais de la musique sur un petit poste de radio pourri qui crachait les tubes de U2 ou de Daniel Balavoine. Et je remplissais les pages d'un cahier en relatant ma journée. C'était comme un journal intime. Mais la démarche a quelque chose de très féminin, et ce genre d'exercice ne pouvait évidemment s'entendre que dans l'isolement le plus total, entre les quatre murs de ma piaule du centre de formation.

Je n'étais encore qu'un adolescent qui vivait avec l'angoisse permanente d'être jugé par ses pairs.

Avec le temps, écrire est devenu pour moi un véritable exutoire. À tel point que j'ai bien dû remplir une douzaine de cahiers, des petits carnets rouges d'environ 200 pages dont le contenu était variable. Je couchais sur le papier tout ce qui me passait par la tête : des écrits, souvent assortis de nombreuses ratures, quelques dessins et parfois... des pages blanches qui le restaient.

À la disparition de mon frère Olivier, j'ai tout balancé, tout détruit.

Je me rends compte aujourd'hui que c'était une erreur. Non pas qu'il s'agissait de haute littérature, mais ma sensibilité aidant, j'avais sans doute retranscrit assez fidèlement tous les événements que j'avais vécus.

Quelque vingt ans plus tard, dix ans après avoir remporté la Coupe du monde, j'ai donc décidé de me remettre à l'ouvrage.

Dix ans. Déjà. Une éternité. En même temps, je me souviens de la Coupe du monde comme si c'était hier. Grâce à cette victoire sur le Brésil, nous avons fait descendre toute la France dans la rue, réveillant ainsi un pays qui somnolait.

Pourquoi une autobiographie dix ans après cette apothéose ? Les raisons sont multiples. D'abord, il n'était pas question que je profite de l'euphorie de notre victoire pour écrire un bouquin dans la foulée. Surfer sur la vague bleue m'aurait sans doute rapporté beaucoup, et alors ? Mon argent, je l'ai gagné ailleurs. Il y a des choses qui ne se marchandent pas. Le fait d'avoir été très tôt confronté à des drames m'a au moins doté d'une certaine pudeur. Et puis, si j'ai traversé la Coupe du monde avec un sentiment de paix intérieure, ce triomphe n'a pas pour autant gommé mon besoin d'aller au bout des choses, mon envie de raconter une histoire. Mon histoire.

Tant que j'étais encore un footballeur en activité, je n'en voyais pas l'intérêt.

Ma carrière désormais arrêtée depuis bientôt quatre ans, le temps me semble venu de tirer un trait définitif sur ce football dans lequel je me reconnais de moins en moins. Le jeu est une chose, le milieu en est une autre.

Si ma passion pour ce sport ne me quittera sans doute jamais, je sais aussi que mon avenir est ailleurs.

Ce livre, j'ai aussi décidé de l'écrire pour rétablir certaines vérités. Enfin. En m'offrant l'opportunité de me raconter à la première personne. Sans interférences.

Dès mes débuts dans le monde professionnel, on m'a collé une étiquette d'écorché vif. Parce que je disais les choses telles que je les ressentais. Aujourd'hui encore, je ne m'explique pas les réactions excessives que mon attitude a générées.

Plus je vieillis, plus j'ai conscience que j'étais dans le vrai.

Pour la plupart, les footballeurs ne font que subir le système sans essayer de changer les mentalités. Pas le courage. Pas la volonté. Pas le temps…

Le football en aurait pourtant bien besoin.

Moi, je n'ai menti à personne, ni trahi personne. Je ne me suis jamais corrompu. J'ai vécu mon métier comme une passion. Pour mon plus grand plaisir.

Une fois n'est pas coutume, je vais donc livrer ma vision des choses. Celles que j'ai vécues, entendues ou ressenties durant toute ma carrière. Avec mes mots, avec mon regard, je vais proposer une autre interprétation de mon parcours, qui sera peut-être en contradiction avec tout ce que l'on a pu dire ou écrire sur moi.

Je n'ai aucun regret quant à ma carrière, j'ai vécu de grands moments. Mais cette réussite n'occulte pas toutes les blessures, toutes les injustices que j'ai endurées au fil de ces années.

Sur le terrain comme en coulisses, j'ai été témoin de choses invraisemblables. À commencer par la corruption généralisée à l'époque où l'OM dominait le football français.

Si le football fut longtemps ma raison d'être, je n'ai jamais supporté toutes les magouilles et l'hypocrisie d'un milieu où aucune vérité n'est bonne à dire.

Tricher ne fait pas partie de mon univers. Chaque matin, je peux me regarder dans la glace sans voir le rouge de la honte me monter au visage.

Tout au long de ces pages, je vais donc m'efforcer d'apparaître sous mon vrai jour, ma vraie nature.

Cela en fera certainement grimacer plus d'un. Mais franchement, je m'en fous complètement.

PARTIE 1

Au nom du frère

CHAPITRE I

Mon Arques, mes batailles

Depuis que je suis tout petit, tout le monde m'appelle « Manu ». C'est sans doute plus simple et finalement, cela me convient. Il n'y a que ma mère pour m'appeler Emmanuel.

Contrairement à l'idée reçue, je suis un mec simple, qui ne cherche pas les embrouilles. En revanche, je ne supporte ni l'injustice ni les prises de tête pour des broutilles. J'ai toujours eu ce caractère bien trempé. Je n'ai pas l'habitude de me laisser marcher sur les pieds.

J'ai passé toute mon enfance à Saint-Nicolas d'Aliermont, un village de 4 000 habitants à quelques kilomètres de Dieppe, en Seine-Maritime. Chez nous, on dit que Saint-Nicolas est le village le plus grand d'Europe. Il faut plus de cinq minutes pour le traverser en voiture. Et c'est sans feux rouges ni embouteillages !

Originaire de Douvrend, une petite commune du département proche d'Arques-la-Bataille, mon père travaille alors dans une entreprise de pièces détachées. Quant à ma mère, qui vient du Havre, elle est femme au foyer. Ils se sont rencontrés lors d'un bal, alors que mon père se trouvait en permission durant son service militaire. Ils ne se sont plus jamais quittés.

Ils forment un vrai couple mélangeant amour, tendresse, fous rires et fâcheries. Sans oublier quelques monstrueuses engueulades ! Aujourd'hui encore, ils constituent un merveilleux tandem.

De ma plus tendre enfance, je garde le souvenir de ces repas de famille en fin d'année chez mon grand-père paternel. Impressionnants rendez-vous de Petit. Je revois l'immense table avec, au bout, l'arrière-grand-père qui préside. Il chique. En crachant régulièrement dans une boîte posée à ses pieds. Il est entouré des autres patriarches de la famille, ainsi que tous les hommes. Les femmes et les enfants siègent à l'autre bout de la table.

Pour notre famille, la vie est dure. Nous ne roulons pas sur l'or. Nous habitons un appartement du quartier Bel Air, au sud du village, où je partage ma chambre avec deux frères aînés. Olivier a trois ans de plus que moi. David deux. Et nous sommes très chahuteurs ! Ma mère ne cesse de nous gronder et de nous pourchasser en criant : « Je vais vous mettre un coup sur la couenne. » C'est son expression favorite. Elle a toujours un martinet à portée de main. Elle en usera un certain nombre car, bien sûr, nous en coupons régulièrement les lanières.

Avec David, nous sommes très proches, tels deux doigts d'une même main. Cela ne nous empêche pas de nous chamailler continuellement, mais c'est surtout Olivier qui nous sert de souffre-douleur. Bonne pâte, il nous laisse faire. Quand on lui casse un bras avec une barre de fer, il ne dit rien aux parents de peur que nous soyons punis. Il faut bien que jeunesse se passe...

Mon père est très strict en matière d'éducation. Un soir, alors que je veux dormir, mes frères chahutent. Mon père surgit en trombe et colle une grande beigne au premier qui lui tombe sous la main. Pas de bol, c'est pour moi. Je hurle que je n'ai rien fait. Il ressort et revient armé d'une ceinture avec laquelle il me frappe à plusieurs reprises sous le regard jubilatoire de mes frères, trop contents de s'en tirer à si bon compte.

Un autre exemple ? Nous sommes dans la salle à manger quand mon père me dit : « Donne-moi les clés qui sont sur la table. » J'ai la mauvaise idée de répondre avec insolence : « T'as des jambes, tu peux aller les chercher tout seul. » Il ne réplique pas. Je vais donc chercher les clés avant de les lui apporter. Au moment où je repars, il me dit : « Attends ! » Je me retourne et il me balance les clés en pleine figure…

Rassurez-vous, je ne suis pas un enfant martyr. Quelques années plus tard, j'aurai même la preuve définitive de mon amour pour lui.

Je vais alors sur mes 12 ans. Malade et alité, je suis seul à la maison avec ma mère, visiblement soucieuse. Elle tourne en rond, s'agite, ne parle pas. Le téléphone sonne. Elle parle à voix basse pour que je n'entende pas. Une heure plus tard, on sonne à la porte. Ma mère se précipite. C'est mon père. Il a le visage tuméfié et une arcade ouverte. Nous sommes le 31 juillet 1982 et quelques heures plus tôt, il a échappé à la mort. Il a été pris dans le carambolage de l'Autoroute A6 près de Beaune qui a fait 53 morts dont 44 enfants...

Là, en le voyant, je me dis que je l'aime et que je suis content qu'il soit rentré. Mon père est incapable de pure méchanceté. C'est quelqu'un de foncièrement bon et généreux.

À Bel Air, je joue déjà au foot. Les immeubles sont entourés de pelouses et, comme il y a beaucoup de gamins, on organise des petits tournois. J'ai très peu de souvenirs de l'école primaire. Je sais juste que pendant longtemps, chaque fois que ma mère m'amène à l'école, je pleure devant les grilles. Ce n'est pas que je sois triste de quitter maman, mais aller à l'école me désespère.

Si je n'ai aucun souvenir des mes instituteurs et institutrices, je me souviens en revanche de cet insupportable surnom qu'on m'avait collé : « Poil de Carotte ». D'autant plus surprenant qu'il y a des enfants bien plus roux que moi dans cette école. Moi, je suis plutôt blond. Très blond. On me surnomme donc également « Casque d'Or ». C'est plus proche de la réalité.

De l'école primaire, je me rappelle ces récréations attendues avec impatience. Toujours entre bagarres et parties de foot. Les filles ne participent jamais à nos jeux. Mais il m'arrive de jouer à la marelle. C'est un jeu qui me plaît bien. Pourtant, je n'ai pas encore les cheveux longs. Je me souviens aussi de ces bons points que nous pouvons récolter quand nous travaillons bien.

J'ai 7-8 ans quand nous déménageons pour un lotissement au nord du village, dans un pavillon construit en bordure de forêt. C'est la maison que mes parents occupent encore aujourd'hui.

Olivier a sa chambre, j'en partage une autre avec David. Sur nos murs, des posters de joueurs de foot, uniquement des joueurs de foot : Rummenigge, Platini, Zico, Socrates... Le seul défenseur que nous tolérons est Beckenbauer, parce que c'est un créateur. Aucun enfant ne rêve de devenir défenseur.

Nous sommes au début des années 80. J'entre au collège, une période difficile. En classe, je me contente du strict minimum pour que mes parents ne me tombent pas dessus.

Je garde le souvenir de deux profs. Il y a d'abord Mme Ecrepon, ce professeur de français qui me fait penser à Folcoche, la mère indigne de *Vipère au poing*. Avec elle, les cours sont un vrai calvaire et j'ai l'impression d'être son souffre-douleur, comme le petit Brasse-Bouillon avec Folcoche. Sa voix est très dure, son regard perçant. Très maigre, elle est terriblement austère et joue sans cesse avec ses mains aux doigts très fins. J'entends encore le bruit de ses bracelets. Elle me fait peur. Dans la classe, personne ne bronche, tout le monde est au garde-à-vous. À tel point que personne ne sait vraiment ce qu'il fait durant son cours.

En revanche, j'adore Mme Lefèvre, ma prof de sciences naturelles. La matière m'intéresse mais, surtout, la femme me plaît. Je fantasme sur elle. Et puis un matin, au retour des vacances, on nous dit qu'elle ne reviendra plus. Elle est morte en montagne, prise dans une avalanche.

J'aime aussi les sciences physiques et l'EMT, le cours d'éducation manuelle et technique, parce qu'on travaille beaucoup le bois et que j'adore ça.

Bref, pour moi, l'école est vraiment secondaire et je revis dès que j'en franchis les grilles dans l'après-midi.

À la sortie des cours, on se bat systématiquement avec les petits gitans qui sont installés sur un terrain vague tout près du collège. C'est une habitude. Ça évacue les tensions de la journée et ça forge le caractère. C'est vrai que je suis d'une nature bagarreuse, mais toujours dans les règles.

Le moindre mensonge ou la plus petite injustice me font démarrer au quart de tour, réveillant toute cette violence qui sommeille en moi. Et je fonce tête baissée.

Avec mon frère David et les enfants des voisins, nous formons une petite bande de six ou sept gamins toujours prêts à faire les 400 coups. C'est comme une deuxième famille. Entre nous, on instaure un code d'honneur, à la vie à la mort. Plus tard, je m'efforcerai de retrouver ce sentiment sur les terrains de football.

La forêt est notre domaine. Nous y passons un temps fou. Nous investissons aussi les champs de maïs, dont nous coupons les plants pour mieux établir nos campements. Souvent, nous aurons de gros problèmes avec les fermiers.

Tels de vrais bandits, nous avons plusieurs planques : une remise arrangée chez un copain, des cabanes dans les arbres et même une cache au cœur de la forêt, creusée dans le sol. L'entrée en est camouflée par des branchages et des troncs. À l'intérieur, nous avons tout aménagé. Le sol est tapissé de cartons, il y a des petites tables et des chaises. Autant de refuges au cas où nous aurions la police aux fesses.

Un jour, nous manquons de commettre l'irréparable. Comme d'habitude, nous jouons dans la forêt. Nous sommes avec la copine d'une petite voisine et par jeu, nous la traînons dans notre repaire. Sans savoir ce qui nous passe par la tête, on commence à lui enlever son soutien-gorge et elle se met à hurler. On réalise alors que nous sommes en train de faire une énorme connerie et on s'arrête à temps. On s'apprêtait à la violer ! Franchement pas très malin.

Pas la peine de le cacher, j'aurais pu mal tourner. Quasi violeur, mais vraiment voleur. Je ne commets d'abord que des délits mineurs, à la dimension modeste de mon village. Les conséquences sont forcément moindres et c'est une chance, car je n'ai pas conscience de cette escalade progressive qui peut transformer un gamin difficile en vrai petit voyou. Sans même avoir le temps de réaliser.

Nous ne volons pas par besoin mais pour passer le temps, par goût du risque ou par gourmandise. Cet argent piqué à droite et à gauche, nous le dépensons en bonbons et gâteaux, baby-foot et flipper. Dans le café de M. Rade, où nous jouons au baby, nous mettons même des chiffons dans les buts pour récupérer les balles et éviter de payer.

M. Rade nous aime bien, il nous fait travailler dans sa remise. Un jour, nous lui piquons des bouteilles de Fanta que nous buvons avant de pisser dedans et de les remettre en place. Très classe. En quête d'identité ? Sans doute.

Notre bande n'a pas de chef. En dehors de moi, il y a mon frère David, un garçon qu'on appelle « Tiquin », deux ou trois autres types et un certain Olivier Ferment. Lui, il me fait penser à Huckleberry Finn, le copain pouilleux de Tom Sawyer dans le dessin animé. Il vit avec sa mère, qui est très malade, et son frère. Dépressif, il se pendra dans sa chambre peu après mon départ pour Monaco. Un autre copain de collège l'imitera plus tard. Très jeune, la mort rôde déjà autour de moi. Elle ne va plus me quitter.

En attendant, nous passons la vitesse supérieure. Après avoir opéré dans les petits commerces, nous décidons de nous attaquer à plus gros. Notre cible : l'entreprise de M. Le Floch, un type d'une gentillesse incroyable qui a le malheur de nous trouver très sympathiques. Sans le moindre scrupule, sans penser aux conséquences de nos actes, nous nous introduisons dans son bureau et piquons la paye de ses employés… Nous ne connaissons même pas la valeur de notre butin. Tout ce qui nous intéresse, c'est de pouvoir nous payer des bonbons et de vivre pleinement notre enfance.

Quelques jours plus tard, le forfait tourne à la catastrophe, et c'est la police qui vient me chercher à l'école.

Pour la première fois, je ressens un énorme sentiment de culpabilité. Moi qui méprise déjà tant l'injustice, j'ai honte d'avoir trahi M. Le Floch, qui aura la gentillesse et la grandeur d'âme de retirer sa plainte. Je n'ose plus sortir de chez moi de peur de le croiser dans la rue. Mais pour mes parents, il n'est pas question d'en rester là.

Ma mère nous jette des assiettes à la tête en hurlant que David et moi sommes la honte de la famille. Nous ne sommes pas fiers.

Ce vol chez M. Le Floch m'a en tout cas servi de leçon. Plus jamais je n'ai volé. Le football prend alors de plus en plus d'importance dans ma vie. Il va devenir ma meilleure protection.

Mon père joue alors à l'ES Arques, en Division d'honneur, un niveau intéressant pour l'époque. Grand sportif, il est aussi très fort à vélo, qu'il pratique par simple plaisir. Dès mon plus jeune âge, je l'accompagne sur les terrains. J'adore le voir jouer. Très vite, je remarque le plaisir qu'il prend à retrouver ses copains. Ils se marrent, ils déconnent, ils sont heureux. Jusqu'au coup d'envoi du match, où je constate qu'ils redeviennent très sérieux. Et à la fin de la partie, le bonheur et l'amitié reprennent leurs droits. Le foot, pour moi, c'est d'abord cet esprit convivial, cette notion de club qui me plaît tant.

Avec mes frères, nous jouons des heures entières. Trois bouts de bois pour faire un but et c'est parti !

Olivier et David évoluent eux aussi à l'ES Arques. Un jour où l'équipe qu'ils affrontent manque de joueurs, on me propose de la renforcer. Je suis aux anges. Jusqu'au moment où David m'expédie le ballon en pleine poire ! Pour mes premiers pas officiels dans le foot, je me retrouve avec un bel œil au beurre noir. Bienvenu au club...

Déjà à l'époque, j'ai le goût de la compétition. Je n'accepte pas la défaite. Je la déteste. Le moindre jeu est donc prétexte à des parties farouches. Mon seul bonheur, c'est la gagne. Même dans une simple partie de billes ou de capsules. En cas de défaite, je peux péter les plombs en deux secondes. Jamais contre les autres, toujours contre moi-même. Perdre est pour moi quelque chose d'inconcevable.

Témoin, cette course de vélos entre gamins durant laquelle je me fracasse. Je ne souffre pas tant de mon bras en sang que d'avoir laissé échapper la victoire.

Ma passion du foot n'occulte pas celle d'autres disciplines, car le sport occupe une place considérable dans ma vie. J'aime tous les sports, et notamment la natation. Je vais d'ailleurs fréquemment à la piscine. Pour nager mais aussi pour pouvoir aisément croiser ces filles dont je commence à découvrir l'anatomie. Mes premiers fantasmes remontent certainement à cette époque où je délire en me prenant pour Patrick Duffy dans la série *L'homme de l'Atlantide*.

Mes héros n'ont pas tous bonne réputation, mais ils ont toujours un certain sens de l'honneur. Je voue ainsi un véritable culte à Lino Ventura depuis que je l'ai vu jouer dans *Le salaire de la peur*.

J'ai 7 ans quand je signe ma première licence à Arques. Je suis à l'évidence au-dessus du lot, et mon père comprend très vite que j'ai certaines prédispositions. Techniquement, je suis en avance sur les enfants de mon âge, mais ce sont bien ma force de caractère et mon appétit de victoire qui me font tout emporter sur mon passage. Je suis une véritable teigne. Sans compter que je suis plus grand que la moyenne.

Nous sommes au début des années 80 et le football n'a pas l'extraordinaire couverture médiatique dont il dispose aujourd'hui. À mon niveau, les techniques d'entraînement sont encore rudimentaires.

Tout n'est qu'improvisation. Seule la passion me guide.

Sans être particulièrement convaincu des bienfaits de l'entraînement spécifique, je joue seul avec un ballon, contre un mur de la maison. Au grand dam de notre voisin, ce petit jeu tourne rapidement à l'obsession et les challenges que je me fixe durent parfois des heures.

Je m'interdis par exemple de laisser rebondir le ballon par terre. Et comme je me débrouille plutôt bien, j'augmente progressivement le niveau de difficulté. J'apprends à doser mes ballons, à composer avec les trajectoires.

Avec David, nous improvisons aussi des matches dans le salon, ce qui rend notre mère hystérique.

Dans toutes les équipes de jeunes, je suis systématiquement surclassé et joue dans la catégorie supérieure. La plupart du temps, je suis meneur de jeu. C'est en Minimes que je découvre le véritable esprit collectif de compétition. Au bord du terrain, j'entends sans cesse gueuler les entraîneurs adverses ou les parents de nos adversaires : « Attrapez le numéro 10 ! » Ça me motive encore plus. Dans cette équipe, je fais tout. Je suis au four et au moulin.

En Minimes première année, l'ES Arques joue en Promotion d'Honneur, la plus grosse division de jeunes. Avec les moyens du bord, grâce à des dirigeants aussi volontaires que dévoués, nous parvenons à tenir tête aux clubs phares de la région, Rouen et Le Havre. Cette saison-là, mon équipe marque 102 buts. J'en inscris très exactement la moitié, 51.

C'est dans ce monde du sport que je suis pour la première fois confronté à la jalousie et aux soupçons. Pas tant de la part de mes adversaires directs que de celle de leurs dirigeants, qui me scrutent systématiquement d'un regard suspect. Comme je dépasse tout le monde d'une bonne tête, on pose à chaque fois des réserves à mon encontre.

C'est en Minimes que je découvre le véritable esprit de compétition et la violence qui parfois l'accompagne. Je me souviens d'un affrontement particulièrement chaud contre Gagny, un club de la région parisienne. Au match aller, nous gagnons chez nous. Comme d'habitude, des réserves sont posées contre moi mais surtout, je reçois des tonnes d'insultes et de coups. Moi, je ne joue pas au foot pour me battre. À la fin de la rencontre, nos adversaires me promettent un accueil musclé pour le match retour. Ils tiennent parole. Je n'arrête pas de prendre des beignes, et comme nous arrachons le match nul, ils cherchent encore la bagarre au coup de sifflet final.

Reste que je ne me suis jamais battu sur un terrain de foot. Depuis le collège et ses sorties musclées, je ne me suis jamais battu non plus en dehors des terrains. Parfois, ce n'est pourtant pas l'envie qui m'en a manqué.

La dernière fois remonte à mes 15-16 ans, dans une boîte de Dieppe. Nous sommes sortis en groupe et, sans le faire exprès, un gars de chez nous énerve un type d'une autre bande. Le ton monte. Les autres entourent notre copain, ils le menacent et j'entends hurler : « On vient de Paris, on va te casser la gueule ! » Ils sont une bonne dizaine. Mon sang ne fait qu'un tour. Je me mets torse nu, je prends un cendrier et je leur fonce dessus. Les mecs voient que je deviens complètement dingue et que mes copains essayent de me retenir. Alors que les Parisiens sortent de la boîte, je me lance à leur poursuite, mon cendrier à la main, pendant que David, mon frangin, court derrière moi en criant : « Arrête Manu, tu es fou ! »

Je n'accepte pas qu'ils soient tombés à dix sur un pauvre gars. Déjà, j'ai les nerfs à fleur de peau.

Mais revenons sur le terrain de jeu, le vrai.

À Arques, l'ambiance est exceptionnelle. Toutes ces années passées au petit stade de la Gare sont un pur bonheur.

Jusqu'à ce concours de jeunes footballeurs que je remporte sur la plage de Dieppe. C'est là que des responsables du Havre et de Rouen entrent en contact avec mes parents afin que j'intègre leur centre de formation. Ils se montrent un peu trop sûrs de leur fait ; les discussions tournent court.

Mon rêve le plus cher, depuis très longtemps, est pourtant bien de devenir footballeur professionnel. Mais pas question de faire n'importe quoi.

Après en avoir discuté avec mes parents, nous optons donc pour une formule de sport-études à Saint-Valéry-en-Caux, plus proche de la maison que Le Havre ou Rouen.

Mais je n'ai que 11 ans, et ce premier déracinement va vite tourner au fiasco total.

Une fois sur place, je ne ressens rien, sinon un grand vide. Moi, j'ai toujours besoin de sentir les choses pour pouvoir m'impliquer à fond. Seulement cinquante kilomètres me séparent des miens, mais je ne suis apparemment pas encore prêt à quitter le cocon familial.

Sur les terrains ou dans ma classe, je n'ai aucun repère sur lequel m'appuyer. Je passe toute la semaine avec des adolescents bien plus âgés que moi et, bien sûr, je subis tous les bizutages possibles.

Je vis très mal toutes ces humiliations d'une débilité absolue. Chaque fois que mes parents me déposent à la porte de l'établissement, je fonds en larmes. Mon rêve tourne au cauchemar.

Voyant combien je suis malheureux, mes parents décident d'arrêter les frais. Mais j'ai peur d'affronter leur regard, leur jugement. Peur qu'ils imaginent que leur fils est mentalement fragile. Après tout, suis-je vraiment fait pour le football de haut niveau ? Le fait est que je viens de laisser passer ma chance, j'en suis persuadé.

Que vais-je bien pouvoir faire de ma vie ? Je pourrais devenir menuisier, c'est vrai. J'ai toujours adoré le contact du bois et toute la noblesse qu'il symbolise. C'est toujours le cas aujourd'hui. Menuisier… Encore faut-il que j'arrive à me sortir le football de l'esprit.

C'est finalement un parcours inattendu avec la sélection Minimes de Normandie qui va m'offrir une seconde chance.

En 1984, nous parvenons en finale de la Coupe nationale. Celle-ci a lieu à Lyon, au stade Gerland, en lever de rideau du match Danemark-Espagne, comptant pour le Championnat d'Europe 1984. Notre libero doit se faire opérer d'une maladie du cœur. Je prends sa place derrière. Nous nous inclinons 4-1 contre la Ligue d'Alsace. Je marque le but de mon équipe. À partir de ce jour-là, certains clubs professionnels, dont Monaco, commencent à s'intéresser à moi.

Dans la foulée, j'intègre aussi les sélections nationales, antichambres des équipes de France du futur. Mais parmi la crème de la crème, je suis l'un des rares joueurs issus d'un club amateur. Cherchez l'erreur !

En février 1985, à Istres, je participe à un stage de présélection de Minimes deuxième année. La trentaine de garçons présents doit constituer l'ossature de l'équipe de France de cette catégorie d'âge. Je joue arrière gauche dans l'équipe B. C'est là que je tape dans l'œil de Pierre Tournier, responsable du centre de formation de Monaco.

Plus tard, il m'expliquera que Henri Émile, à l'époque entraîneur de cette sélection et futur intendant de l'équipe de France, a voulu le dissuader de me prendre en disant que je ne valais rien…

Je ne sais pas combien d'émissaires de clubs professionnels viennent ensuite frapper à notre porte. Mais mon échec en sport-études nous incite à la plus grande prudence.

Avec mes parents, notre choix se porte sur l'AS Monaco pour deux raisons majeures. D'abord, l'ASM s'engage à me faire suivre un cursus scolaire normal en parallèle des séances d'entraînement. Par ailleurs, la présence de Pierre Tournier à la tête du centre de formation est une sérieuse garantie. On parle là d'un des tout meilleurs formateurs de l'époque, qui a révélé à Sochaux des talents comme les internationaux Yannick Stopyra ou Philippe Anziani.

Avant l'été 1985, nous partons donc une semaine en principauté, où j'effectue ma période d'essai. Les responsables du centre proposent à mes deux frères d'effectuer également un essai, mais tous les deux refusent. Olivier, le plus doué d'entre nous, n'a jamais songé à devenir footballeur et préfère se consacrer pleinement à ses études. Plus mordu, David m'a avoué récemment qu'il avait parfois regretté de ne pas avoir tenté sa chance. Mais à l'époque, il ne veut pas quitter la maison.

Pour fêter mon départ, l'ES Arques organise une petite fête. Je suis touché. J'ai passé tellement d'années ici. On improvise donc un dernier petit match entre nous. Et sans le faire exprès, je casse la jambe de Philippe Planchon, un dirigeant du club. Drôle de cadeau d'adieu.

Voilà plus de vingt ans que j'ai quitté la Normandie et j'ai quasiment perdu de vue tous mes copains de l'époque. Mais lorsque je rends visite à mes parents, qui vivent toujours à Saint-Nicolas-d'Aliermont, mes souvenirs refont régulièrement surface.

Revoir ma terre natale me fait toujours aussi chaud au cœur. Néanmoins, je ne sais pas si je pourrais un jour y revenir pour m'installer. Après tant d'années, je sais que j'ai besoin de soleil. Ce soleil qui m'a accompagné durant toutes mes années monégasques.

Un plouc sur le Rocher

De mon arrivée au centre de formation, à l'âge de 14 ans, jusqu'à mon départ pour Londres et Arsenal, j'ai adoré mes douze années monégasques.

Avant cet été 1985, je n'avais jamais mis les pieds en principauté. La plupart du temps, nous partions en vacances en Espagne, dans la région d'Alicante.

La Côte d'Azur, c'est réservé à une certaine élite. Dans mon esprit, Monaco n'existe donc qu'à travers son Grand Prix de Formule 1, son tournoi de tennis – que je vais bientôt fréquenter avec assiduité –, véritable répétition du tournoi de Roland Garros, et l'actualité de la famille princière qui alimente des magazines que l'on n'appelle pas encore *people*.

En débarquant dans cet endroit tellement différent de Saint-Nicolas, j'effectue un virage à 180 degrés. De mon look jusqu'à ma façon de manger, j'ai l'impression que je dois tout réapprendre. Ma motivation, elle, demeure intacte.

Après mon échec en sport-études, je suis déterminé à prouver à tout le monde que je suis capable de réussir. Il n'est pas question de décevoir une seconde fois tous ceux qui croient en moi.

En juin 1985, j'intègre donc le centre de formation avec un statut d'aspirant. Si tout se passe bien, je dois y rester quatre années. Situé à l'intérieur même du stade Louis-II, le centre comporte vingt chambres, numérotées de 1 à 20. On m'attribue la numéro 15.

Là-bas, je me fais rapidement deux copains avec lesquels nous allons bientôt former un inséparable trio : Lilian Chauvet, qui vient d'Avignon, et Laurent Rousseau, un Marseillais dans toute sa splendeur. La notion de groupe, de bande, est pour moi essentielle.

Je découvre aussi l'accent méridional. Moi, je leur parle en normand, ce qui les désespère. D'où ces gros yeux qu'ils me font. De mon côté, je ne comprends pas pourquoi ils concluent toutes leurs phrases par « con ».

Parallèlement à ma formation footballistique, je suis donc inscrit dans un premier temps au lycée Albert 1er, situé en face du musée océanographique. Dès le premier jour d'école, je subis un nouveau choc. Au cas où je n'aurais pas encore compris que Monaco est réservé à une certaine élite, là, je suis servi.

Certains élèves de ma classe arrivent à l'école en Rolls-Royce avec chauffeur. Moi, je suis le bouseux qui débarque de sa Normandie. Je me demande vraiment où j'ai atterri.

Ces premiers contacts font déjà germer en moi une sorte de haine envers l'arrogance, l'injustice ou les inégalités sociales. Ça ne me quittera jamais.

Je ne passe qu'une année au lycée Albert 1er, où je ne croise tout de même pas que des gens infréquentables.

Je rencontre ainsi Leily, qui deviendra plus tard ma première femme. Elle est d'origine iranienne. Sa famille a fui le régime tyrannique de l'imam Khomeiny. À des titres certes divers, nous sommes tous les deux des déracinés. C'est peut-être ce qui nous rapproche.

Le rythme des journées est épuisant. À plusieurs reprises, je m'endors durant le cours de sciences physiques qui, je dois l'avouer, ne me passionne pas particulièrement. Je suis fatigué, anémique.

Parfois, quand les cours se terminent à 17 heures, je dois courir pour attraper le bus. Arrivé au stade Louis-II, je me change vite fait et j'attaque l'entraînement. Une fois la séance terminée, je me dépêche de me rhabiller pour regagner ma chambre et faire mes devoirs. Je suis fracassé, je n'en peux plus. À ce rythme démentiel, je ne tiens qu'un an.

La saison suivante, j'intègre le cursus scolaire des autres stagiaires. Cette fois, ce sont les profs qui viennent au centre de formation. Nous sommes six ou sept par cours et le contact avec les enseignants n'a rien à voir avec ce que j'ai connu jusque-là. C'est vraiment sympa. J'envisage toujours d'aller jusqu'au bac. J'ai le choix entre les filières

S (scientifique) et G3 (comptabilité et gestion). J'opte pour cette dernière.

Vivre à Monaco est un enchantement. J'aime cette ville, sa propreté, le civisme de ses habitants, son soleil, ses belles bagnoles, ses jolies femmes. Des gens payent des fortunes pour venir s'y installer et moi, de la fenêtre de ma chambre, je vois la mer et les yachts luxueux dont j'entends sonner les cloches. C'est un immense bonheur. J'adore la mer. J'en ai toujours été très proche. Sa proximité me calme, m'apporte un peu de cette sérénité qui me fait tant défaut. Souvent, je sors de ma chambre pour aller faire mes devoirs assis sur un rocher, face à la Méditerranée. Je me sens bien, tranquille.

Un jour, je marche avec un copain devant l'Hôtel de Paris, l'endroit le plus luxueux de la principauté. Je vois un super cabriolet avec une fille brune à l'intérieur, côté passager. En arrivant à sa hauteur, je me retourne pour la regarder comme font tous les gamins. Elle croise mon regard. Je la trouve sublimissime. Je la reconnais. C'est la fille qui fait la pub pour Vittel à la télé, avec ce masque qu'elle enlève. Elle détourne la tête mais moi, je n'arrive pas à détacher mon regard et je m'empale dans une jardinière de fleurs. Tous les passants explosent de rire. La fille me regarde et me sourit. Je suis rouge pivoine, mais ce sourire suffit à mon bonheur. Je fiche le camp sans demander mon reste.

Pratiquement tous les soirs, avant de me coucher, je tiens mon journal de bord dans des petits cahiers Clairefontaine, un nom qui va me poursuivre bien au-delà de ce que je peux imaginer à l'époque. Je ne sais pas pourquoi j'écris, mais je suis très motivé à le faire. Je raconte ma scolarité, mes relations avec les gens, mes entraînements, ma famille, mes rêves, mes émotions sentimentales, mes rencontres amoureuses. Ma première fois…

Elle s'appelle Sophie. C'est une Eurasienne, tellement fine, tellement mignonne, tellement réservée. Toute petite, elle est belle comme une poupée et d'une gentillesse extraordinaire. Elle est au lycée avec moi. Nous sommes très amoureux. Elle habite Fontvieille, près du stade. J'ai 15 ans. Il fait nuit sur le port de Fontvieille. Il y a un restaurant avec des terrasses et juste en dessous, un lotissement bordé par une impasse. Personne ne vient jamais ici. À part nous deux. Installés au milieu des jardinières de fleurs, on entend les serveurs passer les commandes au cuisinier du restaurant. Je sais, ce n'est pas très romantique. Que puis-je dire ? Ça me fait mal. Je ne comprends pas. Je me demande si je m'y prends comme il faut. Ensuite, je flippe. Je vois du sang partout. Je crois qu'elle fait une hémorragie. Beaucoup de choses m'échappent encore. Voilà, j'ai changé de monde.

Au centre de formation, la sélection est d'emblée très sévère. Mon échec initial en sport-études et ma volonté de ne pas lâcher s'avèrent bénéfiques. En l'espace de quatre ans, je croise entre quatre-vingts et cent joueurs. Pour si peu d'élus…

Souvent, je peux voir dans les yeux des nombreux recalés ce que j'ai ressenti après mon échec à Saint-Valéry-en-Caux.

Certains ne s'en remettront jamais. Parmi mes camarades de promotion, je l'apprendrai plus tard, l'un se suicidera et un autre finira en prison. D'autres encore continuent certainement à se chercher. Avoir du talent est une chose, mais lorsque l'on quitte si jeune le cocon familial, il faut savoir que l'on a 90 % de chances de se planter. Et après, la vie peut sérieusement se compliquer. Il serait intéressant de savoir combien de ces naufragés des centres de formation ont réussi leur vie professionnelle et sociale après avoir échoué dans le football.

Nos formateurs savent tout cela. Ce qui ne les empêche pas de se montrer impitoyables avec nous. Il sont là pour dégager une toute petite élite capable d'intégrer à terme le noyau de l'équipe pro. L'avenir de tous les autres ne les concerne pas.

Mes rapports avec Pierre Tournier, le responsable technique du centre, se nourrissent de crainte et d'autorité. Il faut dire qu'il m'impressionne. Son visage buriné et cette voix forte qui porte loin imposent le respect.

Je le compare à Mickey, le vieil entraîneur de Sylvester Stallone dans *Rocky*. Gueulard, grognard et agressif, il est aussi très attaché à l'engagement que lui imposent ses objectifs. Pierre Tournier ne néglige jamais les valeurs humaines et, si ses comportements semblent parfois excessifs, il est honnête et droit.

Quand le besoin s'en fait sentir, il n'hésite pas à humilier ses jeunes joueurs pour leur donner une leçon. Un jour, je suis la victime désignée. Nous sommes mercredi, jour où les pensionnaires du centre de formation ont traditionnellement quartier libre jusqu'à minuit. Tournier attend que je sois habillé et prêt à sortir pour me demander d'aller chercher des ballons qui traînent sur des terrains gorgés d'eau. Je m'exécute mais je vous laisse imaginer dans quel état de nerfs je peux me trouver. Et tout cela parce que pendant l'entraînement, je n'ai pas répondu à ses attentes.

Peu de temps après mon arrivée, il me confie qu'il a reçu une lettre du conseiller technique régional de Seine-Maritime, Mustapha Oumechouk. Comme j'ai refusé de rejoindre Rouen et Le Havre, cet enfoiré a adressé un courrier assassin à Monaco dans lequel je me fais tailler en pièces. Il me présente comme un caractériel ingérable au quotidien. Aujourd'hui encore, je ne comprends pas comment on peut agir ainsi avec un gosse de 14 ans.

En me mettant au parfum, Pierre Tournier tient à me faire savoir qu'il a déjà des renseignements sur moi. Sur le moment, je ne dis rien. C'est à moi de prouver que certaines personnes se trompent une fois de plus sur mon compte. Je pense y être bien parvenu par la suite.

Entre Tournier et moi, il y aura toujours une certaine distance, semblable à celle qui doit sans doute exister entre un éducateur et ses joueurs.

Sur le coup, certaines choses m'énervent. Je me rends mieux compte aujourd'hui de l'aspect pédagogique de sa démarche. Il sait pertinemment que nous sommes dans l'antichambre du monde professionnel. Il veut et doit nous inoculer cette rigueur absolument indispensable pour quiconque ambitionne de faire du football son métier.

Ce n'est que bien plus tard, lorsqu'il prendra sa retraite, que nos relations dépasseront ce cadre professionnel et se normaliseront pour finalement devenir amicales.

Mais à l'époque, nous sommes régulièrement en conflit ouvert. Je suis tellement fâché avec la discipline que, un mois, je dois soustraire 500 francs d'amende aux 714 francs (environ 110 euros) de ma paye de stagiaire… En l'espace de quelques semaines, je fais le mur à neuf reprises et je prends un avertissement, dernière étape avant le renvoi.

Attentif au moindre détail, Pierre Tournier rend régulièrement compte à mes parents des problèmes que je rencontre, ce qui ne manque pas de les inquiéter. Mais ils n'ont aucune raison de s'en faire. Je tiens bon, car j'ai le sens de l'effort. Jamais on ne m'a fait sentir que j'étais un privilégié et je ne me suis jamais comporté comme un privilégié. Si je veux quelque chose, il faut que j'aille le chercher. C'est ma force durant toutes ces années de formation. Lorsque j'ai l'impression que je ne parviens pas à atteindre un but, ma motivation, ma volonté et ma haine sont décuplées.

Ces années d'apprentissage dans la douceur monégasque répondent parfaitement à mes attentes : jouer au foot tous les jours, vivre au quotidien avec une rigueur déjà professionnelle.

Très vite, la vie au centre implique d'adopter un comportement d'adulte, alors que nous venons à peine de basculer dans l'adolescence. Je comprends d'emblée que si j'ai la chance de tenir jusqu'au bout, les quatre années qui viennent décideront de mon avenir professionnel, de ma future réussite. On met à ma disposition tous les ingrédients pour que je puisse atteindre mon objectif. À moi de faire en sorte que la mayonnaise prenne.

Au fond de moi, je sais que je n'ai pas le choix. Me connaissant, je suis certain qu'un nouvel échec peut vite me faire basculer dans la délinquance. Alors, pendant ces quatre années, je me bats, je m'accroche.

Mais alors que je suis sur le point d'accéder à mon rêve, un événement tragique et inattendu vient bouleverser le cours de ma vie. Mon frère Olivier meurt à 21 ans, victime d'une rupture d'anévrisme.

Le décès d'Olivier

Ce jour-là, le 10 avril 1988, je me trouve chez des amis, à Beausoleil, en compagnie de mes parents. Comme souvent, ces derniers sont venus passer le week-end avec moi. Ils savent que ça me fait du bien. Le téléphone sonne. À l'autre bout du fil se trouve un dirigeant de l'ES Arques. Mon copain passe le téléphone à mon père. Très vite, je comprends au son de sa voix que quelque chose ne va pas. Je l'entends encore répéter ces mots : « Non, ce n'est pas possible. Non, ce n'est pas possible... » Il commence à se taper la tête contre les murs et nous annonce la nouvelle : Olivier est mort sur un terrain de football, foudroyé par une rupture d'anévrisme.

Ce que je ressens dans l'instant est indescriptible. C'est une multitude de sentiments où se mêlent la colère, l'incrédulité et un terrible chagrin. Non. Ce n'est pas vrai. Ce n'est pas possible. Pas lui. Pour la première fois de ma vie, je vois mes parents pleurer.

J'ai l'impression qu'une partie de moi-même fout le camp. Entre la séparation familiale et les exigences mentales et physiques liées à l'apprentissage de mon futur métier, je suis dans une période de grande vulnérabilité. Alors, je culpabilise. Parce que le foot, ma passion, me prend Olivier et parce que David, mon autre frère, était présent au moment du drame. J'aurais donné n'importe quoi pour être à sa place, pour lui épargner cette vision d'horreur.

Olivier, c'était le joyau de la famille. Il était le grand frère idéal. Il réussissait tout ce qu'il entreprenait. Mes parents fondaient tant d'espoirs sur lui. Olivier avait tout pour lui : il était grand, beau mec, intelligent. Il était doué en tout : mécanique, dessin, football... Il savait tout faire.

S'il l'avait voulu, lui aussi aurait pu être footballeur professionnel. Mais ce n'était pas son truc. Olivier était un intellectuel, un cérébral. Et un gars merveilleux.

On se rend en Normandie pour l'enterrement. À l'église et plus tard au cimetière, j'assiste aux cérémonies le dos tourné au cercueil. Comme si je refusais d'affronter la réalité.

Sur le coup, je veux tout plaquer. Et surtout ce football qui m'a pris mon frère. Les yeux rougis, j'annonce la couleur aux dirigeants du centre de formation : « Je ne jouerai plus jamais au foot. »

Le club réagit de façon admirable. On me dit : « Prends le temps que tu veux. » Le président Jean-Louis Campora envoie un mot et des fleurs à mes parents. Son geste mérite d'être signalé car je ne suis alors qu'un pensionnaire du centre de formation parmi tant d'autres.

Pierre Tournier est l'une des rares personnes à oser venir me parler. Sur le terrain, il peut être impitoyable. Ce qui ne l'empêche pas d'attacher également beaucoup d'importance aux traditions, aux valeurs familiales et humaines.

Ensemble, nous passons un pacte. Ses mots simples me touchent en plein cœur : « Tu dois malheureusement te servir de la disparition de ton frère, pour honorer ta famille et la rendre fière. Tu dois tout faire pour devenir professionnel. »

Ce drame intervient au moment où je suis sur le point de devenir footballeur professionnel. Je le prends comme un sacrifice divin. J'ai l'esprit chamboulé. Pour moi, rien de ce qui arrive n'est dû au hasard. Je ne peux définitivement plus décevoir ceux qui attendent beaucoup de moi. Cette tragédie me rend plus mature, plus responsable, beaucoup plus que tous les jeunes que je côtoie quotidiennement.

Jusqu'à présent, je me contentais d'être un joueur moyen. Désormais, je n'ai plus le choix. Je me dois de devenir le meilleur.

En attendant, la disparition d'Olivier me plonge dans le désarroi le plus total. J'ai conscience aujourd'hui de l'importance du suivi psychologique. À l'époque, cela n'existait pas vraiment. Un aspirant footballeur est totalement livré à lui-même. On lui demande d'agir en adulte mais sans lui transmettre tous les outils.

Au même titre que la technique individuelle ou les aptitudes physiques, la préparation mentale tient une place considérable dans la réussite au plus haut niveau. Or, sur le plan psychologique, les jeunes ne sont pas suivis. En cas de coup dur, ils peuvent payer très cher le prix de cette carence. Une famille, sa propre famille, peut également jouer ce rôle apaisant. Pas la mienne. Dans notre famille, les douleurs ne s'étalent pas. On peut parler de pudeur. Peut-être est-ce un manque de chaleur humaine. Mais c'est comme ça.

La disparition d'Olivier nous a tous terriblement meurtris. Elle nous a laissés démunis. Et d'autant plus accablés que ce n'était pas la première fois que le destin nous frappait cruellement.

Avant de perdre l'un de ses fils, mon père a déjà vécu une horrible tragédie. Un jour, à Dieppe, en revenant d'un marché avec son père, il aperçut un attroupement avec des ambulances et des policiers autour du port. Les secours étaient en train d'extraire une voiture tombée à l'eau.

À l'intérieur se trouvaient sa mère, son frère et sa sœur. Tous les trois étaient morts noyés. On n'a jamais su ce qui s'était passé. Leur voiture avait basculé et personne n'avait pu intervenir assez tôt pour leur éviter cette fin affreuse.

Je n'ai eu connaissance de ce drame que très tard. En Normandie, les gens ne se livrent pas facilement.

Dans notre famille, on vit avec nos blessures, nos secrets, sans en faire état. Chacun doit faire face à ses propres problèmes psychologiques, à ses souffrances. Tu peux avoir 5 ans, 10 ans, 30 ans ou 50 ans, c'est la même chose. Tu es livré à toi-même.

Adolescent au visage encore dévoré par l'acné, je dois donc apprendre à vivre sans Olivier, sans aucun soutien psychologique, à une période où se joue mon avenir. Ce n'est pas évident. Cette traversée du désert, je la fais tout seul.

En mémoire d'Olivier, j'invente un rituel. Au début de chaque match, j'attends que l'arbitre lance sa pièce. Dès que nous savons de quel côté du terrain nous allons débuter la rencontre, je me rends près de notre surface de réparation et j'arrache quelques brins d'herbe que je lance au vent. Je récite alors quelques paroles, à peu près toujours les mêmes, et qui ressemblent à ceci : « C'est pour toi mon frère.

Je sais que tu es là-haut, que tu me regardes et que tu me donnes beaucoup de force. » Puis je cours sur quelques mètres en faisant un échauffement talons-fesses. Ce rite me fait du bien. En même temps, il me permet d'essayer de croire à quelque chose qui n'existe pas. C'est une façon de donner un sens à ma vie.

Quelques mois après la mort d'Olivier, je perds l'envie d'écrire. Je vois tout en noir. Je déprime, dans la noirceur la plus totale. Je balance tous les cahiers que j'avais remplis depuis quatre ans. Je n'arrive pas à me débarrasser de mon sentiment de culpabilité. Il me faudra énormément de temps pour l'évacuer.

Depuis la mort de mon grand frère, je ne me suis pas rendu plus de deux ou trois fois sur sa tombe. Pourquoi ? C'est difficile à expliquer. Ce qui est sûr, c'est que j'ai mis un temps fou à faire le deuil d'Olivier. Je suis allé le voir au lendemain de la Coupe du monde. Je ressentais un sentiment étrange. Une sorte de soulagement. J'avais un message à lui transmettre : « Voilà. Je l'ai fait. » Ce fut l'une des rares fois de ma vie où je me suis senti bien, serein, tranquille. Parfois, il y a un truc divin, un esprit qui souffle sur Terre et qui te pousse à faire la paix avec toi-même. Le jour où j'ai gagné la Coupe du monde, pour la première fois, je me suis dit : je suis quelqu'un de bien. J'ai vécu cela non seulement comme une consécration, mais aussi comme l'aboutissement d'une quête. Comme un apaisement.

Un gamin au milieu des princes

Nous sommes dans l'avion qui nous ramène d'Allemagne. Auteur d'un match nul (1-1) qui ne rachète pas sa défaite à domicile du match aller (0-1), Monaco vient de perdre quelques heures plus tôt ses illusions européennes. À Cologne, nous nous sommes fait sortir en quarts de finale de la Coupe d'Europe des clubs champions, la future Ligue des Champions, par les Turcs de Galatasaray, dont le terrain était suspendu. Je faisais partie des remplaçants.

C'est donc en plein ciel que j'apprends que je vais débuter chez les professionnels. Jean Petit, l'adjoint d'Arsène Wenger, et Henri Biancheri, le directeur sportif, viennent me voir pour me dire de me tenir prêt pour le match du samedi suivant face à Sochaux. Nous sommes en mars 1989. J'ai tout juste 18 ans et demi. Inutile de préciser que je dors très peu la nuit suivante.

Arsène Wenger, qui suit depuis un petit moment les prestations de l'équipe B, dans laquelle je joue régulièrement, doit faire face à une véritable hécatombe.

Depuis plusieurs semaines déjà, je m'entraîne avec son groupe. À cette époque, l'équipe de Monaco me fait rêver. Glenn Hoddle, Patrick Battiston, Manuel Amoros, Bernard Genghini, Jean-Luc Ettori, Luc Sonor... On n'y trouve que des stars ou des joueurs confirmés.

Lorsque je vois aujourd'hui des jeunes débarquer à l'entraînement dans des grosses voitures alors qu'ils jouent au haut niveau depuis six mois, quand je les vois regarder les cadres de l'équipe en pensant qu'ils sont leurs égaux, je me dis qu'ils sont très loin de la réalité. En Angleterre, les gamins cirent les pompes des anciens. Tu veux devenir professionnel ? Ok, mais cela ne tombe pas du ciel. Les joueurs veulent tout de suite profiter à fond du système. À leur décharge, je pointe également un doigt accusateur vers les dirigeants, qui sont tellement obsédés par l'appât du gain qu'ils n'hésitent pas à vendre leurs meilleurs éléments aux clubs étrangers. Depuis quand un club français n'a-t-il pas rivalisé au niveau européen ?

L'approche d'un premier match est un moment de forte tension. Au début, on est traversé par une appréhension : suis-je vraiment au niveau ? Un sentiment vite éliminé par le souvenir des semaines que je viens de passer à m'entraîner avec les professionnels. Au bout d'un moment, je me rends compte que les mecs ne courent pas plus vite que moi, ne sautent pas plus haut que moi, ne sont pas tous plus habiles que moi balle au pied. Que la différence se fait en somme au niveau du mental. Parfois, je me surprends même à penser que je suis meilleur que certains.

Si je suis prêt dans ma tête, rien de grave ne peut m'arriver. Depuis que j'ai eu affaire à lui pour la première fois, Arsène Wenger a toujours eu le même fonctionnement. Il n'a jamais besoin de parler beaucoup. En revanche, c'est un entraîneur très à l'écoute de ses joueurs et qui sait très vite si quelque chose cloche.

Depuis quelque temps, je le regarde faire avec les autres joueurs. Je trouve qu'Arsène adopte une attitude généreuse envers les autres. Cela me plaît. Je le rencontre alors que je me trouve en pleine souffrance morale. Il dégage une telle sérénité que je me sens tout de suite en confiance. Je me dis qu'il y a peut-être moyen de voir et de vivre autre chose. Je suis encore quelqu'un de très renfermé, qui vient à peine de reprendre goût au football. Je crois que j'ai d'abord besoin de m'en sortir tout seul avant de me tourner vers les autres. Arsène me traite d'emmerdeur. Il a raison. Je n'ai pas encore surmonté ma peine.

Avant ce premier match, ses mots sont simples et rassurants : « Joue comme tu le fais avec la Troisième Division et tu n'auras pas de problèmes. Focalise-toi sur ton jeu et pas sur ton adversaire. »

Mais j'ai déjà en moi cette faculté de minimiser l'événement et de le prendre uniquement pour ce qu'il est : un simple match de foot.

Je me retrouve au marquage de Stéphane Paille, qui est à l'époque l'avant-centre de l'équipe de France. Il en faut plus pour m'impressionner. N'y voyez aucune vantardise de ma part. Durant toute ma carrière, je ne me suis jamais soucié de savoir qui était mon adversaire direct.

Après le match, qui se termine sur un score nul et vierge, Paille parle de moi de façon positive devant les caméras. Je suis touché. Mais je ne me doute pas une seconde que je ne vais plus sortir de l'équipe.

Monaco évolue dans un style qui correspond parfaitement à ma conception du jeu. Sans doute faut-il y voir la raison majeure de ma soudaine et définitive promotion.

J'apprécie beaucoup d'évoluer avec Patrick Battiston. Il est l'élégance incarnée. Une élégance doublée d'un certain charisme. C'est un grand monsieur. Rendez-vous compte, moi, Emmanuel Petit, je joue aux côtés de Patrick Battiston... Quelle joie et quelle fierté ! Quelques années auparavant, j'avais bondi de mon siège en le voyant se faire encadrer par le gardien de but allemand Harald Schumacher, lors de la fameuse demi-finale de Coupe du monde 82 à Séville entre la France et l'Allemagne. J'avais tellement la haine que j'avais hurlé dans toute la maison.

Et voilà que maintenant, à 18 ans, je suis son coéquipier. Sur le terrain, Battiston a belle allure. Pas seulement dans le jeu. Il est chevaleresque, magnifique et pédagogue. Lorsqu'il ne me conseille pas sur mes placements, il m'alerte sur les qualités de l'adversaire et le danger qu'il représente. Il est pour moi le tuteur idéal.

Après son transfert à Bordeaux, Roger Mendy débarque de Toulon pour le remplacer. Dans un autre registre, nous vivons des années superbes. La « déconnade » à la façon africaine. Sur le terrain, notre entente finit par être telle qu'on peut jouer sans se parler.

Plus tard, je suis déçu d'apprendre son départ précipité de Monaco, où on le dit impliqué dans les histoires de corruption. Il part si vite que l'une de ses voitures reste durant des mois dans le parking du stade Louis-II...

Quel que soit l'enseignement reçu lors de la formation, on apprend beaucoup sur le tas, en situation réelle. Au contact de ces professionnels aguerris, je prends conscience que l'on ne devient véritablement joueur de foot qu'à partir du moment où l'on assume ce qu'on est dans la vie. Il faut d'abord s'affirmer dans la vie avant de prétendre le faire sur le terrain. Cette façon d'être m'a poursuivi tout au long de ma carrière.

Deux mois après mes débuts, nous sommes en finale de la Coupe de France contre Marseille au Parc des Princes. J'ai 18 ans. Je dispute l'intégralité de la rencontre au poste d'arrière gauche. Nous perdons 4-3. Mais quel match ! Sept buts dans une finale, dont trois de Jean-Pierre Papin.

C'est maintenant certain. Mon avenir est dans le football. Je ne décroche pas mon Bac G3. Comme pour me donner bonne conscience, je passe la session de rattrapage en septembre, mais sans aller jusqu'au bout des épreuves.

Mon avenir est ailleurs. Je signe mon premier contrat professionnel un an plus tard, au début de l'été 1990.

Je sais maintenant que ma carrière est lancée. Mais je n'imagine pas un seul instant qu'elle va m'emmener au sommet en l'espace de quelques mois.

Le Buffet de la Gare

Les amitiés sont très rares dans le football. Ceux qui prétendent le contraire sont des menteurs. Ou des naïfs. Footballeur est un métier où l'on cultive l'égocentrisme à outrance. Pas de place pour les sentiments sincères. Il suffit de voir combien de fois le téléphone sonne lorsque tu es blessé et que tu sors des feux de l'actualité. Tout cela, j'ai pu le constater depuis très longtemps.

À Monaco, contrairement à tous les jeunes de mon âge, je vis renfermé sur moi-même. À tel point qu'Arsène vient me voir un jour, après un décrassage. Il me reproche d'avoir sans cesse mon walkman sur les oreilles, de ne pas assez m'ouvrir aux autres. Mon entraîneur m'incite vivement à sortir… C'est le monde à l'envers !

Je suis, c'est vrai, enfermé dans mon monde. Je ne parviens pas à me remettre du départ d'Olivier. En plus, l'entraîneur me balade à tous les postes. Moi qui n'ai déjà pas beaucoup de repères dans la vie, j'en ai encore moins sur le terrain. Au moindre prétexte, je pars en rébellion.

Je suis tellement fermé et introverti que je ne laisse pas facilement aux autres la possibilité de se rapprocher de moi. J'ai envie de partager plein de choses, de découvrir des histoires différentes de la mienne, des univers différents. Mais la froideur que je dégage fait office d'armure impénétrable.

J'ai tout de même beaucoup d'affection pour M. et Mme Richon, nos gardiens au centre de formation, et également pour Annie, la secrétaire du club que j'apprécie depuis mon arrivée en principauté. Par la chaleur humaine qu'elles m'apportent, toutes ces personnes me font oublier l'éloignement de ma famille.

Pour le reste, mes relations n'ont rien à voir avec le milieu du football. C'est le cas de mon meilleur ami, Patrice L'Herrou.

Une nuit, je rentre d'un déplacement avec l'AS Monaco. Il doit être plus de deux heures du matin. Je n'ai pas envie de regagner mon domicile. Souvent, après les matches, il me faut deux ou trois heures avant de pouvoir trouver le sommeil. Ce soir-là, je décide donc d'aller boire un verre dans un pub où j'ai mes habitudes. Je commande une Pelforth fraise. Derrière son comptoir, la serveuse m'indique un mec qui se trouve à l'autre bout du bar. Selon elle, nous devrions bien nous entendre. Ce sera effectivement le cas. Durant le reste de la nuit, nous refaisons le monde, comme si nous étions potes depuis des années. Patrice aime beaucoup le football, mais il vient d'un autre milieu. Nous dessinons cette nuit-là les contours d'une amitié qui est depuis indéfectible. Avec Patrice, son frère Benoît, Chico et Christophe, des gars d'horizons très différents, nous formons une petite bande d'amis qui se retrouve au *Buffet de la Gare*, dont Patrice est le gérant. Chaque jour, après l'entraînement, je m'y rends pour prendre un café. Avec mes potes, j'ai l'impression de revivre tous les bons moments de mon enfance en Normandie.

C'est aussi à Monaco que je rencontre mon autre grand ami, Lorenzo Frateschi. Il habite la principauté et prend une première fois contact avec moi car, par ses connexions, il est très proche des clubs italiens. Nous faisons connaissance à l'*Ariston*, un bar fréquenté par la « jet set » monégasque. Par son intermédiaire, je discute avec des émissaires de l'Inter Milan. Mais je ne donne pas suite. Je ne suis pas attiré par le football italien. Ce n'est que bien plus tard, lorsque Lorenzo viendra s'installer à Londres, que nous deviendrons véritablement amis et même associés.

En quittant ma chambre du centre de formation, j'ai basculé dans un autre monde. Du jour au lendemain, je passe d'un statut d'assisté de A à Z à celui de jeune sportif de haut niveau totalement livré à lui-même. C'est un moment difficile de la carrière où le jeune professionnel se doit d'être performant sportivement tout en faisant preuve de maturité dans la gestion de sa vie quotidienne.

J'emménage dans un studio au Château d'Azur, à Monaco. L'endroit est sympa. Mes premiers pas dans cette nouvelle vie sont en revanche compliqués. J'achète une machine à laver. Pour l'utiliser, je dois procéder à l'évacuation d'eau par la baignoire.

Ces petits soucis ménagers viennent vite à bout de ma patience. Du coup, j'emmène tout au pressing, jusqu'à mes chaussettes. Mais pas les slips ni les caleçons. Pour une raison toute simple : cela fait des années que je n'en porte plus sous mes pantalons...

Au début, je suis plein de bonnes résolutions. Je me dis que je vais me mettre à cuisiner. L'exercice ne me déplaît pas. Mais lorsque je vois la fumée envahir le studio, j'arrête rapidement les frais. Je décide d'aller manger tous les jours au restaurant. C'est un petit privilège que je m'octroie. Mes revenus me le permettent.

Pendant deux ans, je dépense sans compter. Je suis toujours à découvert sur mon compte. Je ne suis pas non plus totalement débile. À 18 ans j'effectue ma première grosse dépense. J'achète un appartement.

J'ai signé mon premier contrat pro en échange d'un salaire mensuel de 50 000 francs par mois (8 000 euros environ). À 24 ans, je passe à 280 000 francs (un peu moins de 42 700 euros). Je fais alors partie des gros salaires de Première Division.

Depuis, les salaires des footballeurs ont considérablement augmenté. Le sport professionnel est devenu un vrai phénomène de société, et le football s'est trouvé à la pointe de cette mutation. L'explosion des droits télé permet aux clubs de toucher des sommes considérables dont les joueurs sont les principaux bénéficiaires. Sans désormais tenir compte de ce qui devrait toujours rester un principe de base : avant de pouvoir prétendre à un salaire faramineux, un joueur doit prouver sa valeur sur la durée, au niveau national et international. Aujourd'hui, quand ils ont flambé trois ou quatre mois, certains jeunes pros exigent une revalorisation salariale ou un transfert. Combien de ces joueurs qui ont mis leur club sous pression se retrouvent peu de temps après, le moral dans les chaussettes, à cirer le banc de touche de plus ou moins grands clubs européens ? Dans une carrière, il faut se fixer des objectifs en fonction de ses capacités et de sa progression.

J'ai donc signé mon premier contrat et, paradoxalement, j'ai toujours peur de manquer. Je n'oublie jamais que je viens d'un milieu modeste.

Que chez nous, il n'était pas toujours évident de faire deux vrais repas par jour. Ma mère tombera sûrement de sa chaise en lisant ces lignes, mais c'était pourtant notre réalité. Combien de fois ai-je dû me contenter de pain et de lait en guise de repas du soir ?

Je profite à fond de mes premiers salaires. Je dépense et je donne beaucoup. À ma famille, à des amis et parfois même à des inconnus. Aujourd'hui encore, il m'arrive d'aider financièrement des personnes que je rencontre pour la première fois. Je n'oublie pas d'où je viens. Même si je gagne bien ma vie, un tas de gens ne peuvent pas s'en sortir si on ne leur tend pas la main. C'est aussi ma façon de faire partager ma réussite, de l'humaniser.

Alors que nous nous sommes perdus de vue depuis des années, je retrouve Leily par hasard. Je me trouve dans le bus qui nous emmène disputer un match au stade Louis-II. À travers la vitre, j'aperçois au loin deux filles en train de se promener : Blandine, une bonne copine, et Leily. Je croyais qu'elle avait quitté la principauté depuis longtemps. Le soir même, j'appelle Blandine pour en avoir le cœur net et récupérer les coordonnées de Leily.

Je renoue le contact. Je la baptise ma « Poseuse de bombes ». Son père, pédiatre, a notamment soigné les enfants du shah d'Iran. Il a donc dû prendre la fuite avec sa famille lors de la révolution islamique. Avec Leily, je vis un amour de jeunesse. Elle m'apporte beaucoup de sérénité et d'amour. Je lui dois beaucoup, car elle entre dans ma vie à une période où j'en ai vraiment besoin. Après la mort de mon frère puis mon ascension fulgurante dans le football, je ne me doute pas un seul instant que je vais connaître une période de chute libre. Leily est attentive à tout, pleine d'affection.

Nous emménageons ensemble, dans un appartement de Roquebrune, avant de nous installer deux ans plus tard dans une maison, à Èze. Nous nous marions en mai 1993, à Monaco. Mes deux témoins sont David, mon frère, et Patrice. Pour notre voyage de noces, nous partons en Jamaïque.

S'il m'est arrivé de les perdre de vue par moments, au fil de mes déménagements professionnels, mes amis monégasques sont encore très présents dans ma vie d'aujourd'hui. Quinze ans après, je sais que je peux toujours compter sur Patrice, Annie, Lorenzo et les autres…

À l'époque, ils sont pour moi une oasis de fraîcheur qui me réconcilie avec les vraies valeurs, à l'inverse du football où je suis, au même titre que tous les joueurs du championnat de France, confronté à une corruption organisée.

La corruption au pouvoir

En sept saisons de professionnalisme à l'AS Monaco, j'ai la chance de connaître des grands joueurs et des grands moments. Nous remportons la Coupe de France en 1991 en prenant notre revanche sur l'OM (1-0). Et nous aurions disputé la finale de l'édition suivante sans la catastrophe de Furiani qui provoqua son annulation. C'est d'ailleurs au lendemain de cette sale journée que nous perdons la finale de la défunte Coupe d'Europe des vainqueurs de Coupe à Lisbonne contre le Werder Brême (0-2). Plus de la moitié des gars de l'équipe n'avaient pas dormi la nuit précédente.

C'est à notre hôtel de Lisbonne que nous voyons les premières images du drame. Nous avons déjà été prévenus par des coups de téléphone. Ma première pensée est pour mon frère Olivier, dont je n'ai pas encore fait le deuil. Dès que je sens l'odeur de la mort, je pense à lui, qui me manque tellement. C'est à travers lui que je me sens proche des innocentes victimes de Furiani, sacrifiées sur l'autel de l'argent. On ne sait pas encore combien il y a eu de morts. J'imagine les personnes encore coincées sous la structure métallique effondrée. Je repense au Heysel. Je me souviens de ces images qui m'ont tant choqué en 1985. Je revois les gens qui hurlent, écrasés contre les grillages. J'avais 15 ans et je n'avais pas compris que l'on puisse mourir dans un stade, pour du foot.

Le lendemain, personne n'est vraiment concerné par la finale qui nous attend. Nous sommes à des années-lumière d'être prêts mentalement. Compte tenu du fait que nous sommes français et de notre proximité géographique avec les deux clubs concernés, nous espérons que l'Union européenne de football va reporter la rencontre. En vain.

Nous jouons dans un stade de 100 000 places devant seulement 25 000 spectateurs. Il n'y a aucune ambiance, aucune âme, rien du tout. On veut gagner, mais nous n'en avons pas les moyens. C'est un sentiment bizarre. Un non match à tous points de vue. On est inexistants. Nous avons les jambes coupées. Nous ne parvenons pas à réaliser que nous pouvons être le premier club français vainqueur d'une coupe d'Europe et que cette victoire pourrait être un merveilleux hommage aux victimes de Furiani. Au coup de sifflet final, nous sommes dans un état second, abattus par la défaite, mais encore sous le choc du drame.

Heureusement, au fil des saisons, nous vivons d'autres belles épopées européennes, hélas toujours inachevées. Nous atteignons à trois reprises les demi-finales. Nous sommes éliminés de la Coupe d'Europe des vainqueurs de Coupe par la Sampdoria de Gênes en 1990 (2-2, 0-2 à Gênes), de la C1, la grande coupe d'Europe, par l'AC Milan en 1994 (0-3)[1] et de la Coupe de l'UEFA par l'Inter Milan en 1997 (1-3 à Milan, 1-0).

Mais mes vraies frustrations viennent des compétitions nationales. Certes, nous finissons par remporter le Championnat en 1997 pour ma dernière saison monégasque. Mais je ne peux pas m'empêcher de penser que sans le système de corruption mis en place par l'OM, nous aurions pu nous construire un palmarès bien plus étoffé.

De la fin des années 80 au milieu des années 90, le football français vit sous l'emprise de l'OM. De très nombreux joueurs marseillais se retrouvent en sélection. L'OM domine le Championnat. Le club a un impact social sur sa ville et sa région. Bernard Tapie a besoin de l'Olympique de Marseille pour servir ses ambitions politiques... Je pense d'ailleurs, pour cette raison, qu'il n'aurait jamais mis la main sur un autre club que l'OM.

Marseille bénéficie alors d'un arbitrage extrêmement avantageux, des penalties sont fréquemment sifflés en sa faveur. Parfois, les meilleurs joueurs des équipes adverses sont bizarrement forfaits. Et lorsqu'ils jouent, ils sont souvent remplacés en cours de jeu ou inexistants durant la rencontre.

Marseille profite également des largesses des instances fédérales, notamment pour les contrôles antidopage[2]. Dans le milieu, la rumeur ne cesse d'enfler sur toutes ces pratiques frauduleuses.

J'ai beau n'être qu'aux prémices de ma carrière, je ne tarde pas à comprendre qu'il se passe des choses bizarres. Et il n'est pas dans ma nature de fermer ma gueule… Un jour, un journaliste vient m'interviewer au Bataillon de Joinville, où j'effectue mon service militaire. Il me demande ce qui différencie Monaco de Marseille. Ma réponse, élargie, est sans équivoque : « Sur les vingt clubs de Première Division, dix-neuf courent cent mètres, Marseille quatre-vingts… »

Cette déclaration aide à mieux comprendre mes différences et ma façon de penser peut-être atypique. À mieux comprendre, surtout, ma façon d'être et de me comporter pendant toute ma carrière. Le lendemain, les médias me classent directement dans la catégorie des écorchés vifs. Tout simplement parce j'ose dénoncer la corruption qui existe dans le foot et que personne n'ignore.

Au printemps 1992, après une défaite à domicile contre l'OM, ma conviction est faite. Le mercredi précédant ce match, nous avons joué en Coupe d'Europe à Rotterdam contre Feyenoord. Le match nul 2-2, succédant au 1-1 du match aller, nous a permis de nous qualifier à l'arraché pour la finale de la Coupe des vainqueurs de Coupe.

Avant ce déplacement aux Pays-Bas, les dirigeants monégasques demandent à la Ligue de reporter de 24 heures la rencontre contre Marseille, un match capital pour l'obtention du titre. Mais la Ligue ne veut rien savoir. Nous perdons 3-0.

Le surlendemain, Arsène Wenger me convoque dans son bureau. Il ferme la porte, me demande de m'installer et commence à me montrer les buts marseillais à la vidéo. Une fois. Deux fois… Il me passe les buts au ralenti et finit par me demander : « À quoi penses-tu lorsque tu vois ces buts ? »

Moi, je suis le plus jeune de l'équipe. Pourquoi me demande-t-il mon avis ? Je ne comprendrai qu'après. Je viens juste d'arriver dans le milieu professionnel. Je suis incorruptible, innocent. J'hésite avant de lui répondre. Je finis par lui dire que nous avons commis des erreurs de débutants, ce qui n'est pas dans nos habitudes. Sur le premier but, nous sommes en supériorité numérique. Bruno Germain marque de la tête alors qu'il n'a pas une détente phénoménale. Sa réponse me cloue sur place : « C'est bon, tu peux t'en aller. C'est la confirmation de ce que je pense également. Nous sommes plusieurs à supposer que certains de nos joueurs ont été achetés par Marseille. »

Je ne veux pas citer de noms. À quoi bon ? Les mecs se reconnaîtront...

Lorsque je sors du bureau d'Arsène, je me demande quel est l'intérêt de jouer le prochain match. À Monaco, tu n'as déjà pas le public derrière toi. Si en plus tu as des mecs qui te plombent dans ton propre vestiaire alors que tu joues le titre, ce n'est pas possible.

La saison 1992-93 me reste aussi en travers de la gorge. Jusqu'à la fin de mes jours, j'aurai en moi un sentiment de dégoût. Quinze ans après les faits, je n'ai toujours pas digéré. Je suis encore sidéré par la lâcheté des instances sportives françaises.

Dans la foulée du match truqué entre l'OM et Valenciennes, des sanctions tombent. Sur le plan judiciaire, on punit Jean-Marc Eydelie, l'intermédiaire, on punit Bernard Tapie, on punit son bras droit Jean-Pierre Bernès. Sur le plan sportif, on punit le club, qui est rétrogradé en Seconde Division et privé de Coupe d'Europe.

Certes, la corruption est bien établie. Certes, des sanctions sont infligées. Mais derrière, le titre de champion n'est pas attribué au deuxième du Championnat. Il n'y a qu'en France, et seulement en matière de football, que l'on trouve trace d'une telle aberration. En Italie, n'a-t-on pas sacré l'Inter Milan aux dépens de la Juventus Turin, coupable d'arrangements avec les arbitres ? Quand un athlète est convaincu de dopage, n'attribue-t-on pas sa médaille à celui qui s'est classé derrière lui ?

Je le dis avec d'autant plus de force que, dans ce cas-là, c'est le PSG, avec lequel nous sommes à égalité de points, qui aurait été sacré champion à la différence de buts. Si nous disputons la C1, c'est parce que le club parisien a refusé de remplacer l'OM.

Si les Marseillais me regardent de travers pendant toutes ces années – j'en reparlerai dans le chapitre suivant –, je ne me sens pas pour autant menacé.

Les seules menaces précises que je reçois sont proférées à l'issue d'un match très chaud disputé à Bastia. C'est l'une des rares fois où j'ai vraiment eu peur sur un terrain. Parfois, l'ambiance de Furiani peut être sulfureuse. Nous avons la mauvaise idée de marquer rapidement deux buts. Dès lors, c'est la guérilla sur le terrain. Des gestes qui méritent cent fois l'exclusion ne sont pas sanctionnés.

Portés par l'agressivité et les cris des spectateurs qui se manifestent à chaque contact, les joueurs bastiais se croient tout permis. À la mi-temps, Éric Di Meco prend un coup de boule qui lui fracture le nez. Le match est interrompu pendant une vingtaine de minutes. Nous sommes quelques-uns à vouloir revenir sur le terrain pour en découdre. Le président Campora tente de nous calmer en nous promettant de doubler la prime de match en cas de victoire. Rien n'y fait. Il n'est plus question d'argent mais de principe. Les Corses finissent par revenir au score. À la fin du match, le président bastiais débarque dans notre vestiaire. Il s'assoit à côté de moi et me dit : « C'était un match d'hommes ce soir. » J'acquiesce. Puis il ajoute : « Si j'ai un conseil à te donner, confie ton sac à un kiné ou à un équipier et fonce au moment de regagner ton bus. »

Je vais suivre son conseil. Bien vu, puisque notre bus se fait caillasser. En guise de réponse, je montre mes fesses aux voitures qui nous prennent en chasse.

La saison suivante, toujours à Bastia, j'ai le malheur de fracturer involontairement la jambe de Lubomir Moravcik. La semaine suivante, je reçois des menaces. Lorsque j'ouvre mon sac de sport, je découvre un exemplaire du journal Corse-Matin, qui parle de ce fameux match à Bastia, avec cette inscription : « On sait où tu habites. On viendra te voir… » Je prends la chose tellement au sérieux que j'en parle à « Tonton », Jean-Luc Ettori, qui connaît tout le monde en Corse. Quelques jours après, il me rassure. Je n'ai plus rien à craindre.

Je ne supporte pas que des gens abusent de leur fonction ou de leur position. Je hais l'autorité dévoyée.

Si je devais me livrer à une comparaison audacieuse, je dirais que je préfère mourir comme l'ont fait certains résistants pendant la guerre plutôt que de soutenir le régime de Vichy. Je ne vois pas l'utilité de vivre comme un lâche. Cela n'a jamais été ma conception de la vie. Je suis tellement à cheval là-dessus que, parfois, je fais peur à Maria, ma compagne actuelle, ou à mes proches. Je ne me laisse pas faire. C'est plus fort que moi. Je ne peux pas. Je ne cherche la merde à personne mais il ne faut pas me chercher.

J'adore le football et ses valeurs : le dépassement de soi, une certaine humilité, la communion avec le public ou l'exemple qu'on peut représenter pour la jeunesse. Je ne dis pas qu'à 18 ans, j'avais déjà toutes ces valeurs à l'esprit de façon aussi consciente, mais j'en étais imprégné, ce qui faisait sans doute de moi quelqu'un de différent dans mon milieu.

Je n'ai jamais cherché à cultiver cette différence. Je considère que nous sommes tous de passage. On peut avoir une dimension qui dépasse le cadre sportif, mais ce n'est que la vérité du moment. Je n'ai jamais fait carrière dans le football pour gagner de l'argent. Ma première ambition, c'était de prendre du plaisir et de m'affirmer sur un terrain. Mon objectif était de devenir pro pour que mes parents soient fiers de moi. Je voulais faire la une des journaux pour montrer à tout le monde que j'étais capable de réussir dans ma passion. Il y a dans tout cela un côté égocentrique, mais sûrement pas dans le sens péjoratif du terme. J'avais vraiment besoin d'exister.

Je me sens profondément incorruptible. Mais pour se dire incorruptible, il faut bien s'assurer qu'on est exempt de tout reproche et que l'on est crédible dans ce que l'on fait, dans ce que l'on dit. Durant toute ma carrière, je n'ai pratiquement jamais rencontré quelqu'un qui soit à coup sûr incorruptible, hormis peut-être Arsène Wenger et Roger Lemerre. Être incorruptible n'est pas une vocation, c'est un trait de personnalité. C'est inscrit dans votre ADN. Cela ne s'apprend pas. Pendant des années, j'ai douté de moi. Plus je replonge dans mon histoire, plus je me dis que j'ai été d'une gentillesse absolue. J'ai certes dénoncé des choses, mais sans que cela prête à conséquence. Personne ne voulait prendre le risque de prêter attention à ce que je disais. Au contraire, on retournait mes déclarations contre moi. On a voulu me nuire alors que j'étais irréprochable.

Toujours est-il que, pendant des années, on a menti aux fans de l'OM. En les confortant dans une illusion, on leur a manqué de respect. À eux mais aussi aux dix-neuf autres clubs qui se sont également battus, honnêtement, pour essayer de gagner le titre. En refusant d'attribuer le titre enlevé à cet OM qui avait corrompu beaucoup de monde, on a fait abstraction de tous les efforts, de toute la préparation, de tout ce qu'ont pu subir les autres clubs durant la saison. Pourquoi n'avoir pas attribué ce titre ? Et comment le justifier aux yeux de ceux qui avaient terminé à la deuxième place ?

On va me répondre que la corruption en France n'a duré que le temps d'une saison, en 1993. Foutaises. À l'époque, cette corruption existait depuis des années et tout le monde le savait. J'imagine qu'elle a touché tellement de gens qu'on a fini par trouver des compromis afin que les investigations n'aillent pas trop loin. Ce ne sont que des suppositions. On ne pourra plus jamais établir les faits de façon formelle. Mais je ne pense pas me tromper.

Tapie était arrogant et égocentrique. Il ne pouvait pas s'empêcher d'essayer de montrer aux autres qu'il leur était supérieur, qu'il était plus intelligent. Quand je vois qu'aujourd'hui, il est commissaire à la télé... Faut le faire...

Et le seul qui a eu le courage de refuser la corruption et de la dénoncer, le défenseur de Valenciennes Jacques Glassmann, a été obligé de s'exiler pour qu'on lui fiche la paix. Et pourquoi pas porter un masque de fer ?

Le traitement réservé à Jacques Glassmann fut pour moi une révélation. Je me suis dit : laisse tomber. Il y a des gens pourris dans ce milieu, qui se foutent que la vérité sorte un jour.

Je ne sais pas si au final, l'affaire VA-OM a fait du bien ou du mal au football français. Je constate simplement que la période où Marseille a dominé le football français correspond aux plus mauvaises années de notre football en ce qui concerne l'équipe de France.

Pour résumer cette période, je dirais que Tapie n'était pas si intelligent que ça. Parce que si son objectif était de corrompre les gens, d'acheter des arbitres et tout ce qui s'ensuit, mieux aurait valu le faire avec des joueurs qui n'étaient pas capables de gagner honnêtement le Championnat. Or, il suffit de se souvenir de l'effectif de l'OM à cette époque pour se convaincre qu'il avait largement la possibilité de gagner le titre chaque année sans aucune intervention extérieure coupable.

Bernard Tapie a eu tort de réduire la marge d'erreur à néant. Un jour, bien plus tard, je l'ai croisé par hasard. Il sortait d'un ascenseur dans lequel j'allais entrer. On s'est fusillés du regard, mais sans échanger un seul mot. Pas même un salut. Cela valait sans doute mieux ainsi.

Aujourd'hui encore, la corruption existe dans le football, mais généralement de manière différente et plus subtile, même si on a vu qu'en Italie, cela pouvait encore concerner les arbitres. Quand j'apprends, par exemple, que les terrains du Real Madrid deviennent d'un coup constructibles pour sauver financièrement la peau du club, je me pose des questions. En France, le Real serait descendu en Deuxième Division. En agissant ainsi, on lance un triste message aux autres : vous ne faites pas exactement le même championnat que le Real Madrid, vous ne disposez pas des mêmes armes.

Durant toutes ces sombres années, malgré toute l'adversité, le manque de public et la sous-exposition médiatique, terminer deuxième est notre plus grande victoire. Monaco parvient tout de même à exister. J'en tire une grande fierté. J'ai la chance de jouer avec des mecs irréprochables : Mark Hateley, Patrick Battiston, Jean-Luc Ettori… Des purs et durs. Il ne fallait pas leur parler de corruption.

Bien que lésés en championnat, nous manquons à plusieurs reprises de remporter une coupe d'Europe, ce qui aurait constitué la plus belle des réponses pour toutes les injustices que nous avons subies.

(1) Les demi-finales de la Ligue des champions 1994 ont été disputées sur un seul match, sur le terrain du premier de chacune des deux poules.

(2) Le 15 décembre 1988, les dirigeants marseillais sont informés à la mi-temps du match de Championnat Nice-OM que Bruno Germain et Éric Di Meco devront se présenter au contrôle antidopage à la fin de la rencontre. Au coup de sifflet final, les deux joueurs, remplacés en cours de seconde période, ont déjà quitté le stade. Philippe Thys et Jean-Pierre Papin se présentent à leur place. Les dirigeants marseillais prétexteront une erreur de numéros. Les joueurs ne seront jamais sanctionnés et le club sera condamné à une simple amende.

Bleu au cœur, bleus à l'âme

Tout au long de ma carrière, j'ai eu la chance de croiser des joueurs très talentueux. Même si mes plus grandes amitiés se trouvent en dehors du football, j'ai vécu quand même quelques belles aventures humaines grâce à mon métier. Le milieu du football est très hermétique. On y vit toujours dans l'apparence. Dès que tu montres des signes de vulnérabilité, certains en profitent pour t'enfoncer. Il suffit que tu fasses deux ou trois mauvais matches, et tu sens tout de suite un peu de distance qui se crée, même au sein de ta propre équipe. Et quand tu as le talent, c'est la jalousie qui peut s'installer.

Les réactions varient. Si certains coéquipiers ont l'esprit large et pas d'ego excessif, d'autres s'énervent lorsque tu leur voles la vedette ou que tu les égratignes dans les médias.

Michel Platini me sélectionne pour la première fois, en août 1990, pour un match amical contre la Pologne. Je n'ai pas encore 20 ans. Je suis de loin le plus jeune du groupe. Je suis sous contrat professionnel avec l'AS Monaco depuis seulement un mois et demi.

Mon honnêteté me joue des tours. Je suis encore très perturbé psychologiquement par la mort d'Olivier. Au fond de moi, je n'ai pas la certitude de mériter ma sélection. Je fais des déclarations dans ce sens à la presse. J'ai confiance en moi, mais je ne me sens pas prêt. Tout va à 2 000 à l'heure. Tout va si vite. J'estime que d'autres joueurs comme Alain Roche ou Franck Silvestre méritent tout autant que moi, si ce n'est plus, de faire partie du groupe France. En plus, je suis appelé par Platini, la grande star du football français, ce qui accroît certainement cette espèce de gêne que je ressens et que j'exprime.

J'ai été un grand fan du joueur et de l'équipe de France de son époque. Avec son carré magique Tigana-Fernandez-Giresse-Platini, c'était une très grande équipe. La demi-finale de la Coupe du monde 1982 à Séville, perdue par les Bleus aux tirs au but face à l'Allemagne de l'Ouest (3-3, 4-5 t.a.b.), est gravée dans ma mémoire. J'allais sur mes 12 ans. J'ai vu ce jour-là ce qui reste sans doute l'un des plus beaux matches que l'équipe de France ait jamais joués. J'en suis sorti ébloui et malheureux, comme des millions de Français.

Dans un monde exclusivement basé sur l'image, la médiatisation extrême de Zidane a effacé Platini des mémoires. S'ils avaient évolué à la même époque, je pense que Platini aurait beaucoup plus marqué les esprits. Il était plus important dans le jeu, plus décisif. À la Juventus, il réalisait des choses incroyables. Au milieu des champions du monde italiens, c'était lui le vrai patron. Lorsqu'il est venu avec la Juventus au Parc des Princes en 1983 pour disputer un match de Coupes des vainqueurs de Coupe contre le PSG, il s'est fait siffler par le public parisien. J'avais trouvé cette réaction injuste. Platini a tant apporté au football français. Comment peut-on traiter ainsi un joueur qui procure autant de plaisir ? C'est quand même bizarre.

Me voilà donc pour la première fois en face de mon idole à Clairefontaine, où je débarque le sourire aux lèvres. Le premier contact me refroidit. Platini n'apprécie pas mes propos et me le fait savoir : « En disant que tu ne mérites pas la sélection, tu me fais passer pour un con. Tu n'as pas à te soucier des autres. Chacun a sa carrière en main. À toi de me prouver que je ne me suis pas trompé. À l'avenir, fais attention à ce que tu dis », me lance-t-il en rigolant. Mais je sais qu'il est sérieux.

À Monaco, mon coéquipier Gérald Passi m'a déjà tenu le même discours. Pour lui, je n'avais pas à m'exprimer ainsi. Il trouve mes propos presque blessants pour tous ceux qui rêvent de porter le maillot bleu et qui n'y parviendront jamais. Je n'ai évidemment pas voulu choquer ni aller au clash avec Platini. Simplement, je ne me sens pas encore prêt à jouer en équipe de France, où les grands joueurs sont nombreux. Je viens tout juste de débarquer dans le football professionnel. J'ai exprimé ce que je ressentais.

D'ailleurs, il faut croire que je n'ai pas totalement tort sur le coup puisqu'il se passera un an et demi avant que je sois de nouveau appelé en équipe de France.

Toujours est-il que je ne sais pas trop quoi répondre à Platini. Il m'impressionne tellement. Je ne sais même pas si je dois le tutoyer ou le vouvoyer. Du coup, pour ne pas avoir à trancher, je m'arrange pour ne jamais l'interpeller directement.

Si l'accueil du sélectionneur est, au bout du compte, chaleureux, celui de mes coéquipiers est en revanche glacial. Mon franc-parler me crée des problèmes. On me fait payer mes fameuses prises de position sur les dérives du football français, sur la corruption à Marseille. À table, personne ne me parle. Les anciens sont loin de jouer leur rôle de tuteurs vis-à-vis d'un nouveau. Pour ne rien arranger, je suis le seul Monégasque du groupe.

Je n'ai pourtant rien fait de mal. J'ai simplement dit publiquement ce que tout le monde sait déjà.

Avant même de faire mon boulot sur le terrain, il va donc falloir que je sois fort en dehors, au quotidien.

À la sortie du vestiaire, après un entraînement, on me fait comprendre que les Marseillais sont les patrons et qu'il ne faut plus parler de l'OM dans les médias.

La scène se déroule sous un sapin du parc de Clairefontaine. Les Marseillais Pascal Olmeta, Bernard Casoni et Bernard Pardo tentent de me mettre au pas. « Ici c'est l'équipe de France, me disent-ils. Regarde bien où tu es. Nous sommes beaucoup de Marseillais. Tu es simplement toléré dans l'équipe. Tu dois te tenir à carreaux. Tu trouves ta place, tu creuses ton trou, tu te mets dedans et on ne veut plus t'entendre. »

Ils me font bien sentir que je dois considérer ma présence comme un privilège. Ce qui revient à dire : « Maintenant, tu fermes ta gueule… »

Je leur réponds : « Écoutez, on est tous dans la même équipe. Moi, je suis là pour servir l'équipe de France, pas Monaco ou l'OM. »

Lors de l'entraînement du lendemain, Laurent Blanc me sauve. Je joue en défense lors d'une petite opposition. Sur une montée, je reçois le ballon alors que je tourne le dos à Olmeta qui garde le but adverse. À ce moment, j'entends Blanc hurler : « Attention, ça vient ! » Je ne cherche pas à comprendre. Je saute en me désintéressant du ballon. Et dans l'instant, je vois surgir sous moi Olmeta lancé comme un bolide, pieds en avant comme il le fait en match. Mais là, nous ne sommes pas en match. S'il avait pu me choper…

Je n'ai pas le temps d'avoir peur. Je n'ai d'ailleurs jamais eu peur de qui que ce soit sur un terrain. Mais je suis choqué. Je me rends compte à quel point l'être humain peut être stupide quand il a une obsession dans la tête et qu'il n'arrive pas à prendre du recul ou, mieux encore, de l'élévation. Je comprends que ces types-là sont les marionnettes de Tapie jusqu'en équipe de France. Si Blanc ne m'avait pas alerté, Olmeta m'aurait peut-être fracassé. Quelques années plus tard, nous en serions peut-être venus aux mains. Mais là, j'arrive sur la pointe des pieds. Je ne dis rien.

Je remarque évidemment que « Platoche » joue aux boules avec des Marseillais, Pardo et Casoni notamment... Je m'interroge. Un entraîneur en charge d'une sélection ne doit-il pas prendre un certain recul par rapport à ses joueurs ? Et si sa manière de fonctionner se rapproche plus du style copain-copain, ne doit-il pas agir ainsi avec tout le monde ?

Bien plus tard, à Barcelone, je connaîtrai à nouveau ce sentiment d'isolement.

Éric Cantona, pour qui j'ai beaucoup d'admiration, est au-dessus de ces considérations. Il vient dans ma chambre pour me dire de m'accrocher.

Je trouve étrange que l'on puisse déjà me comparer à lui. D'un côté, je le prends comme un compliment. M'affirmer comme quelqu'un de différent dans un monde stéréotypé n'est pas pour me déplaire. D'un autre côté, je ne vois pas ce que je fais de mal. Sur le terrain, je ne me prends jamais la tête avec un arbitre, je ne fais jamais de geste violent envers un adversaire ni de geste de provocation en direction du public. On me colle une étiquette de rebelle, d'écorché vif, qui ne se justifie pas. C'est la raison pour laquelle je me braque vite contre les médias.

Je ne garde pas un grand souvenir de cette première sélection contre la Pologne. Je rentre dans le dernier quart d'heure de ce match de préparation, dans un Parc des Princes désert. Je réalise une prestation quelconque. Je ne suis ni bon ni mauvais. Correct sans plus. Je ne retiens que cette transversale ratée sur laquelle notre gardien Bruno Martini me sauve la mise. La rencontre s'achève sur un pauvre 0-0.

J'entre donc dans une période d'attente de dix-huit mois durant laquelle je dispute un match capital avec l'équipe de France Espoirs, face à l'Espagne.

Tout au long de la partie, je n'arrête pas de prendre des coups. Excédé, je finis par m'en plaindre auprès de l'arbitre… qui m'expulse sur-le-champ. Sans raison. Derrière, je passe en commission de discipline. Dans ce genre de situations, tu tombes parfois sur des mecs qui rêvent de se « payer » des joueurs connus. C'est mon cas. Ils m'infligent quatre matches de suspension ! Je ne sais pas encore que la sanction des ces abrutis est extensible à l'équipe de France A.

Toutefois, Michel Platini décide de me maintenir sa confiance en me sélectionnant pour le Championnat d'Europe 1992, qui se déroule en Suède. J'ai effectué mon retour en équipe de France deux mois plus tôt, à l'occasion d'un match amical contre la Belgique (3-3) dont je dispute la première mi-temps au poste d'arrière gauche avant d'être remplacé par Jean-Philippe Durand. Fin mai et début juin, en matches de préparation, je joue également la seconde période de Suisse-France (2-1) et la première de France - Pays-Bas (1-1).

Je viens certes de disputer une finale européenne avec Monaco, mais l'Euro 92 constitue mon premier tournoi majeur. Je ne me fais pas trop d'illusions. En montant dans l'avion pour Stockholm, je sais déjà que, sauf blessure, je n'ai aucune chance de jouer.

Ce n'est pas grave. Je suis là pour apprendre. Je regarde tout : la préparation des joueurs, l'alimentation, les joueurs adverses...

Avant de partir en Suède, je consulte la liste des sélections présentes. Je remarque qu'il n'y a que quatre joueurs de ma génération. Aujourd'hui, on assiste plutôt au phénomène inverse. Je pense que j'aurais moins détonné dans le paysage du football actuel.

Avec notamment son duo d'attaque Papin-Cantona, l'équipe de France a de grandes ambitions. Elle a effectué un parcours qualificatif sans faute : huit victoires en huit matches. Pourtant, nous passons totalement à côté de notre sujet. Après deux matches nuls, 1-1 contre la Suède et 0-0 contre l'Angleterre, nous subissons la loi des surprenants Danois (1-2), qui ont remplacé au dernier moment la Yougoslavie, et qui remporteront contre toute attente le tournoi.

Au moment du second but danois, alors que je suis assis sur un banc que, comme prévu, je n'ai pas quitté de toute la compétition, Michel Platini shoote dans une bouteille qui me frôle le visage.

Dans le vestiaire, on n'entend pas un bruit. D'habitude si décontracté, Platini ne desserre pas les dents. J'imagine toute la frustration qui doit l'habiter. Je fréquente ce groupe depuis quelque temps et je connais son potentiel.

Je ressens un énorme goût d'inachevé. Tous ces efforts pour rien alors que nous avions la capacité pour aller jusqu'au bout... Même si je n'ai pas joué une seule minute, je suis l'un des plus affectés par ce cuisant échec.

Le retour sur Paris est surréaliste. À l'arrivée, c'est à peine si les joueurs se disent au revoir. Aucune émotion ne transparaît. Les mecs prennent leur sac et s'évaporent dans la nature.

Comme après chaque élimination, arrive l'heure des règlements de comptes. Il faut couper des têtes, les mettre sur la place de la Bastille, danser autour et demander aux dieux qui on pourrait bien prendre comme sélectionneur.

J'apprends le départ de Platini et son remplacement par Gérard Houllier à mon retour de Tahiti, où j'ai passé 18 jours. Je ne suis pas surpris. Progressivement, Gérard met son groupe en place pour la qualification à la Coupe du monde 94 programmée aux États-Unis.

Je participe au premier match en Bulgarie, où nous perdons 2-0. Lors d'un duel aérien, l'ancien Lensois Nasko Sirakov me met un coup sur le mollet. J'ai un épanchement de sang. Dans l'avion qui nous ramène sur Monaco avec Arsène, mon mollet devient énorme. Je suis victime d'une phlébite qui me prive des Bleus pendant six mois.

La mémoire est vraiment sélective. De cette période en équipe de France, très peu de souvenirs me reviennent. Je sais juste que j'ai vécu ma carrière pleinement, en vivant les plus belles heures de l'équipe de France mais également les plus sombres.

Nous sommes à la fin des éliminatoires de la Coupe du monde 1994. Après le match nul concédé en Suède (1-1) – auquel je ne participe pas car j'ai le nez cassé –, un point nous suffit lors de nos deux dernières rencontres à domicile contre Israël et la Bulgarie pour empocher notre billet pour les États-Unis.

Face à Israël, que nous avons laminé 4-0 au match aller, nous sommes tous fautifs. L'objectif nous semble tellement facile à atteindre que l'on doit croire que le simple fait de pénétrer sur le terrain devrait suffire à nous expédier de l'autre côté de l'Atlantique.

Nous oublions jusqu'au principe premier d'un match international : quel qu'il soit, il se prépare. Nous perdons 3-2.

Un simple match nul au Parc des Princes contre la Bulgarie peut encore nous sauver la mise. À l'époque, il existe une rivalité énorme entre Parisiens et Marseillais, qui rejaillit en équipe de France jusque sur le terrain. L'identité marseillaise des Bleus est remise en cause par les Parisiens. Le conflit prend une telle ampleur qu'il dépasse les joueurs eux-mêmes. Il s'agit d'un véritable affrontement entre deux villes.

La défaite contre Israël a entamé notre confiance. Le match est tendu, nous sommes crispés. Nous ne parvenons pas à nous libérer. À deux minutes de la fin, nous tenons notre match nul (1-1) et notre billet pour la World Cup, quand un missile d'Emil Kostadinov nous foudroie.

Dans ses rêves les plus fous, je ne crois pas que Kostadinov ait un jour imaginé marquer un but comme celui-là, qui envoie la Bulgarie aux États-Unis et la France au fond du trou.

Dans la foulée, avant de démissionner, Gérard Houllier tire à boulets rouges sur David Ginola, coupable d'avoir perdu le ballon sur l'action décisive. Mais c'est moi qui paye le prix de cet échec.

En découvrant les journaux dans la librairie où Leily travaille, je n'en crois pas mes yeux. Sous prétexte que j'ai joué arrière gauche, on m'impute la responsabilité du doublé de Kostadinov. C'est fou.

Trois mois plus tard, Aimé Jacquet, qui a pris la place de Gérard Houllier, ne me sélectionne pas pour son premier match, un Italie-France à Naples. Je ne comprends pas sa décision. Je fais partie des plus jeunes. Pourquoi ne plus me faire confiance ?

Dois-je vraiment servir de bouc émissaire ? La sanction me paraît injuste. Aujourd'hui, je dois pourtant reconnaître que ces pires années du football français correspondent aux années noires de ma vie privée.

Pendant quatre ou cinq ans, je me suis endormi. À l'image de l'équipe de France. En me sélectionnant très tôt, Michel Platini m'a offert des années d'avance sur tous les joueurs de ma génération. Progressivement, cette avance a fondu.

De très bonnes à la base, mes performances sont devenues bonnes, puis moyennes et parfois médiocres.

D'une période mitigée entre 1990 et 1994, je passe au néant complet entre 1994 et 1997. J'ai facilement perdu cinq années en équipe de France. Heureusement, je vais finir par me réveiller.

Après la tempête

C'est un matin comme les autres. Je suis chez moi, à Èze, en train de me préparer dans la salle de bains. En enlevant la buée déposée par les vapeurs d'eau de la douche, je vois ma tête dans la glace. C'est une vision d'horreur. J'ai les traits affreusement tirés. Mes yeux ne transmettent rien. Le vide total. On dirait un zombie. Je fais toujours les mêmes gestes, sans y réfléchir. Je suis spectateur de mes journées.

Je suis au plus fort de ma dépression. J'ai beau exercer un formidable métier, avoir un train de vie que beaucoup envient et une femme en tous points attentionnée, je n'arrive pas à me défaire de ce mal qui me ronge.

J'arrive à un point critique où seules deux options s'offrent à moi : soit je continue de sombrer et je bascule dans le vide, soit je me décide enfin à me réveiller. Après une ascension fulgurante, je suis en effet devenu un joueur moyen. Ni bon, ni mauvais. Juste moyen. J'ai surtout perdu l'envie de me dépasser.

Après le décès de mon frère, je me suis plongé à fond dans mon métier. Je me suis imposé à Monaco et j'ai débarqué très vite en équipe de France. Lorsque j'étais au top, je me suis demandé comment les choses allaient bien pouvoir évoluer. S'en est suivi ce trou noir. Je pense être performant. C'est faux. Je comprends que c'est l'individu qui fait le joueur et non pas l'inverse.

Pour me débarrasser de mon mal-être, je n'ai reculé devant aucun artifice. C'est à cette époque que j'ai commencé à me droguer. Je fume des pétards pour oublier. En revanche, jamais je ne toucherai aux drogues dures. La seule fois où un mec m'en a proposé, je lui ai mis une tarte dans la gueule.

Je suis tellement mal dans ma tête que mon couple en paye le prix.

Entre Leily et moi, les choses commencent à se gâter. Elle part un mois en Iran avec sa sœur. Durant son absence, je la trompe. Je suis complètement perdu.

Nous partons en vacances aux Seychelles. Je ne peux plus concevoir de vivre avec Leily alors que j'ai trahi sa confiance. Je lui annonce que je la quitte, en choisissant l'endroit le moins approprié pour le faire. Nous sommes quasiment seuls sur une petite île déserte et je lui parle dès le deuxième jour de notre séjour. Je vous laisse imaginer la suite des vacances…

Chaque rupture est pour moi une souffrance. J'ai toujours le chic pour compliquer des situations qui ne sont déjà pas simples, pour dire aux femmes dont je me sépare que je veux prendre un chemin différent plutôt que de dire la vérité. À savoir que le temps a fait des dégâts, qu'il n'y a plus d'amour entre nous, que nous sommes devenus copains, qu'on ne s'endort plus de la même manière, qu'on ne se réveille plus de la même manière, qu'on ne se fait plus les câlins de la même manière, que le quotidien nous a rattrapés et qu'à mon âge, je n'ai pas envie de vivre ça... Je m'y prends très mal. J'ai toujours l'impression d'avoir été lâche. Chaque fois que j'ai vécu en couple, j'ai été fidèle… jusqu'au jour où j'ai commis l'irréparable, qui a systématiquement marqué la fin de l'histoire. À partir de ce moment, je ne peux plus me respecter si je prolonge la relation et, surtout, j'ai l'impression de ne plus pouvoir respecter cette femme que j'ai aimée.

Pour moi, Leily a toujours été et sera toujours une grande dame. La page est tournée depuis longtemps. Comme le chante Rita Mitsouko : « Les histoires d'amour finissent mal en général… » Heureusement, il existe des histoires qui se prolongent au-delà de leur fin officielle. Je ne suis plus amoureux d'elle, mais je garde une très haute opinion de Leily. Je ne lui souhaite que du bonheur. Maria, la femme qui partage ma vie aujourd'hui, le sait et le comprend.

Durant cette période douloureuse, je lis beaucoup. Parfois jusque dans les vestiaires. Pas mal de polars d'Agatha Christie, surtout les enquêtes d'Hercule Poirot, des livres sur l'histoire, l'astronomie, la franc-maçonnerie…

Sur les conseils d'un ami, je lis aussi *La prophétie des Andes*, le best-seller de James Redfield, qui change radicalement ma façon de penser et d'appréhender les événements. Ce bouquin est comme une révélation. En suivant le parcours initiatique de son héros, je comprends que l'on va parfois chercher trop loin des réponses qui se trouvent sous nos yeux. Que l'on peut compter sur les autres pour rendre meilleure notre existence. Il faut que j'arrête de rejeter le monde extérieur, qui n'est pas si noir que je me l'imagine. Cette prise de conscience accélère ma résurrection.

Sur le plan professionnel, je décide de reprendre les choses en main. Alors que j'avais des années d'avance, il est anormal que je sois aujourd'hui rattrapé et même dépassé par tous les joueurs de ma génération. Alors, je me remets à bosser. Comme un fou.

Avec « Mickey » Madar, coéquipier monégasque dont je suis proche, nous multiplions les séances de travail supplémentaires. Nous allons très souvent en salle de musculation pour améliorer notre tonicité et notre explosivité, notre puissance, notre détente. La musculation sculpte mon corps et me donne une pêche incroyable sur le terrain.

Mickey est un attaquant qui a toujours eu de grosses qualités. Mais il faut quelqu'un derrière lui qui le pousse sans arrêt. Peu à peu, il prend conscience de son potentiel physique. Nous sommes tellement proches l'un de l'autre que l'on nous surnomme soit « Véronique et Davina », soit « Starsky et Hutch ».

Physiquement, je ne me suis jamais senti aussi bien. J'ai envie de tout péter. Ce nouvel état d'esprit correspond à mon changement de poste.

Après le limogeage d'Arsène Wenger, en septembre 1994, Jean-Luc Ettori reprend l'équipe en main. C'est lui qui a l'idée de me faire évoluer au milieu de terrain, ce qui me libère totalement.

Au fond, sa décision ne me surprend pas tellement. Jean-Luc me connaît parfaitement. Il sait qu'en équipes de jeunes j'ai déjà évolué dans ce registre. Comme je me retrouve dans une dynamique ascendante, je suis plutôt demandeur. J'éprouve à nouveau l'envie de tout donner sur le terrain.

Toute cette rage accumulée depuis tant d'années ne demande qu'à sortir. J'ai l'impression d'être un petit génie qui attend dans sa lampe depuis des siècles et qui soudain se libère.

Là, c'est le lâcher de fauves. Je fais voltiger les mecs d'en face. Je suis un bloc, un animal. Il faut que ça sorte. Pour la seule et unique fois de ma carrière, j'écoute la liste des 22 sélectionnés qui vont participer avec l'équipe de France au Championnat d'Europe 1996 en Angleterre.

Je suis chez moi. Quelle déception ! Contrairement à Mickey, je ne fais pas partie du groupe. Je n'ai pourtant pas l'impression d'avoir démérité.

Aimé Jacquet ne m'a testé qu'en une seule occasion, contre la Grèce, à Nîmes, en février 1996. Éric Di Meco et Bixente Lizarazu étaient tous les deux blessés… Sur un terrain gelé, à un poste d'arrière gauche que je n'occupe plus depuis des mois, je n'ai guère la possibilité de m'illustrer avant d'être remplacé par Cyrille Pouget à un quart d'heure de la fin. Je trouve injuste de ne pas figurer dans le groupe de l'Euro.

Je sors d'une grosse saison avec Monaco, et ma polyvalence aurait pu s'avérer utile dans ce genre de compétition. Je me dis aussi que Jacquet, qui a eu le courage d'écarter Éric Cantona et David Ginola, est en train de bâtir son groupe pour la Coupe du monde 1998 et que je n'en fais pas partie.

Mais je balaye vite cette frustration. Dans la foulée, nous réalisons une saison de rêve avec Monaco. Nous remportons le Championnat de France, le premier, et le seul, de ma carrière. On va jusqu'en demi-finales de la Coupe de l'UEFA, où l'on se fait voler par l'arbitre face à l'Inter Milan. Je suis au top de ma forme.

Je rate pourtant le Tournoi de France 97, épreuve de prestige qui réunit la France, l'Angleterre, le Brésil et l'Italie un an avant le Mondial. Je me dis que c'est mort pour les Bleus. Je fais partie de l'eau de lessive des années noires de l'équipe de France. Pour moi, le chemin est plus difficile à parcourir que pour n'importe quel autre postulant, car je traîne comme un boulet cette image négative du passé que je m'efforce d'effacer des mémoires.

Il faudra tout de même que je traverse la Manche pour convaincre Aimé Jacquet de me faire à nouveau confiance. Nul n'est prophète en son pays.

Un taxi pour le paradis

Jusqu'à l'arrêt Bosman, qui date de décembre 1995 et ouvre le marché des joueurs de foot, très peu de joueurs français évoluent à l'étranger.

Dans la foulée de Michel Platini à la Juventus dans les années 80, Jean-Pierre Papin en Italie, Éric Cantona ou David Ginola en Angleterre constituent encore des exceptions.

À partir de 1993, les clubs étrangers commencent à s'intéresser à moi. Je rencontre des émissaires italiens de la Fiorentina ou du Milan AC, des Espagnols de Valence... Je ne donne pas suite car l'idée de quitter le Championnat de France ne m'effleure pas encore l'esprit. En toute franchise, je ne m'estime pas suffisamment serein pour tenter une expérience à l'étranger.

En 1997, une fois conquis le titre de champion de France avec l'AS Monaco, ce n'est plus le cas. Je sens au contraire que le moment est propice pour aller voir ce qui se passe ailleurs.

Au lendemain de notre sacre, toute l'équipe est invitée à *Téléfoot*, en direct du port de Monaco. Lorsqu'on me tend le micro, j'annonce à tout le monde mon désir de quitter l'ASM. Présent à mes côtés, le président Jean-Louis Campora accuse le coup. À peine l'émission terminée, il me fait d'ailleurs comprendre que je ne partirai pas tant que le club n'aura pas reçu de proposition officielle.

Pour prévenir un blocage éventuel de mes dirigeants, je décide donc de prendre les devants et de répondre directement aux sollicitations. Je rencontre ainsi le président de Valence qui est toujours intéressé par ma venue. Lorsque les discussions deviennent sérieuses, on me demande d'aller prendre un verre, bref de quitter les lieux. C'est dire comment on considère à l'époque un joueur au moment-clé des négociations. Le président espagnol commet une seconde erreur. Il propose à mon agent un dessous de table pour me convaincre de signer chez lui. C'est mal me connaître.

Au-delà du procédé, qui me fait rompre tout contact, c'est de toute façon l'Angleterre qui m'attire depuis longtemps, beaucoup plus que l'Espagne.

Plus jeune, je dévorais une bande dessinée anglaise dont le héros s'appelait *Hamish la Foudre*. Elle raconte les aventures d'un jeune Écossais, un peu pouilleux, jouant au foot avec des protège-tibias défoncés et des chaussures trouées. Il se prend régulièrement des beignes par des mecs monstrueux mais parvient toujours à s'en sortir grâce à des dribbles fantastiques et à des buts venus d'ailleurs. Ce gamin me faisait fantasmer.

Au-delà de mes souvenirs d'enfance, j'adore regarder les images du foot anglais. Très souvent, l'engagement des joueurs dépasse le cadre de la normalité européenne. La différence tient surtout à l'intensité que l'on met dans les duels. Il faut montrer à ton adversaire jusqu'où tu es prêt à aller pour remporter le match. Cet engagement peut parfois choquer les joueurs latins, dont l'approche est plus basée sur la technique.

Les Écossais des Glasgow Rangers entrent les premiers dans la danse. Viennent ensuite les Anglais de Liverpool, Sheffield et Fulham, sans que je sache réellement jusqu'à quel point ma venue les intéresse.

Très vite, mon choix se porte sur deux superbes propositions émanant de Tottenham et Arsenal, deux clubs londoniens.

Depuis une saison, Arsène Wenger est le patron d'Arsenal. Accueilli avec beaucoup de scepticisme par les Anglais, il est en train d'imposer progressivement sa méthode.

Même s'il semblait inéluctable à l'époque, le départ d'Arsène de Monaco, en septembre 1994, m'a beaucoup affecté.

Heureusement, il a su rebondir à travers la J-League, et cette expérience lui a visiblement servi. Au Japon, il aurait pu s'enterrer. Mais lorsque tu as du talent, les choses évoluent d'elles-mêmes. Arsène, Arsenal… Le destin devait forcément le conduire dans ce club.

Chronologiquement, c'est d'abord Tottenham qui se manifeste. Je me rends à Londres pour rencontrer ses dirigeants. D'emblée, je sens que les « Spurs » sont enthousiastes. Ils me veulent vraiment et me le prouvent. À Monaco, je gagne 280 000 francs bruts mensuels (un peu moins de 42 700 euros). Ils me proposent la même chose en net... Je prends acte, en me gardant bien de donner mon accord définitif.

À la fin de notre rendez-vous, je demande aux dirigeants de Tottenham s'ils peuvent me commander un taxi.

En fait, je dois me rendre chez Arsène, avec lequel j'ai également rendez-vous. Quelques semaines plus tard, les médias anglais se feront un malin plaisir de rappeler que c'est Tottenham qui m'a payé le taxi pour me rendre chez son ennemi juré, Arsenal.

Alors que je sors d'un entretien d'embauche courtois mais classique entre employeur et employé, l'ambiance chez Arsène, qui est accompagné de David Dein, son ami et vice-président du club, est beaucoup plus chaleureuse.

Dès le premier contact, David Dein me donne l'impression qu'on se connaît depuis toujours. En plus, Arsène et lui me proposent un salaire quasiment double de celui de Tottenham, plus de 500 000 francs nets par mois (76 221 euros).

L'idée de retravailler avec Arsène finit par me convaincre définitivement. Ce sera Arsenal. Nous nous mettons rapidement d'accord. Dès que je reçois la confirmation écrite du club, je préviens enfin les dirigeants monégasques pour qu'ils s'arrangent avec leurs homologues anglais.

Nous nous séparons en bons termes. Avant de traverser la Manche, je fais un pot de départ, histoire de remercier tous ces gens au club qui comptent beaucoup pour moi.

À cette époque, je partage ma vie avec Ariane, une danseuse de revue que j'ai rencontrée à Saint-Laurent-du-Var un soir de sortie avec Mickey Madar. Au moment de rentrer dans un bar, nous tombons sur deux filles sublimes à l'entrée. Mickey passe le premier et dit bonjour à l'une des deux filles, qu'il connaît. Il fait les présentations. Je n'arrive pas à détacher mon regard d'Ariane. Sa robe est tellement moulante... Nous sentons rapidement que nous ne sommes pas indifférents l'un à l'autre.

En fait, je ne suis qu'un con arrogant, qui baigne dans un monde irréel. J'aime qu'on me dise que je suis le plus beau, le plus beau fort… Que tout le monde se plie en quatre pour moi. Je vis cette histoire à fond. C'est une relation animale et très exclusive. Pas de place pour les autres. Qu'il s'agisse de ma famille ou de mes amies, elle veut que je tire un trait sur mon passé sentimental.

À cause de ma relation avec Ariane, je commence donc progressivement à perdre de vue tous les gens qui me sont proches… Aujourd'hui, quand je me souviens de mon comportement, je ne me reconnais pas. Si je croisais le Manu d'alors, je lui mettrais des baffes dans la gueule ! Il y a quelque temps, mon frère David m'a rappelé tous ces mois où j'étais totalement à côté de la plaque. Son jugement m'a fait mal, mais il avait raison. Heureusement, ma connerie n'a pas duré.

Arsenal à la folie

Lorsque je débarque à Arsenal, les « Gunners » n'ont pas encore la réputation mondiale qui est la leur aujourd'hui. Manchester United domine sans partage le championnat anglais. Quoi qu'il en soit, découvrir ce football qui m'est totalement inconnu a tout du challenge excitant.

Mes notions d'anglais sont tellement limitées que je me demande comment je vais parvenir à me faire comprendre. Je prends conscience du professionnalisme de ce club à tous les niveaux, du jeune stagiaire qui cire les chaussures des pros jusqu'à l'attachée de presse. Tout est fait pour me faciliter la tâche. Par ailleurs, j'ai la chance de bénéficier de l'aide inestimable de Stuart Peters, qui travaille pour le compte de mon agent de l'époque, Jerome Anderson.

Durant des mois, il va se plier en quatre pour faciliter mon adaptation et faire en sorte que je puisse me soucier uniquement du terrain.

Stuart répond parfaitement à l'idée que je me fais du rôle d'un agent. Il n'est pas simplement présent au moment des transferts pour prendre sa commission, mais il assure un suivi régulier et l'assurera tout au long de ma carrière. Stuart travaille avec beaucoup d'autres Gunners tels Ian Wright, Tony Adams, Dennis Bergkamp et Thierry Henry. Il gère encore aujourd'hui certaines de mes affaires en Angleterre. Il est devenu un ami cher qui a toute ma confiance.

Malgré mes deux dernières saisons réussies avec Monaco et ma quinzaine de sélections en équipe de France, je débarque à Londres en parfait inconnu. Devant mes nouveaux partenaires, j'ai tout à prouver. Plus que ton palmarès, les Anglais veulent d'abord savoir ce que tu as dans le ventre. Ils te le font comprendre dès le premier entraînement.

Arsène m'a prévenu : je dois m'attendre à un combat physique et mental de tous les instants.

Le jeu est différent, plus direct, plus porté vers l'attaque. Quand un Martin Keown, chaque fois qu'il le peut, s'essuie les crampons sur un adversaire, ça énerve. En même temps, il ne fait pas ça pour te faire péter un câble mais parce que c'est la tradition anglaise.

Je débute avec Arsenal par un match nul à Leeds, 1-1. Mais c'est à Southampton, quelques jours plus tard, que je prends véritablement conscience de la particularité du jeu anglais. Un énorme tacle du défenseur Carlton Palmer m'occasionne une belle entaille sur le genou. Ce qui lui aurait valu dix cartons rouges dans le Championnat de France ne lui coûte qu'un carton jaune. Face au laxisme de l'arbitrage anglais et aux réactions du public envers certains joueurs étrangers, je mesure la difficulté qu'ont pu connaître avant moi des joueurs comme l'Argentin Osvaldo Ardiles ou Éric Cantona pour s'imposer en Premier League. Très vite, je me rends compte que si je joue de la même manière qu'en France, ça ne passera pas. Je n'ai aucune chance de réussir.

Mes débuts sont difficiles, je serre les dents. Je m'accroche, car je sais aussi que jouer pour Arsenal m'offre tout ce que j'attends du football : un jeu où l'on ne pose pas de questions. Je découvre également l'importance de ce sport en Angleterre et sa dimension populaire qui n'a certainement pas d'équivalent dans le monde.

Dans un premier temps, je m'installe au *Sopwell House* de St Albans, l'hôtel situé au nord de Londres où descendent toutes les recrues du club.

Au fil des semaines, l'endroit devient déprimant. Peu importe. L'expérience est tellement nouvelle que je suis avide de découvertes. Par rapport aux autres, j'ai la chance d'avoir plein de facilités sur place. J'ai une piscine, un spa et une salle de musculation qui me permettent de m'entretenir régulièrement.

Comme les vestiaires d'Arsenal ont pris feu, les joueurs se changent au *Sopwell House* avant de partir en bus pour les terrains d'entraînement.

Les Anglais me font découvrir une autre vision de ce métier.

Un jour, alors que nous sommes en train de rouler vers le centre d'entraînement, Ian Wright, le buteur de l'équipe, prend son jogging et le met sur la tête du chauffeur. La scène est totalement virtuelle. On risque l'accident à tout moment. En même temps, nous sommes sur une route de campagne. Il ne peut rien nous arriver. Au pire, on se retrouvera sur le bas-côté. Tout en pestant contre Wright, le chauffeur donne un violent coup de frein et notre buteur s'écrase comme un moustique contre le pare-brise, provoquant un fou rire général.

Ian Wright est un super joueur qui a marqué l'histoire de ce club mais qui ne s'est jamais pris au sérieux.

Arsenal, c'est aussi son *back-four*, ses quatre défenseurs de fer. Je me demande souvent ce qu'ils auraient pu donner dans un championnat étranger. Pour moi, l'esprit des défenseurs est incarné par ce *back-four*. Je dirais même ce *back-six* car Lee Dixon, Tony Adams, Martin Keown, Nigel Winterburn ou Steve Bould sont indissociables de David Seaman, le gardien. Ces six Anglais ont pratiquement tout connu ensemble.

Adams ? C'est la classe sur le terrain. Le buste toujours droit. Il y a un peu de Cantona dans son attitude. Keown est un véritable pitbull que l'on tient en laisse… si l'on y arrive. Lui, comme Dixon alias « Tintin », ont tous les attributs des défenseurs britanniques. Ils te rentrent dans le lard et arrachent tout sur leur passage. Malgré de très vagues notions d'anglais, j'entretiens de bonnes relations avec eux, surtout avec Dixon et Seaman. Avec sa voix rauque de nounours, ce dernier me fait marrer. Pour l'énerver, j'essaye toujours de le lober ou de lui faire un petit pont lors de son échauffement.

Trois ans après son départ de Monaco, je trouve Arsène changé. De façon naturelle, nos rapports dépassent définitivement le cadre du terrain. Certes, il y a toujours cette retenue, cette forme de respect que la hiérarchie nous impose. En même temps, une certaine affection nous lie.

À son arrivée, rien non plus ne lui a été épargné. « Arsène *who* ? », « Arsène qui ? », a même titré la presse anglaise pour annoncer l'arrivée de cet entraîneur totalement inconnu outre Manche. En un mot, il a autant besoin de nous que nous de lui. Il a pris un risque en faisant venir des joueurs français.

Je prends réellement du plaisir à m'entraîner quotidiennement avec lui. Précurseur, Arsène attache déjà beaucoup d'importance à l'alimentation, à la récupération et il rompt régulièrement avec la routine.

Lorsqu'un entraîneur dit par exemple : « Aujourd'hui, on ne touche pas le ballon, on joue au basket », il y a de quoi être étonné. C'est sa façon de prouver qu'on peut apprendre des autres, qu'il ne faut pas vivre en circuit fermé.

Je ne suis pas surpris de sa réussite avec Arsenal. Ses expériences en France et au Japon lui ont considérablement ouvert l'esprit. Il a touché du doigt les lacunes de ce club au niveau de sa gestion au quotidien comme de la préparation mentale. Il fait partie de ces précurseurs qui savent que pour tirer le maximum d'un joueur, il faut aussi mettre l'individu dans les meilleures dispositions. En dehors des talents du footballeur, Arsène attache beaucoup d'importance à l'aspect humain avant de recruter un joueur. Il ne mettra jamais en péril l'équilibre de son groupe pour un joueur, aussi bon soit-il. C'est un tailleur de diamants. Il connaît une grande réussite avec des jeunes qui ne se seraient certainement pas autant épanouis ailleurs. Son secret ? Il leur fait découvrir une conception particulière du football, où le terme d'équipe prend tout son sens. C'est une accumulation d'individualités qui fait son succès, et non tel ou tel joueur. Aurais-je eu la même carrière sans lui ? Difficile à dire. J'ai tout connu avec lui : mes débuts, mes plus mauvaises années en tant que joueur à Monaco, mais aussi les meilleures à Arsenal.

J'ai toujours du plaisir à le retrouver le matin à l'entraînement. Un regard, une petite phrase de sa part suffisent à faire comprendre qu'il n'est pas là pour créer des problèmes mais plutôt pour trouver des solutions à tes problèmes. Avec lui, chaque joueur sait que tôt ou tard il aura un rôle à jouer dans le groupe, ce qui est essentiel pour la confiance. Il ne m'a jamais rien imposé. Je me suis juste rebellé sur la fin de notre aventure monégasque à cause de mon positionnement sur le terrain.

Je l'appelle toujours « Coach », comme je le fais avec Roger Lemerre, Aimé Jacquet, Pierre Tournier. C'est comme une marque de respect que je garderai jusqu'à la fin de ma vie.

J'ai une telle confiance en Arsène que je lui confie certains secrets très intimes de ma vie privée. En 1999, quelques semaines après notre rencontre, Agathe, dont je parlerai plus tard, tombe enceinte. À cet instant de notre histoire, nous ne nous sentons pas prêts pour accueillir un enfant. Elle doit par ailleurs partir pour plusieurs semaines de tournage.

Nous sommes contre l'avortement, mais nous ne voyons pas d'autre solution. C'est à bord d'un train dans lequel nous effectuons un déplacement que je fais part de notre souci à Arsène. Il comprend parfaitement. À l'issue du match, il me donne quelques jours pour régler mon problème. Lorsque tu atteins un tel rapport de confiance avec un entraîneur, c'est génial.

Je pense que si nous avions été de la même génération, nous serions de véritables amis. Je n'ai jamais pris de gants pour dire les choses. Lui a une façon toujours courtoise de faire passer son message. Disons qu'il est beaucoup moins brut de décoffrage que moi.

Aujourd'hui, il mène sa barque d'une main de maître. Il a pris sa pleine mesure. C'est un précurseur, un entraîneur qui est parvenu à donner une véritable dimension à bon nombre de joueurs qui ont eu la chance de travailler avec lui. Je profite de l'occasion qui m'est offerte par le biais de ce livre pour lui dire que je ne le remercierai jamais assez de m'avoir permis de travailler avec lui durant toutes ces années. Ce fut une aventure commune d'une richesse incroyable, tant sur le plan professionnel que sur le plan humain.

C'est à Arsenal que j'hérite du numéro 17 qui m'accompagnera jusqu'à la fin de ma carrière. En dehors du fait qu'il me portera bonheur, ce nombre n'a pas de signification particulière. Quand je pars de Monaco, les numéros fixes n'existent pas encore. À Londres, on me file le numéro 17. Je ne cherche pas à savoir si je peux en avoir un autre. Je m'en fous. L'important, c'est de jouer.

Chaque match, chaque stade est prétexte à une découverte. J'en prends plein les yeux. À Liverpool, le fameux chant *« You'll Never Walk Alone »* me prend aux tripes. Juste avant d'entrer sur la pelouse, il faut aussi emprunter ce couloir exigu où l'on peut lire en lettres énormes : *« This is Anfield »*. J'ai l'impression d'être un gladiateur qui pénètre dans l'arène.

À Old Trafford, le stade de Manchester United, tu as intérêt à être costaud dans ta tête. Tu rates une passe ou un tir, et c'est tout le public qui se fout de ta gueule.

Situé au nord de Londres, Highbury, le stade d'Arsenal, possède une architecture typiquement anglaise. Les spectateurs du premier rang sont presque en mesure de toucher les joueurs. J'adore. À Monaco, comme au Stade de France, je n'ai jamais apprécié d'être séparé du public par la piste d'athlétisme.

Quand on observe sa façade, Highbury ne ressemble pas à un stade mais plutôt à un bâtiment administratif. Sa capacité ne dépasse pas 38 000 places. Des milliers de personnes se trouvent en liste d'attente pour obtenir des abonnements. Après tant d'années passées à l'AS Monaco, qui peine à remplir le stade Louis-II, j'ai du mal à l'imaginer.

À l'intérieur du stade, tout respire la tradition. J'adore le steward, invariablement présent les jours de match et qui nous accueille en uniforme et casquette. Au-delà de la grosse ferveur populaire, les lieux honorent le football de manière très particulière. *So British*.

Les vestiaires sont l'endroit le plus magique. Ils sont vétustes et plutôt étroits, mais on sent que l'endroit respire le foot.

Dans leur préparation d'avant-match, les Anglais sont du genre très détendus. Ils mettent la musique à fond, rigolent comme des gamins et ne se prennent pas la tête.

Lorsque le match est programmé à 15 heures, nous nous réunissons à 11 heures. Pas avant. C'est un peu moins le cas aujourd'hui que les mises au vert sont plus courantes en Angleterre.

Après quelques semaines nécessaires d'adaptation aux spécificités du jeu anglais, je commence à me sentir bien. Je comprends et apprécie l'amour et le respect du public. Je sais que je suis sur le bon chemin. J'existe enfin.

Sur le terrain, à mon poste de milieu de terrain, je me sens épanoui. J'ai connu tellement d'années de frustration que me vient une folle envie de m'éclater. Arsène me dit qu'il a été con de ne pas m'avoir fait jouer plus tôt à ce poste. Je ne sais pas s'il a raison. Si nous avons souvent eu des différends sur le sujet, rien ne dit qu'à Monaco, à son époque, j'avais déjà les dispositions pour m'exprimer de cette façon. Toujours est-il que sous le maillot d'Arsenal, je m'éclate.

D'autant plus que mon entente au milieu de terrain avec Patrick Vieira devient rapidement une évidence.

Dans une équipe, les duos tiennent une place prépondérante.

Si je m'entends aussi bien avec Patrick sur le terrain, c'est qu'il sait qu'il peut compter sur moi, que je suis le premier à le défendre dans le combat physique, et je pense exactement la même chose de lui. Dans le travail de récupération du ballon, trop de joueurs ont tendance à oublier leur plus proche partenaire sur le terrain, à laisser par exemple l'autre faire le pressing pour se placer derrière afin de récupérer le ballon. Les exigences à ce poste sont telles que si tu n'as qu'un seul poumon, tu exploses au bout de dix matches.

Dans un registre différent, notre duo me rappelle celui que je formais avec Patrick Battiston, puis Roger Mendy, au cœur de la défense monégasque. Physiquement, nous sommes au-dessus du lot et on se complète parfaitement. Une telle connivence s'instaure entre nous qu'on a parfois l'impression que, sur le terrain, on peut se trouver les yeux fermés.

En privé, Patrick est un mec tranquille. Il sait aussi bien que moi que les vrais amis ne sont pas dans le milieu. On a tous un problème d'ego lié à la compétition. Par moments, nos intérêts vont à l'encontre de ceux de nos propres copains. Nous pouvons très bien nous retrouver en concurrence, que ce soit en club ou en sélection.

Sans être arrogant, je n'ai jamais revu un tandem aussi performant que le nôtre. Que nous n'ayons jamais vraiment eu l'occasion d'évoluer ensemble en équipe de France est l'un de mes plus grands regrets.

Quand je vais au feu devant, je sais qu'il est le premier derrière à me couvrir. Presque comme deux soldats en temps de guerre. Quand l'un est agressé, l'autre vient derrière pour mettre un tampon.

Dans l'esprit du public d'Arsenal, nous sommes indissociables. Parfois, on se fait même des passes de la tête comme à l'entraînement.

Avec le recul, je m'aperçois que, dès que nous avons été séparés, après l'Euro 2000, ni lui ni moi n'avons retrouvé une telle qualité de jeu.

Les fans anglais ont la particularité d'écrire des chansons en hommage à leurs joueurs préférés. Ceux d'Arsenal ne dérogent pas à la règle. La mienne dit à peu près ceci : *« He's blond. He's quick. His name is porn slick. Emmanuel, Emmanuel… »* (« Il est blond. Il est rapide. Son nom ressemble à celui d'une star du porno. Emmanuel, Emmanuel… »).

Je ne sais pas si le public anglais mesure l'impact qu'une chanson peut avoir sur un joueur. La force que cela peut lui apporter. Je souhaite à n'importe qui en Ligue 1 d'avoir sa chanson. Si vous adorez vos joueurs, créez des chansons pour eux. Vous verrez les conséquences sur leur jeu. À Arsenal, pratiquement tous les joueurs ont une chanson. C'est fabuleux.

Cette année-là, en tout cas, nous sommes irrésistibles en fin de saison.

Le 1er mars, nous comptons encore treize points de retard sur Manchester United. Nous entamons une remontée fantastique en allant gagner 1-0 à Old Trafford. Plus rien ne peut nous arrêter.

À la faveur d'un dernier succès 4-0 face à Everton, nous coiffons Manchester sur le fil. À 3-0, je suis victime d'un tacle d'une telle violence que mon protège-tibias vole en éclats et se fend en deux. Je sors sur une civière. Sur le coup, je flippe carrément. D'abord pour ma santé, puis pour la Coupe du monde, même si je ne suis pas encore sûr d'y participer.

Nous sommes sacrés champions d'Angleterre, ce qui n'était plus arrivé au club depuis 1991. Fou de bonheur, je rejoins mes coéquipiers pour recevoir le trophée sur la pelouse. Arsène peut se réjouir. C'est la première fois qu'un entraîneur étranger remporte le championnat anglais.

Un an après mon sacre avec Monaco, je réalise un superbe doublé. Mais je note tout de même une différence. En principauté, au moment de la parade pour fêter le titre à l'extérieur du stade, nous sommes suivis par cent scooters et trois voitures. Là, toutes les rues qui jouxtent Highbury sont noires de monde.

Quinze jours plus tard, contre Newcastle, nous jouons la finale de la Cup. Je ne suis pas prêt de l'oublier. Il fait beau, c'est un super jour pour jouer au foot. Et ce stade est majestueux. Comme le Maracanã de Rio de Janeiro, Wembley est un temple du football et j'y joue pour la première fois une finale de Cup. Lorsque j'arrive sur la pelouse et que je vois cette foule immense, 80 000 personnes qui hurlent de toutes leurs forces, je me rends vraiment compte de ce que représente la Cup pour les Anglais. Le match est intense, bien à l'image de notre saison. Nous sommes très costauds défensivement et, devant, nos deux fusées Marc Overmars et Nicolas Anelka font la différence sur deux ballons en profondeur (2-0). Vingt-sept ans après, Arsenal réalise un nouveau doublé Championnat-Coupe dans une ambiance indescriptible.

Le lendemain, nous défilons de nouveau dans les rues, noires de monde, qui jouxtent Highbury. Patrick et moi sommes loin de nous imaginer que, dans quelques semaines, nous allons revivre les mêmes scènes de joie démultipliées sur les Champs-Élysées.

Cette saison-là, j'invente mes plus beaux souvenirs sous le maillot d'Arsenal. Il s'agira de mes seuls trophées avec le club londonien. L'année suivante, nous terminons deuxièmes, un point derrière Manchester United qui réalise un triplé historique.

À Highbury, au terme d'un match très tendu et très indécis, les joueurs d'Alex Ferguson nous éliminent aussi en demi-finale de la Cup (1-2 a.p.) sur un but d'anthologie de Ryan Giggs. Alors que nous sommes en prolongation et que tout le monde commence à fatiguer, l'attaquant gallois trouve le moyen de dribbler tout le monde avant de décocher une frappe dans un angle fermé. Connaissant la qualité de notre défense, je ne peux qu'admirer secrètement son exploit. Peu de temps auparavant, Dennis Bergkamp a raté un penalty qui aurait pu nous donner un avantage définitif. Nous sommes vraiment maudits.

Il n'en reste pas moins que ce doublé de 1998 a marqué les esprits à jamais. Aujourd'hui encore, lorsque je me rends en Angleterre, il m'arrive de me faire aborder par des fans d'Arsenal. « *You're a legend* », « Vous êtes une légende », me disent-ils. Ils ne pensent pas à mon titre mondial, mais au fameux doublé de 1998.

À la toute fin de ma carrière, je retournerai d'ailleurs m'entraîner avec Arsenal. J'aurai l'occasion de revenir sur cet épisode. Néanmoins, je tiens d'ores et déjà à dire qu'avec ce club, j'ai une relation « à la vie, à la mort ». Arsenal peut me demander n'importe quoi.

PARTIE 2

SUR LE TOIT DU MONDE

Le pari de Jacquet

En 1998, j'ai enfin la possibilité de participer à une Coupe du monde. Qui plus est chez nous, en France.

Durant les semaines qui précèdent cet événement planétaire, je n'ai pas franchement le sentiment que l'on désire me voir revenir en équipe de France.

Qui peut avoir envie de faire ressurgir le passé ? En tout cas, je le ressens ainsi : quoi que je fasse, rien ne pourra faire changer d'avis les gens et encore moins les médias spécialisés.

C'est pourtant le pari fou que tente Aimé Jacquet. Il m'a rappelé pour affronter l'Afrique du Sud en match amical, le 11 octobre 1997 à Lens (2-1). Je n'ai plus porté le maillot tricolore depuis un an et demi…

Mes six premiers mois à Arsenal n'ont pas été transcendants. Je me dis tout naturellement qu'Aimé a besoin de me revoir. Je sais qu'il doit faire face à une pénurie de gauchers, principalement en milieu de terrain. Les attaquants sur lesquels il semble vouloir s'appuyer sont des dévoreurs d'espace comme Stéphane Guivarc'h ou Thierry Henry, les nouveaux venus. Derrière, il lui faut des joueurs susceptibles d'expédier des ballons en profondeur.

Pourquoi pas moi ? Mon repositionnement en milieu de terrain peut apporter une solution à un problème qui se pose à lui depuis un petit moment : l'absence d'un milieu de terrain capable d'approvisionner l'attaque avec un pied gauche. Le fait d'avoir évolué à différents postes, arrière gauche, milieu défensif ou milieu excentré, joue en ma faveur. J'offre beaucoup de possibilités tactiques.

Même si je suis titulaire, ce match contre les « Bafana Bafana » n'apporte aucune réponse. Je me blesse au bout d'une demi-heure de jeu. Comme retour, on peut mieux faire...

Dans l'ensemble, les matches de préparation de l'équipe de France ne sont pas spécialement convaincants. En mars 1998, je réalise une prestation moyenne en Russie, un match que nous perdons 1-0. Cela suffit pour qu'on émette à nouveau des doutes sur ma sélection. À croire que mes prestations avec Arsenal, où je commence vraiment à exploser, ne comptent pas.

Une nouvelle fois, j'y vois un manque de reconnaissance et de respect. Les médias se retranchent toujours derrière la liberté de la presse. Mais ne s'agit-il pas là d'un vulgaire joker dont on se sert à tout bout de champ ?

Selon moi, un journaliste est quelqu'un qui a pour mission principale de relater les faits. Chaque grand pays industrialisé possède des médias puissants qui manipulent les masses. Le sport n'y échappe pas.

Ainsi, je ne vois pas la moindre objectivité dans les critiques qui accompagnent ma sélection dans le groupe France 98. Je les trouve injustes, à plus d'un titre. D'abord, je suis l'un des plus anciens, même si ça ne se voit pas au nombre de sélections. Sept ans auparavant, j'étais déjà en équipe de France.

Ensuite, je sors d'un titre de champion de France avec Monaco en m'étant montré très performant tout au long de la saison. Enfin, pour ma première année en Angleterre, je suis sur le point de réaliser le doublé avec Arsenal, où je prends une autre dimension dans le jeu.

On trouve malgré tout le moyen de m'attaquer. C'est là que j'ai l'intime conviction que l'on n'attaque plus le joueur, mais l'individu.

C'est la raison pour laquelle, quelques semaines plus tard, lorsque nous allons remporter la Coupe du monde, je vais m'en donner à cœur joie pour livrer le fond de ma pensée.

Pour l'instant, ces critiques me semblent secondaires. Dans la foulée du doublé que je viens de réaliser, je suis en pleine forme physique et habité par un optimisme à tout casser. Rien ne peut m'arrêter. Ma chance est d'être parti un an plus tôt pour Arsenal. La reconnaissance que j'attends depuis des années en France, pas seulement auprès des médias mais aussi du football français en général, je l'ai obtenue en l'espace d'une saison en Angleterre.

Aimé Jacquet a présélectionné vingt-huit joueurs. Heureusement pour moi, il a sa vision des choses et… d'autres soucis. Avant de partir pour le Maroc et le Tournoi Hassan II, il doit rayer six joueurs de sa liste.

À Clairefontaine, la tension est palpable. Surtout pour ceux, dont je fais partie, qui n'ont aucune certitude.

Puis vient l'heure du verdict, à trois jours de notre départ pour le Maroc. Après le dîner, Aimé Jacquet convoque Anelka, Ibrahim Ba, Martin Djetou, Pierre Laigle, Sabri Lamouchi et Lionel Letizi. Avant même que le sélectionneur ne justifie ses choix, ils comprennent que pour eux, l'aventure s'arrête là. On dirait une scène de télé-réalité avant l'heure. Je suis surtout déçu pour « Nico » Anelka, qui a fini la saison en trombe avec Arsenal, et pour Lamouchi que je connais un peu. Dans leurs yeux, je ne vois que de la frustration, celle que j'ai pu ressentir deux ans auparavant, lorsque je n'ai pas fait partie du groupe pour l'Euro 96.

Je remercie Aimé Jacquet de m'avoir fait confiance à un moment où je n'étais pas véritablement en odeur de sainteté. En prenant une telle décision, il ne s'est pas fait que des amis, notamment au niveau des médias. Mais il a tenu bon, en restant fidèle à ses choix. C'est tellement rare de rencontrer des entraîneurs qui s'affirment dans leurs convictions et dans leurs idées, envers et contre tous.

Au fil des ans, comme joueur puis comme entraîneur, il a su accumuler de l'expérience. À ce niveau de compétition, avec l'inévitable pression qui pesait sur lui, c'est cette expérience qui lui a permis d'être plus serein pour négocier des tournants difficiles. C'est elle qui fait la différence. Dans la gestion humaine, il a ainsi pu entreprendre des choses qu'il n'aurait pas su ou pas voulu mener à bien sans son vécu.

En 1996, il a conduit l'équipe de France en demi-finales du Championnat d'Europe en prenant ses responsabilités puisqu'il a écarté Cantona et Ginola, qui évoluent à l'époque en Angleterre, où se déroule le tournoi.

Cantona a été victime de sa propre image. En même temps, il était en fin de parcours. Ginola a plus ressenti ce choix comme une injustice. Tous les deux sont des joueurs de caractère. Mais dans un sport collectif, ce n'est pas forcément la meilleure équipe qui se montre la plus performante. Jacquet est parti du principe que sélectionner certains joueurs pouvait mettre en péril la gestion humaine de son groupe. C'est compréhensible. Peut-être à l'époque certains joueurs ne s'entendaient-ils pas avec Ginola. Nous exerçons un métier où, souvent, l'on te juge sur ta personnalité plutôt que sur tes performances sportives. Si la Coupe du monde avait eu lieu un ou deux ans plus tôt, je ne sais pas si Aimé Jacquet m'aurait sélectionné.

Extérieurement, on ne connaît qu'une seule facette du Jacquet sélectionneur. À nous, joueurs, il renvoie une image bien plus riche. Pendant notre préparation à la Coupe du monde, il arrive ainsi à dissocier les périodes où il faut être sérieux en se montrant professionnel à 2 000 %, et les moments de recul durant lesquels il fait preuve d'un détachement par rapport à l'événement qui nous permet de vivre de façon agréable au quotidien.

La gestion humaine d'un groupe est primordiale. Tout en gardant la même idée directrice, Jacquet sait responsabiliser ses joueurs. Au fil de ses années d'entraîneur, aux Girondins de Bordeaux ou ailleurs, il a compris qu'un entraîneur de haut niveau doit attacher autant d'importance à la préparation mentale et à l'utilisation des bons mots au bon moment, qu'au physique et à la tactique. C'est pour moi tout ce qui fait la différence entre un meneur d'hommes et quelqu'un qui possède un talent incontestable, mais qui ne parvient pas à le transmettre aux joueurs.

L'entraîneur doit avoir l'intelligence d'adapter son propos à chacun de ses joueurs, car nous sommes tous différents. Le discours collectif doit être rassembleur, axé sur la solidarité, l'abnégation. Il doit souder le groupe autour d'un objectif commun. En revanche, le discours individuel n'a d'effet que si tu connais réellement le joueur qui se trouve en face de toi. C'est le seul moyen de le toucher avec des phrases. Ça nécessite de s'intéresser à l'autre, de le connaître, d'être tourné vers lui.

Les mots qu'il me réserve sont bien sentis : « Quand je te vois jouer à Arsenal, cette générosité que tu as sur le terrain... Je veux que tu te concentres davantage sur ton jeu. Tu peux apporter plus à l'équipe et avoir un autre rayonnement sur le terrain. N'hésite pas à aller frapper, tu as une superbe frappe de balle. Va au bout, à fond... »

Son discours ne fait que confirmer tout ce que je viens de découvrir en Angleterre. Dans le championnat anglais, si tu ne te donnes pas à fond, tu n'existes pas.

La véritable préparation débute lors du Tournoi Hassan II, au Maroc, où Jacquet fixe la hiérarchie des gardiens de but. Contrairement à l'Euro 96, Fabien Barthez est titulaire et Bernard Lama remplaçant. Lorsqu'il a la chance d'avoir plusieurs gardiens de haut niveau comme Barthez et Lama, un entraîneur peut s'estimer heureux d'avoir un tel choix à effectuer. Titulariser l'un ou l'autre ne change pas grand-chose à la valeur de l'équipe. La concurrence est l'émulation naturelle d'un groupe. Elle permet aux joueurs de se transcender, d'alimenter une source permanente de motivation. Mais à un moment, il faut choisir et trancher. Moi, sur le moment, je n'ai pas de préférence. J'entretiens d'excellents rapports avec nos deux gardiens. C'est toujours le cas aujourd'hui.

La patience récompensée

On peut faire plusieurs lectures d'une carrière de footballeur professionnel. En 1998, avant d'atteindre le sommet du monde, je sais déjà que la mienne coïncide avec les heures les plus sombres du football français. Sacrés champions d'Europe en 1984, les Bleus de Platini avaient ensuite réalisé un superbe parcours lors de la Coupe du monde 1986, dont le fameux quart de finale France-Brésil de Guadalajara, remporté aux tirs au but (1-1, 4-3 t.a.b.). Nous, nous n'avions pas su nous qualifier pour le Mondial italien de 1990, pas plus que pour le Mondial 1994 aux États-Unis. Il a donc fallu attendre douze ans, une éternité, pour revoir l'équipe de France participer à cette compétition, qu'elle organise et pour laquelle elle se trouve du coup directement qualifiée.

De retour à Clairefontaine après notre escapade au Maroc, notre préparation ressemble à un véritable stage commando. Après toute une batterie de tests en tous genres, la charge de travail physique qui nous est imposée par le staff technique est impressionnante. Presque incroyable. Mon corps se rappelle encore des séries de sprints, dont nous sortions fracassés, dans le chemin pentu qui conduit au terrain Michel Platini. Pourtant, tout le monde encaisse ces entraînements douloureux sans une plainte. Parallèlement, nous savons que nous nous forgeons un mental. Nous nous sentons très forts physiquement et très costauds moralement. Roger Lemerre conduit ces séances. Il nous inocule sa hargne sans jamais négliger la touche d'humour qui nous permet d'être à la fois extrêmement sérieux, concentrés et décontractés. Et puis côté ambiance, si cela ne suffisait pas, les traditionnels chambreurs apportent leur touche. À ce jeu, Vincent

Candela et Christophe Dugarry ne sont pas les moins doués. Zidane est toujours en leur compagnie, mais lui ne chambre jamais. À ce rythme endiablé, impossible de ne pas être prêt pour le grand jour.

Jacquet essaye lui aussi de détendre l'atmosphère. Il fait tout pour que nous ne soyons pas dépassés ou écrasés par l'événement. Il veut que l'on se soucie davantage de nous-mêmes que de l'extérieur. Pour lui, cela ne fait aucun doute : nous avons la force et la qualité pour battre n'importe qui. Il suffit simplement de s'en convaincre.

C'est ainsi que le sélectionneur minimise l'impact de l'opinion publique, en essayant de positiver les critiques.

France - Afrique du Sud
12 juin 1998
Marseille, Stade Vélodrome

C'est à Marseille, près de huit ans après mes débuts en équipe de France, que je vais donc disputer mon premier match de Coupe du monde, face à l'Afrique du Sud.

Nous prenons nos quartiers au Moulin de Vernègues, à Mallemort, là où l'équipe de France de Michel Platini avait séjourné quatorze ans plus tôt, avant la mythique demi-finale du Championnat d'Europe face au Portugal (3-2 a.p.).

L'endroit est agréable, mais il nous faut plus d'une heure de route pour rejoindre le Stade Vélodrome. Dans le bus, on peut entendre une mouche voler. Personne ne parle. L'angoisse est palpable. Les mâchoires sont tendues, les regards sombres. Certains mecs se rongent les ongles.

Ma joie est d'autant plus forte que je fais partie du onze de départ. Mais si Aimé Jacquet me renouvelle sa confiance, je suis toujours plein d'incertitudes quant à mon véritable statut en équipe de France. Avec le passif que je traîne sous le maillot tricolore, je sais pertinemment que si je me troue durant ce match, l'aventure sera terminée pour moi. Je vous laisse imaginer la pression qui m'habite.

Ce premier match est sous haute tension. Nous n'avons pas le droit de nous louper. La majorité des joueurs n'est pas spécialement enthousiaste à l'idée de débuter au Stade Vélodrome, même si tout le monde reconnaît que l'équipe de France appartient à tous les supporters français. On connaît l'exigence du public marseillais. Si tout va bien, il sera derrière nous. En revanche, si nous passons à côté, il sera le premier à nous « défoncer ».

C'est une angoisse supplémentaire dont nous aurions pu nous passer.

Pour répondre aux chants zoulous des Bafana Bafana qui montent du vestiaire voisin, on passe *I Will Survive*, le tube remixé de Gloria Gaynor qui va nous accompagner tout au long de l'aventure.

Comme d'habitude, à mon arrivée au stade, j'ai appelé mes proches. Mes parents et Ariane, mon amie. Je rappellerai mon père après la rencontre, car je sais qu'il aura un jugement objectif sur ma performance. Comme toujours.

On entre rapidement dans le sujet. Christophe Dugarry remplace Stéphane Guivarc'h, touché au genou, dès la 26e minute. C'est lui qui ouvre la marque de la tête sur un corner de Zidane. Je souris en le voyant courir comme un fou sur le côté, en tirant la langue. Je pense même que son caractère le pousse à aller plus loin dans sa célébration, mais il se retient. Coupe du monde oblige.

Je me dis qu'il agit ainsi parce qu'il vit son but comme une délivrance. Nous avons très rarement l'occasion de faire taire à coup sûr nos détracteurs. Au haut niveau, on connaît la difficulté d'influer sur le jeu et de peser à l'évidence sur le sort d'un match. Son but est un soulagement pour lui, mais aussi un bienfait pour l'équipe. C'est également un signe d'espoir pour d'autres joueurs qui se trouvent encore dans le doute.

Avant son but, « Duga » a raté une occasion énorme. Dans la foulée, il a provoqué un coup franc contre nous qui aurait pu être dangereux. Il savait que s'il n'avait pas rapidement effectué un geste décisif, cela aurait été dur pour lui de revenir dans la partie.

Après cette ouverture du score, le Marseillais Pierre Issa détourne dans son propre filet un tir de Youri Djorkaeff. L'affaire est pliée. Dans le temps additionnel, Thierry Henry conclut le festival avec son premier but sous le maillot de l'équipe de France. 3-0, la machine est bien lancée.

Je demande son verdict à mon père. Pour lui, j'ai fait un bon match.

De retour à l'hôtel, l'ambiance est bon enfant. Nos femmes nous ont rejoints. Après l'énorme pression qui a accompagné nos débuts dans la compétition, tout le monde peut enfin se relâcher.

On se réveille le lendemain avec ce même sentiment de soulagement. Nous sommes entrés dans l'événement comme il le fallait. Dans la salle de soins, alors que défilent les images de la veille, je me fais sérieusement chambrer.

Au moment de La Marseillaise, j'ai mis ma main gauche sur mon buste, laissant supposer que mon cœur était à droite... J'étais tellement à fond dans la compétition, tellement concentré, que je n'ai pas fait attention.

« Toute ma vie, je ferai des cagades », suis-je obligé d'admettre en rigolant. Et je m'imagine déjà en bonne place dans les différents zappings. Face à mes coéquipiers qui profitent de cette bévue pour me chambrer, je finis par trouver la parade : « J'ai une telle activité sur le terrain que j'ai trois poumons et deux cœurs. »

Puisque nous en sommes à l'hymne national, j'ouvre une parenthèse pour dire combien je suis gêné par le fait que certains joueurs de l'équipe de France actuelle ne chantent pas La Marseillaise. Je ne vois pas comment tu peux représenter l'élite, te servir de l'aura de l'équipe de France et ne pas la chanter. De deux choses l'une : ou bien le joueur ne connaît pas les paroles et je l'invite vivement à les apprendre, ou bien il ne veut pas chanter car il n'accepte pas l'équipe de France et ce qu'elle représente. Autant refuser d'être sélectionné. C'est une question de respect. Si l'on accepte une sélection, on accepte aussi les obligations qui vont avec.

France - Arabie Saoudite
18 juin 1998
Saint-Denis, Stade de France

Après notre succès contre l'Afrique du Sud, nous regagnons Clairefontaine. Je suis déjà bien installé dans la compétition. Jusqu'au jour où Aimé Jacquet m'annonce que je ne débuterai pas le deuxième match, contre l'Arabie Saoudite. C'est Alain Boghossian qui jouera. J'accuse le coup.

Pour justifier sa décision, le sélectionneur dit vouloir me préserver pour la suite. Comme j'ai reçu un avertissement contre l'Afrique du Sud, il craint qu'un nouveau carton me prive du troisième match contre le Danemark. Je suis persuadé qu'il veut m'utiliser contre les Danois, car leur jeu physique ressemble beaucoup à celui pratiqué en Angleterre.

J'avoue toutefois que j'ai du mal à accepter l'argument du sélectionneur. Je vois mal comment j'aurais pu être averti contre l'Arabie Saoudite, une équipe que nous devons maîtriser sans trop de difficultés. Ma non-titularisation fait ressurgir en moi quelques vieux démons. À ce moment de la Coupe du monde, je ne suis pas un cadre indispensable à l'équipe de France. C'est en tout cas ainsi que je vois les choses.

Jacquet parle d'un match piège, face à une équipe qui n'a perdu que 1-0 son premier match face au Danemark. En un sens, le respect obligatoire que nous devons à tous nos adversaires lui donne raison. Entraînée par le Brésilien Carlos Alberto Parreira, sacré champion du monde avec le Brésil quatre ans plus tôt, l'Arabie Saoudite ne doit pas être prise à la légère. D'un autre côté, je sais qu'on va gagner. Pour moi, ce match n'est qu'une formalité avant de passer à la suite.

France - Arabie Saoudite, c'est aussi notre premier match de la Coupe du monde, et mon premier match, au Stade de France. Afin de travailler en toute sérénité, Aimé Jacquet a en effet souhaité disputer les derniers matches amicaux de préparation à l'étranger.

L'architecture est magnifique. On dirait un gigantesque vaisseau spatial. Seul problème, la piste d'athlétisme, qui nous sépare carrément des tribunes. Je n'en démords pas. Quel que soit le lieu, les joueurs ressentent toujours le besoin d'être en communion avec le public.

Comme prévu, le match est à sens unique. Nous sommes supérieurs dans tous les domaines. D'autant plus que l'Arabie Saoudite se retrouve à dix après vingt minutes de jeu, avec l'expulsion d'Al Khlaiwi, auteur d'un vilain tacle sur Lizarazu.

Le début de la rencontre est surtout marqué par la blessure de Dugarry, victime d'une élongation. À cet instant, on se dit que sa Coupe du monde peut sans doute s'arrêter là.

Peu de temps après ce petit drame, Henry ouvre logiquement le score en reprenant un centre de Lizarazu. Plus rien d'inquiétant ne peut nous arriver.

Nous maîtrisons la rencontre sans trop de difficultés. David Trezeguet double la mise de la tête en profitant d'une bourde du gardien Al Deayea, qui a jusqu'alors multiplié les exploits.

On s'achemine vers un succès facile. C'est alors que Zidane trouve le moyen de se faire expulser, pour avoir laissé traîner ses crampons sur la cuisse de Fuad Amin. Lorsqu'il quitte le terrain, Aimé Jacquet, visiblement affecté de voir ses plans chamboulés, n'a pas un regard pour lui.

Il convient de rappeler qu'à cette époque, Zidane n'a pas encore posé son empreinte sur le jeu des Bleus comme il le fera plus tard. Plus que pour le groupe, son expulsion est surtout dommageable pour lui. Comme celle de Dugarry, sa Coupe du monde est peut-être aussi terminée.

Ces deux incertitudes plombent un peu l'ambiance. Car nous sommes qualifiés pour les huitièmes de finale. Henry, sur un dégagement de Barthez, et Lizarazu, servi par une talonnade de Djorkaeff, ont terminé le travail (4-0).

Au-delà de nos malheurs, on sent malgré tout qu'une grande sérénité se dégage de ce groupe. En l'espace de deux matches, nous avons marqué sept buts sans en encaisser un seul.

Sur le plan physique, nous sommes des monstres. Tout le monde s'en est rendu compte lors des deux premiers matches. Dans les duels, nos adversaires ont volé en éclats. Si nous n'avons pas encore rencontré les clients les plus coriaces, on sait déjà qu'il sera très difficile de nous mettre en danger.

France-Danemark

24 juin 1998
Lyon, stade Gerland

La veille du match contre le Danemark, Ariane, ma compagne, m'appelle au téléphone. Au son de sa voix, je sens qu'il se trame quelque chose.

« J'ai quelque chose à te dire : j'aimerais qu'on se marie. Je veux aller déposer le dossier à la mairie pour que les bans soient publiés. »

Sans la brusquer, je lui rappelle que j'ai déjà vécu une séparation douloureuse. Je ne me sens pas disposé à replonger tout de suite dans une relation aussi sérieuse. Je préfère que nous fassions un bout de chemin ensemble, pour voir où cela nous mène. À cause de mon refus, notre relation va progressivement se distendre puis prendre fin. En pleine Coupe du monde, cette intrusion de ma vie privée n'est sans doute pas opportune.

Pour affronter le Danemark, Aimé Jacquet décide de faire tourner son effectif. Zidane est suspendu, Guivarc'h et Dugarry sont blessés, Blanc, Thuram, Lizarazu, Deschamps et Henry sont remplaçants. Comme prévu, je vais débuter cette rencontre forte en symboles.

Au moment de fouler la pelouse de Gerland, je me replonge quatorze ans en arrière, lorsque j'y ai disputé la finale de la Coupe nationale des Minimes avec la sélection de Normandie. Ce match m'avait permis de me faire remarquer par les recruteurs des principaux clubs français et d'intégrer plus tard le centre de formation de Monaco. Cette fois, c'est toute ma carrière qui va décoller.

La rencontre débute de la meilleure façon possible. Youri Djorkaeff, le « Snake », glacial comme un serpent, ouvre le score sur penalty à la suite d'une faute sur Trezeguet. Mais pour moi, ce match manque de tourner au cauchemar.

Sur un coup franc en faveur des Danois, j'ai le réflexe de tendre le ballon à Michael Laudrup alors que nos défenseurs ne sont pas encore replacés. Après coup, on me reprochera ce geste. En tant qu'acteurs d'une Coupe du monde, nous sommes suivis par des centaines de millions de téléspectateurs. Ici plus qu'ailleurs, j'estime que nous avons le devoir de servir d'exemple et de faire preuve de fair-play envers nos adversaires. C'est vrai aussi que certains joueurs profitent de la moindre faiblesse de leurs rivaux pour leur planter un poignard dans le dos. En l'occurrence, je tombe sur un type plus expérimenté que moi, qui joue rapidement le coup. Notre défense est déstabilisée. Candela n'a d'autre choix que de faire faute sur Martin Jorgensen et de provoquer un penalty. Sans états d'âme, Michael Laudrup égalise.

À ce moment du match, je suis le vilain petit canard, celui dont le geste a conduit indirectement au premier but encaissé par les Bleus dans leur Coupe du monde.

Il en faut plus pour me déstabiliser. Je sais que j'ai en moi la force de changer le cours des choses.

En début de deuxième mi-temps, j'hérite du ballon à la limite de la surface de réparation. Je frappe sans me poser de question. Aujourd'hui, je me demande encore comment le ballon a fait pour passer au milieu de cette forêt de jambes. Un vrai miracle. J'inscris mon premier but en équipe de France. En plus, c'est le grand Peter Schmeichel qui garde les buts danois.

Sur le coup, j'ai l'impression de planer. C'est comme si je m'étais shooté ! Je sors sous les applaudissements à la 65e minute. Pour la première fois, le public français scande mon nom, balayant d'un coup toutes les désillusions du passé.

Jamais je n'ai ressenti une telle sensation de plénitude sous le maillot de l'équipe de France. Je suis sur un nuage, loin de me douter que tout cela n'est rien en comparaison de ce qui va suivre.

Schmeichel ? Je l'ai revu une semaine après la Coupe du monde, dans un restaurant à Antibes. Quand je suis tombé sur lui, il m'a dit en souriant : « Oh no ! Not again ! » (« Oh non ! Encore lui ! »)

Quelques semaines auparavant, le gardien de Manchester United avait perdu le titre de champion d'Angleterre à cause de la remontée fantastique d'Arsenal. Dans la foulée, nous avions remporté la Cup ; et comme si tout cela ne suffisait pas, je lui avais donc marqué le but de la victoire en Coupe du monde. Sur le coup, on en rigole, avant de prendre une photo ensemble.

Au-delà de l'assurance de terminer premiers de notre groupe, cette victoire contre le Danemark constitue un vrai déclic sur un plan personnel.

Elle met fin à mes doutes. Je prends de plus en plus confiance en moi. J'apporte des réponses aux craintes du sélectionneur en même temps que je chasse les miennes. Je sais désormais que je peux me montrer déterminant pour mon équipe. Je sais également que je peux me hisser au niveau des meilleurs.

COLLECTION PERSONNELLE

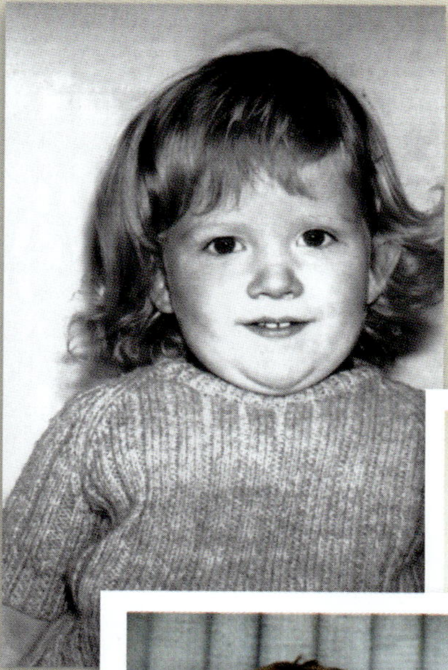

CALAIS / L'ÉQUIPE

C'est avec un certain amusement que je revois ces photos d'enfance, comme celle de mes 3 ans (en haut) ou celle de ma première licence à l'ES Arques (au centre), quand j'avais 7 ans.

COLLECTION PERSONNELLE

Mes parents, Jean-Paul et Evelyne, le jour de leur mariage.

Mon frère Olivier, fauché en pleine jeunesse sur un terrain de football. C'était lui, le véritable espoir de la famille. J'ai souvent pensé à sa disparition comme à un « sacrifice » ayant favorisé ma carrière de footballeur professionnel.

COLLECTION PERSONNELLE

Un vrai document. Les trois frères ensemble avec notre père Jean-Paul, à l'ES Arques ! David est au 1er rang à gauche, à côté d'Olivier. Moi ? Au 1er rang à droite. Quand tu vois les terrains champêtres ou la gueule des maillots, tu sais qu'il n'y a que la passion pour t'emmener sur des terrains comme celui-là.

adidas

1984. Avec la sélection Minimes de Normandie (debout, 4e en partant de la gauche). On allait disputer la finale nationale de la catégorie, en lever de rideau de la demi-finale de l'Euro 84, Danemark-Espagne ! Nous avons perdu 1-4, mais c'est moi qui ai marqué. Du coup, on m'a convoqué pour un stage avec l'équipe de France Minimes !

COLLECTION PERSONNELLE

COLLECTION PERSONNELLE

1988-1990. Mes deux licences les plus importantes à l'AS Monaco, celle de 1988-89, où je dispute mes premiers matches dans l'élite et celle de 1989-90, où je signe mon premier contrat pro. Avec l'équipe du centre de formation (debout, 4e en partant de la droite), on peut reconnaître Patrick Valéry (2e rang, 5e en partant de la gauche) et Philippe Raschke (1er rang, 2e gauche), qui feront tous deux une belle petite carrière de défenseurs. C'était dur. On était adolescents, mais on jouait déjà notre avenir sous la baguette éclairée de Pierre Tournier (debout, extrême gauche).

LEGROS / L'ÉQUIPE

Je n'ai pas encore 20 ans, mais ma fameuse crinière commence à avoir une certaine allure.

BOUTROUX / L'ÉQUIPE

LECOQ / L'ÉQUIPE

Saison 1990-1991. À 21 ans, j'ai une certaine élégance sur le terrain et l'on me compare à Franz Beckenbauer. Mais en finale de la Coupe de France, je suis un vrai chien de garde auprès de Jean-Pierre Papin et on s'impose 1-0, pour mon tout premier trophée.

COLLECTION PERSONNELLE

1997. Monaco est champion. À l'aube de partir pour Arsenal, je célèbre l'événement avec Sonny Anderson, qui va bientôt rejoindre Barcelone. La fin d'une époque.

COLLECTION PERSONNELLE

1997. Invité par Thierry Roland (à g.) sur le plateau de *Téléfoot* au lendemain du sacre de l'AS Monaco, je lâche une bombe en annonçant mon intention de quitter le club. Le président Campora (au centre) apprécie. Bonjour l'ambiance…

LEECH / PRESSE SPORTS

1998. Tandis qu'Arsène Wenger (à g.) devient le premier entraîneur non britannique à être sacré champion d'Angleterre, je m'offre un doublé Cup-Premier League dès ma première saison anglaise.

COLLECTION PERSONNELLE

1998. Avec Patrick Vieira, nous venons de remporter la Cup à Wembley en battant Newcastle (2-0), juste avant la Coupe du monde. Cette photo est symbolique car nous étions indissociables, à la fois sur le terrain et en dehors.

1998.
C'est avec fierté que je brandis le trophée de champion d'Angleterre pour mon second titre consécutif après celui de champion de France avec Monaco. Et l'année me réserve encore de belles surprises…

1993. Sous la direction de Gérard Houllier, je suis de la débâcle contre la Bulgarie (1-2) au Parc des Princes, avec ce fameux but de Kostadinov qui nous élimine de la Coupe du monde 1994 à la dernière minute.

BOUTROUX / L'ÉQUIPE

COLLECTION PERSONNELLE

1998. En Coupe du monde contre le Danemark (2-1), j'inscris le but de la victoire, mon premier en équipe de France. Quand je vois le nombre de joueurs dans cette surface de réparation, je me demande comment le ballon a fait pour passer.

1998. La finale de la Coupe du monde est quasiment pliée. J'ai remplacé Marcel Desailly (expulsé) au poste d'arrière central. Visiblement, je n'ai pas perdu mes réflexes de défenseur et ce tacle sur Ronaldo montre bien toute la volonté qui nous habitait face au Brésil.

17

WALSH / PRESSE SPORTS

1998. Au bout d'une dernière course dans laquelle je mets tout ce que j'ai dans le ventre, je devance Cafu (n° 2) pour battre Claudio Taffarel d'un tir croisé (3-0). IN-CRO-YA-BLE ! Je viens de marquer en finale de la Coupe du monde, contre le Brésil !

1998. «Arsenal World Champions!» Après m'avoir adressé la passe décisive du troisième but contre le Brésil, Patrick Vieira est le premier à me féliciter. Les Gunners ont frappé et ça vaut bien une médaille !

DE MARTIGNAC / L'ÉQUIPE

COLLECTION PERSONNELLE

COLLECTION PERSONNELLE

13 juillet 1998. Au lendemain de la finale, nous défilons sur les Champs-Élysées, sous une chaleur infernale. Un spectacle très impressionnant avant la remise de la Légion d'honneur à l'Élysée, des mains du président Jacques Chirac. C'est là que j'apprends que sa femme a un faible pour moi.

DE MARTIGNAC / L'ÉQUIPE

2000. Champion du monde puis champion d'Europe ! Une grande première que je partage notamment avec Fabien Barthez et Bernard Lama, que les médias ont choisi d'opposer alors que ces deux grands champions se respectaient. D'eux, je préfère retenir cette photo plutôt que cette animosité qui pour moi n'a jamais existé.

FEP

COLLECTION PERSONNELLE

Au sommet de la gloire, je suis très sollicité, comme en témoigne cette pub Pepsi où je suis convié à jouer les sumos, au même titre que David Beckham et Roberto Carlos. Ce fut plus marrant pour moi que pour les sumos. Ils transpiraient tellement ! Moi, j'avais l'impression de pousser un mur.

LUTTIAU / L'ÉQUIPE

MARTIN / L'ÉQUIPE

2000-2004. Barcelone puis Chelsea après Monaco et Arsenal, j'aurais pu faire pire carrière…

CAZABAN

Ma petite famille adorée : Maria, ma compagne, qui tient dans ses bras Violette (1 an). Entre nous, Zoé (6 ans).

COLLECTION PERSONNELLE

Comme mon pote Mickey Madar (à g.), je m'investis aujourd'hui dans certaines causes caritatives comme celle des Minots du Golfe, une association dont je suis le parrain et qui a pour objet de récolter des fonds afin de financer l'achat de fauteuils roulants pour les handicapés.

La vie de château

À Clairefontaine, nous sommes chez nous. C'est notre maison. Tout est beau. Je m'y sens bien. Le domaine est fantastique. C'est un superbe outil qui n'est pas étranger à la qualité de notre parcours au Mondial.

C'est ici que se forgent les victoires. À travers le travail effectué, mais aussi grâce à l'ambiance générale qui y règne. Au rez-de-chaussée du château se trouvent les chambres du staff technique et des kinés. Au premier et au second étages, à droite se trouvent les chambres doubles et à gauche les simples. Comme toujours, je suis dans une chambre individuelle.

Dans le groupe, je suis l'un des plus anciens. Je n'ai pas vraiment besoin que l'on me dise quoi faire. Je joue un rôle de plus en plus important. Je ne parle pas beaucoup. Mais lorsque je l'ouvre, on m'écoute. « Liza » par exemple. Quand je vois qu'il a du mal à mettre le turbo, je lui crie sur le terrain : « Allez p'tit bison ! » Et il part à 2 000 à l'heure... Ah, Liza... Avec ses gros mollets, impossible de lui faire un petit pont ! Je vis en sa compagnie de grands moments durant cette Coupe du monde. Pas seulement sur le terrain. Il nous arrive régulièrement de refaire le monde le soir, en nous bourrant la gueule avec une bonne bouteille de vin.

En dehors de Liza, j'ai de très bonnes relations avec Lilian Thuram, Robert Pires, Thierry Henry, Bernard Lama et Fabien Barthez. Je passe des heures dans la chambre de Fabien. On parle de foot, d'argent, de voitures, de gonzesses et de plein d'autres choses. On remplit des cendriers entiers. Nous fumons aussi au bar. Le coach tolère ce petit travers.

Dans un groupe, tout le monde ne s'aime pas forcément. Je ne me sens pas proche de Zidane. Nous n'avons aucune affinité. Si je dois passer un moment à discuter avec un joueur, ce n'est pas avec lui que je vais le faire. Mais cela n'a rien a voir avec le terrain, où nous nous entendons très bien.

Marcel Desailly et Didier Deschamps se partagent la plus belle chambre. J'y suis peut-être allé deux fois. Je ne suis jamais allé chez Laurent Blanc et une fois, pas plus, chez Zidane et Christophe Dugarry, qui font eux aussi chambre commune.

En dehors du jeu, il y a à peu près la moitié des joueurs avec lesquels je n'ai pas d'atomes crochus. C'est pareil pour tout le monde. Cela ne nuit pas à la cohésion du groupe. Nous sommes tous de grands pros. C'est ce qui fait la différence au cours de ce Mondial.

Entraînements mis à part, les repas constituent les grands rendez-vous collectifs. Nous sommes tous rassemblés autour d'une grande table ovale. Derrière, deux autres tables plus petites réunissent d'une part le staff technique, d'autre part le staff médical. À table, tout le monde s'assoit toujours à la même place. Ce n'est donc pas la peine de se précipiter. Cela s'est fait naturellement le premier jour. Je suis entre Thierry Henry et David Trezeguet, mes anciens coéquipiers monégasques. À coté d'eux se trouvent Fabien Barthez d'une part, Robert Pires de l'autre. Je ne suis pas emmerdé par David. Il ne parle jamais. Il est toujours aussi secret, aussi timide. « Titi », c'est le contraire. Il raconte toujours des conneries, il se marre tout le temps.

Les repas sont de véritables festins. Les chefs se surpassent. Pour arroser tout ça, nous avons droit à du vin rouge.

Chacun se crée ses petites habitudes alimentaires. Je suis fan des salades thon et oignons ; je fais attention à ne pas prendre un plat principal trop consistant. Et surtout, je me gave de kiwis. Au moins une quinzaine par jour. Thuram invente la salade « Tutu », qu'il prend avant le repas : des feuilles de laitue à la vinaigrette dans un énorme bol. Deschamps, lui, est très méticuleux. On a l'impression qu'il calcule à la calorie près.

En dehors des entraînements et des repas, nous nous retrouvons tous ensemble pour les briefings du coach. Nous sommes tous attentifs au discours d'Aimé Jacquet.

À ce niveau de la compétition, l'entraîneur joue surtout un rôle de catalyseur. Les joueurs savent ce qu'ils ont à faire.

Je me sens proche de Jacquet parce qu'il a été attaqué non seulement en tant qu'entraîneur, mais aussi en tant qu'individu. Je me souviens d'un article qui mettait en avant ses origines modestes pour mieux le dénigrer. Comme s'il était nécessaire de sortir de l'ENA pour entraîner l'équipe de France…

Lors des briefings et des séances vidéo, qui ne durent jamais plus d'une heure et se déroulent généralement avant les repas, tout le monde est très attentif. Je n'ai jamais vu un joueur s'assoupir. Personne ne l'aurait toléré. Nous échangeons entre joueurs et entraîneur. Mais jamais Jacquet ne fait la critique d'un joueur devant le groupe. S'il a quelque chose à dire en particulier à un joueur, il le reçoit individuellement. Pour moi, ce type de contact est important. Tous les entraîneurs qui gagnent ont une approche individualisée du groupe. Pour bien gérer un groupe, il faut bien en connaître les composantes. Ce qu'il fait avec Robert Pires, qu'il viole presque en lui demandant de muscler son jeu dans cette scène hallucinante que l'on voit dans le film *Les yeux dans les Bleus*, il sait très bien qu'il ne peut pas le faire avec moi.

Lors des briefings, il arrive à Jacquet de faire référence à la presse, mais pas plus que ça. Il nous dit une ou deux fois : « La presse ne croit pas en vous, *L'Équipe* vous fracasse. À vous de montrer que vous êtes des gagnants. » Mais il ne fait pas ses conférences là-dessus. Loin de là. D'ailleurs, à ce niveau-là, si un joueur a besoin de la presse pour se motiver, je trouve que c'est grave. Mais à petites doses, ça peut être bénéfique.

À un moment, le staff s'arrange pour que les journaux circulent moins au château. Personnellement, je ne lis plus la presse. Depuis longtemps. Parce que je me suis aperçu que les critiques m'affectent et me perturbent. Pendant la Coupe du monde, je fais une double exception. Je lis d'abord les journaux le jour des matches pour me mettre dans l'ambiance. Pour sentir que le public est derrière nous et nous pousse. Et pareil le lendemain des matches, uniquement quand je sais que j'ai bien joué. Là, je me régale à lire les passages me concernant. Ça me donne de la force pour la suite. Mais tout le monde finit par s'imprégner de l'euphorie générale à travers les journaux et les reportages télé. Sentir que toute la France est derrière nous, que tous les Français et les Françaises nous soutiennent, nous donne un « peps » pas possible.

En dehors des entraînements, des repas et des briefings, chacun organise sa vie comme bon lui semble. Je lis très peu de livres. Je regarde des cassettes, surtout des films français, soit dans ma chambre, où je passe beaucoup de temps pour ne rien perdre de ma concentration, soit dans la salle vidéo.

Les Guignols sont un autre rendez-vous qui rassemble beaucoup de monde dans la salle télé. Franchement, en les regardant, je suis ravi de ne pas y voir ma marionnette. Je sais que ça m'aurait vexé et gêné. Mais quelle rigolade !

La vie s'organise autour de quelques activités. Je penche pour le billard américain parce qu'à ce jeu, je ne suis pas très fort. Donc, ça ne m'embête pas de perdre…

Un tournoi de tennis de table est rapidement organisé. Vieira, Henry, Pires, Vincent Candela et Zidane sont les plus assidus autour de la table. J'aime bien le ping-pong, mais je ne veux pas jouer. Je me connais. Je sais qu'en cas de défaite, je vais m'énerver et perdre bêtement de l'influx nerveux. Je veux concentrer mon esprit de compétition sur les matches et rien d'autre.

D'ailleurs, ce tournoi prend de telles proportions que Jacquet doit mettre le holà. Les parties durent des heures, les hurlements sont légion et les raquettes ont parfois tendance à voler haut…

Chaque jour, comme tous les autres joueurs, je reçois du courrier. Des lettres de plus en plus nombreuses et enthousiastes au fil de nos succès. Je prends bien soin de répondre à tout le monde, d'envoyer des photos dédicacées.

Je passe aussi pas mal de temps à signer des autographes à l'issue des entraînements. Ce qui me vaut des remontrances, toujours gentilles bien sûr, de la part d'un Henri Émile qui me rappelle que la camionnette va partir et que je dois aller à la douche. Je me souviens que lorsque j'étais gamin, j'allais voir des matches à Rouen et je faisais la chasse aux autographes. De nombreux joueurs ne s'arrêtaient pas. Je ne veux pas les imiter. Des gens se sont déplacés pour moi, des gamins rêvent en me regardant. Je ne comprends pas que certains joueurs ne s'arrêtent jamais pour signer. J'adore voir les gamins hésiter ou voir leurs parents, qui souvent n'osent pas eux-mêmes demander, les pousser. J'adore entendre les gamins bafouiller leur prénom. Je ne refuse jamais un autographe qui m'est demandé courtoisement. Mais je ne signe pas quand le jeune fait preuve d'un manque de respect, quand il tend son papier en me disant : « Ouais, tu me signes là. » Je veux que mes valeurs soient respectées. Si ce n'est pas le cas, je réponds : « Tu parles comme ça à ton père ? »

Thuram, Pires ou Christian Karembeu sont aussi assidus que moi pour offrir ces petits bonheurs. Mais combien de joueurs ai-je vus s'engouffrer dans le bus sans s'arrêter. Je ne trouve pas ça bien.

Je déguste la Coupe du monde et tout ce qui l'entoure. Je sais que je vis des moments uniques. Le surlendemain de France-Danemark (2-1), Aimé Jacquet nous donne quartier libre. Si le sélectionneur ne néglige aucun détail dans sa préparation, il sait aussi prendre un certain recul par rapport à l'événement. Nous vivons ensemble depuis plusieurs semaines déjà. Un bon bol d'air ne peut être que bénéfique.

Avec Robert Pires et Bernard Diomède, nous décidons d'aller faire un tour à Paris. Nous nous rendons d'abord à la boutique de Jean-Claude Jitrois, spécialiste des vêtements en cuir, dont je fais la connaissance ce jour-là et dont je reparlerai. Robert est sidéré par les prix. Nous bénéficions pourtant d'une ristourne de 50 %…

Après un peu de shopping, nous décidons d'aller manger une pizza sur les Champs-Élysées. Nous sommes encore très loin de provoquer l'hystérie collective. Là, nous pouvons nous restaurer tranquillement, presque incognito, en pleine Coupe du monde. La folie des Champs-Élysées, ce sera pour plus tard.

En rentrant le soir à Clairefontaine, j'ai conscience que, face au Paraguay, c'est la véritable compétition, et non plus simplement son tour de chauffe, qui va commencer. Pour le meilleur ou pour le pire ? J'ai déjà ma petite idée sur la question.

Jusqu'au bout du suspense

Comme on pouvait s'y attendre, l'équipe de France a passé le premier tour. C'est logique. Je ne vous apprends rien en disant qu'à partir des huitièmes de finale et la menace d'élimination en cas de défaite, c'est une tout autre compétition qui commence.
S'il y avait une logique en football, c'est l'Espagne que nous aurions dû affronter. Mais Raúl et ses camarades se sont fait éliminer dès le premier tour par le Paraguay.

FRANCE-PARAGUAY
28 juin 1998
Lens, stade Félix Bollaert

À part José Luis Chilavert, leur gardien de but qui évolue à Strasbourg, les Paraguayens sont pour nous de parfaits inconnus. Nous savons simplement qu'il s'agit de petits gabarits, tenaces, qui collent comme des morpions à leurs adversaires dans le plus pur style sud-américain. Les partenaires de Chilavert sont par ailleurs doués techniquement et malins dans le jeu. Bref, de vrais emmerdeurs !

Aimé Jacquet ne s'y trompe pas. Il nous rappelle qu'il faudra être patient, qu'il ne faudra pas se précipiter.

Sans génie mais avec une défense très regroupée, le Paraguay se montre effectivement très coriace. Dans la chaleur étouffante du stade Félix Bollaert, j'ai la désagréable impression que nous nous heurtons systématiquement à un mur.

En dehors d'une frappe sur le poteau de Thierry Henry, juste avant la mi-temps, il n'y a pas grand-chose à retenir de ce match.

L'issue est indécise. Eux ne se livrent pas. Nous, nous passons par tous les états.

Moi, je finis sur les rotules. Pour la première fois depuis le début de la compétition, je suis à bout de forces. Je demande à sortir à 20 minutes de la fin, ce qui ne m'est quasiment jamais arrivé durant toute ma carrière.

Avec le recul, je crois que ce fut le match le plus difficile de cette Coupe du monde.

Le Paraguay ne se pose pas de questions. Il n'a d'autre ambition que d'aller jusqu'aux tirs au but, un exercice dans lequel Chilavert excelle. Il manque de réussir son coup puisque nous devons jouer la prolongation. On s'achemine lentement mais sûrement vers l'épreuve de vérité.

Depuis l'Euro 96, le premier but inscrit durant une prolongation scelle la fin de la rencontre. La plupart des Bleus n'apprécient pas cette règle du « but en or » qu'ils estiment particulièrement injuste. Tu peux dominer de bout en bout sans parvenir à marquer et te faire surprendre en contre. Là, tout est fini. Tu n'as que tes yeux pour pleurer.

Nous jouons depuis maintenant 113 minutes. Desailly et Thuram gueulent sur Blanc pour l'empêcher de monter. Ce serait trop bête de se faire piéger. Mais Lolo n'entend rien.

Du banc de touche, je vois Trezeguet qui remise parfaitement en retrait un centre de Pires. « Lolo » ne panique pas. Si l'on décortique bien son geste, on constate que tout est fait pour que le ballon aille de haut en bas. L'important, c'est de cadrer, doit-il se dire. D'une frappe du droit à bout portant, il trompe enfin ce diable de Chilavert.

C'est la délivrance. Nous détestons un peu moins le but en or. Nous sommes épuisés mais fous de joie ! Jacquet se lâche et entame des pas de danse. La France est en quarts de finale de SA Coupe du monde. Heureusement, le sport récompense souvent les plus ambitieux. Il est normal et naturel que nous continuions l'aventure.

Pour la première fois dans le tournoi, la communion avec le public est vraiment palpable. Au bout de ce suspense insoutenable, tout le monde éprouve le besoin de se lâcher. Un tel élan populaire suffit à gommer notre fatigue. Tu peux avoir tout l'argent du monde, rien ne remplace un tel sentiment de puissance. Nous avons l'impression que soixante millions de Français regardent le bus partir. Nous mettons un temps fou à quitter le stade. C'est pire que le Tour de France. Lors du trajet qui nous ramène à Clairefontaine, la folie nous gagne progressivement. On chante *I Will Survive* en boucle. Même Aimé Jacquet chante avec nous.

Si une force formidable nous habite, nous ne sommes toujours pas en mesure de situer la valeur de l'équipe. L'aventure continue, mais sommes-nous au niveau des favoris de la compétition ? Sur ce point, le quart de finale face à l'Italie va obligatoirement nous livrer des éléments de réponse.

FRANCE-ITALIE
3 juillet 1998
Saint-Denis, Stade de France

« Il est hors de question de perdre contre les Italiens. C'est notre honneur qui est en jeu. » Ces mots sont signés Lilian Thuram. Comme beaucoup d'autres Bleus, Desailly, Zidane, Deschamps, Boghossian ou Candela, Tutu évolue depuis plusieurs saisons dans le Calcio. À cette liste, on peut même ajouter Blanc et Karembeu qui ont eux aussi évolué en Italie, le premier à Naples, le second à la Sampdoria de Gênes. Si nous avions joué les Anglais, j'aurais sans doute aussi abordé ce quart de finale de manière très personnelle.

Nous avons beau évoluer à domicile, les Italiens ont pour eux l'avantage de toujours bien figurer dans les compétitions de haut niveau. Ils ont déjà gagné trois fois la Coupe du monde. L'Italie, le Brésil et l'Allemagne se sont partagé dix des quinze Coupes du monde déjà jouées. Cela ne laisse pas beaucoup de place pour les autres nations…

À chacune des étapes de cette Coupe du monde, il existe un moment crucial : l'alignement des deux équipes juste avant de rentrer sur le terrain. Souvent, les joueurs adverses tentent de capter ton regard pour jouer les durs. En fait, ce n'est que du vent. La première préoccupation que tu dois avoir au moment d'un tel événement, c'est toi-même et rien d'autre.

Nous respectons les Italiens sans les craindre. Sauf peut-être Roberto Baggio, le genre de joueur qui peut dormir pendant 89 minutes et marquer à n'importe quel moment.

De part et d'autre, il n'y a aucun mystère. On connaît les Italiens par cœur pour les avoir affrontés à maintes reprises, que ce soit en club ou en sélection. Nous savons qu'ils vont essayer de jouer à l'italienne, de tirer les maillots, de multiplier les simulations. Face à eux, il faut toujours s'attendre à une guerre des nerfs de tous les instants. Les consignes sont donc de ne surtout pas s'énerver, de ne pas entrer dans leur jeu.

Tous nos « Italiens » savent comment s'y prendre. Nous décidons de leur rentrer dedans dans un premier temps et ensuite seulement de jouer au ballon. Pour appliquer un tel plan, l'énorme préparation physique que nous avons eue à Clairefontaine s'avère déterminante.

Telle une partie d'échecs, le match est tendu. C'est presque une constante avec eux. Je sens que nous leur sommes supérieurs, mais j'ai toujours peur de voir un mec s'écrouler dans notre surface de réparation. Nous, même si nous sommes plus forts, n'avons pas ce vice dans nos gènes. Nous aimons bien gagner dans les règles de l'art.

Aucune brèche n'apparaît dans notre jeu. Nous rivalisons avec les Italiens sur le plan tactique, le domaine où ils sont passés maîtres. Hormis une ou deux occasions vraiment sérieuses, nos adversaires sont impuissants. Un sentiment qu'on retrouvera un peu plus tard, avec une autre intensité, contre le Brésil en finale.

Comme face au Paraguay, nous ne parvenons pas à faire la différence avant la prolongation. La menace du but en or plane à nouveau. Nous sommes même tout près de nous faire éliminer sur une reprise de volée de Baggio qui frôle le montant droit de Fabien. Un destin tient parfois à peu de choses…

Notre place en demi-finales de la Coupe du monde va donc se jouer aux tirs au but. À ce niveau de compétition, c'est cruel et horrible.

Jacquet, qui a déjà tout prévu, désigne les cinq tireurs. Moi, je veux être le dernier des 22 ! J'ai toujours détesté cet exercice, sans savoir dire pourquoi.

L'histoire de la Coupe du monde regorge d'exemples de grands joueurs qui ont raté leur penalty. Zidane répond à la tentative réussie de Baggio. Derrière, Liza manque sa tentative en tirant sur Gianluca Pagliuca. Dépité, il s'accroupit, un peu à l'image de Maxime Bossis en 1982 face à l'Allemagne de l'Ouest, en demi-finales de la

Coupe du monde. Heureusement, dans la foulée, Fabien stoppe le tir de Demetrio Albertini.

Survient alors l'un des faits marquants de ce match : la prise de responsabilités de deux gamins, Thierry Henry et David Trezeguet. Ils ont 20 ans à peine et ne se dégonflent pas.

Laurent Blanc marque le cinquième penalty. Luigi Di Biagio n'a pas cette chance et tire sur la barre transversale... Seul dans son monde, Fabien ne réalise pas immédiatement que nous sommes en demi-finales. En nous voyant courir comme des tarés, il finit par comprendre. On dirait un asile psychiatrique lâché sur un terrain de foot !

Comme nos prédécesseurs de 1982 et 1986, nous voici en demi-finales de la Coupe du monde. Avec un petit plus par rapport à eux : nous jouons chez nous. Jamais nous ne nous sommes sentis aussi forts. Nous venons d'écarter un sérieux candidat au titre suprême, tout en envoyant un message fort à nos adversaires.

Progressivement, les politiciens commencent à s'intéresser à nous et à descendre dans le vestiaire. Puisque tous les Français se sont pris de passion pour nous, ils doivent suivre le mouvement. Électorat oblige.

Nous, nous aurions bien aimé les voir dès le match d'ouverture contre l'Afrique du Sud. Même Jacques Chirac, dont j'apprécie le côté franchouillard, a baissé dans mon estime. Il est comme les autres. Il se fiche bien de nous. Le jour de la finale, on le verra incapable de citer le nom des joueurs au moment de la présentation des équipes. Au bout de cinq semaines, il aurait peut-être été temps de s'intéresser à ceux qui composent l'équipe de France.

Personnellement, je me fous des politiques. Plus nous avançons dans la compétition, plus je prends mes distances avec ce genre de choses.

Ce n'est pas le cas de tout le monde. Certains Bleus jugent indispensable d'être sur la photo. Moi, je n'y songe même pas. J'évite au contraire de m'afficher avec des politiques.

Je donne tellement durant un match que j'ai besoin de décompresser dans le calme. Avec Barthez, Guivarc'h, Frank Lebœuf et Lama, nous nous éclipsons dans la petite salle derrière le vestiaire pour aller fumer une clope. Dans ces cas-là, les mots sont rares. Chacun récupère à sa manière.

Dans ma tête, je me refais le film du match, convaincu que nous avons réalisé une première mi-temps exceptionnelle.

Ces images me hantent jusque tard dans la nuit. Une fois de plus, je ne parviens pas à trouver le sommeil. Il existe des insomnies heureuses.

FRANCE-CROATIE
8 juillet 1998
Saint-Denis, Stade de France

Dans le bus des joueurs, chacun a ses habitudes, ses manies. Moi, je me place généralement au milieu avec, si possible, personne devant moi. Je ne lis jamais. Lorsque je me prépare mentalement pour une rencontre, je n'ai pas envie que mon attention soit captée par autre chose. Je regarde défiler les voitures, les paysages, les visages des supporters.

En demi-finales, tout le monde s'attend à nous voir affronter l'Allemagne, une vieille connaissance. Je n'oublie pas dans quel état de nerfs m'avait mis Schumacher lors de la demi-finale de Séville en agressant Patrick Battiston. Mais l'histoire ne repasse pas toujours les plats. En dominant l'Allemagne (3-0), la Croatie s'offre la possibilité de disputer une finale de Coupe du monde.

Il ne s'agit pas d'une énorme surprise. Personne n'atteint ce niveau par hasard. La Croatie possède des joueurs de caractère au talent immense. Aljosa Asanovic, Davor Suker ou Zvonimir Boban ne sont pas les premiers venus…

À l'inverse des Allemands, qui s'appuient sur un bloc solide mais prévisible, les Croates nous inspirent un sentiment de méfiance. En un-contre-un, ils auront du mal à nous éliminer. Mais s'ils se mettent à jouer à l'unisson, ils peuvent très rapidement nous donner le tournis. Les Croates n'imposent pas de rythme physique, ni de marquage individuel. En revanche, dès qu'ils ont le ballon, ils jouent vite et juste. À force de courir dans le vide, tu peux avoir envie de leur mettre des baffes !

En revanche, nous savons que, comme la plupart des joueurs de l'Est, ils peuvent se décourager rapidement si on leur tient tête. Dans la difficulté, ils ont du mal à se faire violence.

Sur le plan tactique, le match est plus débridé que celui face à l'Italie. Malgré quelques bonnes situations en début de rencontre, nous ne parvenons pas à trouver de solutions. Les Croates semblent sûrs d'eux. Aimé Jacquet s'en rend compte et nous passe un savon à la mi-temps. « Mais qu'est-ce que vous faites ? Si vous ne réagissez pas très vite, on court à la catastrophe », tonne-t-il.

Comme si cet avertissement ne nous suffisait pas, nous encaissons un but de Davor Suker alors que la deuxième mi-temps vient à peine de débuter. À ce moment du match, nous risquons clairement la débandade.

Heureusement, nous n'avons pas le temps de gamberger. Coupable sur le but, Thuram va puiser au fond de lui la rage pour changer le cours des choses.

Trente secondes à peine après sa bévue, il chipe le ballon dans les pieds de Boban et, après un relais avec Djorkaeff, il égalise d'une frappe à bout portant. C'est fabuleux ! C'est son premier but en équipe de France. Avec Lilian, nous avons été partenaires durant des années à Monaco et je ne me souviens pas l'avoir vu marquer. Si, peut-être une fois en coupe d'Europe, où il a trompé le gardien adverse en taclant le ballon. Là, en l'espace de quelques secondes, Tutu s'est transformé en Superman et nous a réveillés.

Thuram qui marque un but, c'est l'événement. Deux buts ? C'est une erreur !

Je le vois s'engager sur son côté droit et tout renverser sur son passage. Il repique au centre et, d'une frappe enroulée du pied gauche, il nous donne l'avantage. Lilian entre alors dans un état second et prend la pause, à genoux, un doigt sur la bouche, le visage plein d'un sentiment de stupeur. « Putain. Qu'est-ce que j'ai fait là ? » doit-il se demander. Je suis sûr qu'aujourd'hui encore, il ne s'explique toujours pas comment il s'y est pris pour marquer ces deux buts.

Les Croates nous font souffrir jusqu'au bout. D'autant plus que Laurent Blanc se fait expulser. Son geste de la main sur la figure de Slaven Bilic, qu'il veut simplement repousser, n'a rien de spectaculaire. Sauf qu'il est tombé sur un bon acteur.

Frank Lebœuf prend la place de Lolo en défense centrale. À la fin du match, il tombe dans les bras de Bilic. Beaucoup lui reprocheront son attitude. Moi, je m'en fous. Avec Bilic, ils sont potes depuis qu'ils évoluent dans le championnat anglais. Combien de joueurs vont voir ceux de l'équipe adverse après un match ? Encore une fois, on invente une polémique qui n'a pas lieu d'être.

Nous sommes un groupe de 22. Blanc est expulsé ? Lebœuf n'y est pour rien. Il est normal que ce soit lui qui soit aligné en finale contre le Brésil. Point barre.

Et franchement, nous avons plus important à penser. Pour la première fois de son histoire, la France est en finale de la Coupe du monde. Nous avons réussi là où Platini et les siens, tous ceux qui m'avaient fait rêver quand j'étais gosse, ont échoué.

Si nous rentrons nous réfugier dans notre bulle de Clairefontaine, nous mesurons la portée de l'exploit par la télévision. On y voit des images de liesse tournées dans toute la France. Nous faisons l'ouverture de tous les journaux télévisés. Le pays tout entier vit au rythme de l'équipe de France de football.

Au-delà de mon rêve

Depuis dix ans, la question me taraude : l'équipe de France aurait-elle été championne du monde si la plupart de ses joueurs n'avaient pas évolué dans les grands championnats européens ? Je n'en suis pas si sûr.

Je l'ai déjà évoqué précédemment. À partir de 1996, profitant de l'arrêt Bosman, beaucoup de joueurs français, dont je fais partie, sont partis exercer leur talent à l'étranger.

Dans des championnats plus relevés et mieux exposés, au milieu d'ambiances survoltées, nous avons acquis une expérience précieuse, qui nous a permis de nous décomplexer et de prendre conscience de notre réelle valeur. En ce sens, l'arrêt Bosman a constitué un bonus hallucinant pour l'équipe de France.

En plus, nous arrivons tous à l'âge de la maturité footballistique. Nous sommes prêts à tout casser. France-Brésil, la finale rêvée par tout un peuple est maintenant devenue réalité.

Plus tard, avant même de voir *Les yeux dans les Bleus*, dans lequel Stéphane Meunier révèle notre intimité tout au long de cette aventure – avec au passage un gros plan sur mes fesses –, je verrai un autre documentaire qui pour moi est aussi beau. De l'aube du grand jour jusqu'à son terme, des caméras filment les principales artères des villes françaises. Longtemps, on voit des nuées de gens puis, petit à petit, le vide qui se fait jusqu'à ce que les rues soient désertes. Ensuite, on entend simplement les cris sortant des immeubles. C'est un super film dont je ne connais pas l'auteur. Il est vraiment symbolique de cette journée. Plus de 90 % des Français se sont réveillés le 12 juillet 1998 en sachant ce qu'ils allaient faire le soir.

France-Brésil
12 juillet 1998
Saint-Denis, Stade de France

Ce jour-là, Aimé Jacquet programme un léger entraînement dans la matinée. Il veut nous éviter de tourner en rond. Les derniers réglages se font presque automatiquement. Durant des semaines, nous avons répété les mêmes gestes, les mêmes paroles. Nous réagissons presque instinctivement à des situations données.

La dernière causerie tourne autour des coups de pied arrêtés en notre faveur. Jacquet insiste sur le fait que les Brésiliens manquent de rigueur dans leur marquage.

La remise des maillots se fait de façon classique. Rien à voir avec l'équipe de France de rugby, qui a instauré un véritable cérémonial. Le magasinier vient nous voir et nous dit : « Les équipements sont prêts. Vous pouvez les récupérer dans la chambre d'Henri Émile. » Généralement, nous recevons en même temps des invitations pour le match du jour. Là, évidemment, ça fait longtemps que nous les avons touchées et distribuées.

L'instant où nous montons dans le car est comme un premier coup d'envoi. Chacun prend sa place habituelle. En silence. Je souhaite à n'importe quel sportif de vivre un jour quelque chose ressemblant à notre trajet de Clairefontaine au Stade de France. Ce que nous voyons est inimaginable. Je peux comprendre que des mecs dépensent des fortunes pour aller sur la Lune. Mais moi, cette émotion-là, je la vis sur Terre le 12 juillet 1998.

Quand la porte du domaine s'ouvre, c'est une marée de gens qui nous fait face. Il y en a même dans les arbres, sur les poteaux électriques. Durant tout notre trajet, des centaines de scooters nous prennent en chasse et nous font une haie d'honneur. Leurs occupants me donnent l'impression qu'ils voient E.T. en personne ! Des milliers de personnes sont massées sur les trottoirs, debout sur les toits des voitures, drapeaux tricolores au vent. C'est la révolution française. Je n'en crois pas mes yeux. L'expression « avoir tout un peuple derrière soi » trouve là sa véritable et évidente signification.

Ce délire total dure jusqu'à notre arrivée à Saint-Denis. Nous pénétrons enfin dans le sas du Stade de France où, soudain, un silence de mort nous enveloppe. Cette fois, nous y sommes.

Avant de partir en reconnaissance sur la pelouse, je mets mon casque sur les oreilles, musique à fond. Je ne veux rien entendre d'autre. Comme toujours, mon regard s'accroche à un détail. C'est ma façon de tuer l'événement, de le réduire à sa plus simple expression : un match de football.

Le défilé Yves Saint-Laurent est magnifique, tout comme ces mecs qui s'éclatent sur leur tam-tam. Une fois n'est pas coutume, la cérémonie d'ouverture de la finale de la Coupe du monde tient toutes ses promesses.

Peu de temps avant de regagner le vestiaire, nous apprenons que Ronaldo, victime d'une crise d'épilepsie, a été hospitalisé dans la matinée à Paris. Dans le milieu du football, tout le monde en connaît la raison : il joue à la PlayStation pendant des heures et des heures !

Compte tenu de la densité de leur effectif, les Brésiliens peuvent très bien s'en sortir sans lui. Nous savons que leur force réside dans cette capacité qu'ils ont à éliminer leurs adversaires directs en un contre un. Si l'équipe qui leur fait face est dans un mauvais jour, la mise à mort ne fait pas un pli. L'une des clés du match consistera à bloquer les ailes. Les Brésiliens n'aiment pas être contraints de construire leur jeu dans l'axe. Comme notre charnière centrale et nos milieux sont solides, si nous parvenons à appliquer notre plan, ils devraient donc se retrouver coincés dans toutes les zones du terrain.

Finalement, Ronaldo réintègre la feuille de match. Ce qui ne nous émeut pas plus que ça. Nous sommes au sommet de notre talent.

Je suis dans le vestiaire. À ma place habituelle. Silence de cathédrale. Gestes de robots. Certains se mettent en tenue très rapidement. Moi, je préfère le faire au dernier moment pour ne pas trop sentir la pression. En attendant, je lis ou j'écoute de la musique pour me mettre dans un état d'inertie totale. Du classique, du hard rock et du reggae, trois styles totalement différents et qui se mélangent continuellement.

Je range enfin mon walkman. En mettant ma tenue de joueur, je me mets dans la peau du joueur. J'enlève ma bague, ma chaîne. Je ne bouge pratiquement pas de ma place sauf pour aller aux toilettes. Je n'aime pas me faire masser avant un match. Didier Deschamps est, comme toujours, le premier à s'installer sur la table de l'ostéopathe. Chacun s'arrange avec son rituel. Maîtriser ses gestes donne l'impression de maîtriser l'événement. Comme d'habitude, je mets mes protège-tibias au tout dernier moment.

Aimé Jacquet ne dit rien. Il nous a déjà tout dit. Il lance simplement un « allez » quand retentit le sifflet de l'arbitre, signe qu'il faut se rendre sur le terrain. Tout le monde se lève. On s'encourage, on se tape dans la main. Les gars du staff, Henri Émile ou encore Roger Lemerre nous tapent sur l'épaule en nous souhaitant « bon match ». Nous sommes dans le couloir. Je suis concentré. Confiant.

Un torrent d'acclamations nous accueille sur la pelouse. Nous sommes en ligne pour les hymnes. Je chante *La Marseillaise*. Je comprends très bien ce que je dis et je sens la force monter en moi. Je sais que c'est con, mais j'aime ça. Je m'intéresse à l'histoire de France. Je sais d'où vient ce chant. Nous avons tous un devoir de mémoire par rapport à l'histoire de notre pays.

En même temps, je regarde la tribune présidentielle et tout le gratin qui s'y est donné rendez-vous. Et je repense à un rêve, que mes coéquipiers connaissent. Un rêve bizarre et prémonitoire, un rêve fait alors que la France était simple candidate à l'organisation de la Coupe du monde. Je disputais sous le maillot bleu la finale de Coupe du monde, à domicile, contre le Brésil, et le match s'achevait par la victoire de la France 2-0. J'ai un sentiment de confiance absolue. Je sais que nous allons être champions du monde. C'est écrit. Il ne peut pas y avoir d'autre issue. Je suis à bloc. Si à cet instant un moustique me pique, il ira s'exploser contre un panneau publicitaire.

Je ne me souviens pas du premier ballon que je touche après le coup d'envoi. Je sais simplement que je me suis dit : « Sur le premier ballon, tu ne fais pas le con. Tu assures. Tu le passes au mec qui est le plus proche de toi, même s'il est à deux mètres. Après seulement, tu pourras prendre des risques. »

Je suis maintenant au point de corner. Le match a commencé depuis 27 minutes. Notre extraordinaire maîtrise collective est déjà évidente. Dans mes différents clubs, j'ai pratiquement toujours tiré les corners. Avec mon pied gauche, je peux mettre le ballon où je veux. Je sais aussi que les Brésiliens manquent d'assurance et de sérénité sur cette phase de jeu, notamment au premier poteau. Je repense aux conseils que Jacquet nous a donnés tout à l'heure au château.

Du poteau de corner où je m'apprête à frapper, je vois Zidane idéalement placé. Je sais que sur une détente verticale, contre un joueur de sa taille, il peut faire la différence. Je suis certain que nos meilleurs spécialistes du jeu de tête, Desailly, Blanc et Thuram, vont être serrés de près par les meilleurs spécialistes brésiliens. Ce n'est donc pas par hasard que j'expédie le ballon au premier poteau. Je lève simplement le bras pour signaler où je vais le mettre. À la retombée, Zidane devance Leonardo et inscrit le premier but de la tête.

Là, c'est le bonheur absolu. Zidane court vers moi et moi vers lui. L'accolade est très rapide. On ne se parle pas. De toute façon, nous avons l'impression d'être dans une boîte de nuit tellement il y a de bruit. Impossible de s'entendre.

Plus le match est intense, plus mon plaisir est grand. Nous savons que nous ne devons pas nous enflammer. C'est tout de même le Brésil que nous avons en face.

Sur le deuxième but, qui intervient juste avant la mi-temps, encore sur corner, je pense que Youri Djorkaeff, qui tire à son tour de l'autre coté du terrain, se fait la même réflexion que moi un peu plus tôt. Je suis encore une fois directement concerné par l'action. Lorsque Youri frappe, je passe devant Zidane. Je sais qu'il est derrière moi. J'amène un défenseur avec moi et je baisse la tête pour laisser le ballon filer. Zidane arrive à point nommé et, sans sauter, met la tête. Le ballon passe entre les jambes de Roberto Carlos avant de rentrer dans le but brésilien. Je suis aux anges. Tout cela me paraît à la fois énorme et logique. Nous avons fait un grand pas vers le titre.

Nous regagnons le vestiaire la tête haute, le torse bombé, en marchant vite. À côté de nous, les Brésiliens ont la démarche pesante. Ils ne comprennent pas ce qui leur arrive.

Dans le vestiaire, tout le monde est surexcité. Ça crie de tous les côtés. Il faut que ça sorte. On entend des « hydratez-vous », des « on se calme », des « on se repose ».

Jacquet n'intervient pas tout de suite. Il laisse la pression retomber. Il a besoin de sentir le groupe pour choisir les mots les mieux adaptés. En substance, cela donne : « Les gars, c'est pas gagné. On fait comme si on était à 0-0. Ils vont tout faire pour revenir. Ça va être super dur. On ne s'enflamme pas. »

Pendant qu'il parle, je pense au France-Bulgarie de l'automne 1993 et à notre inimaginable élimination. Je ne vois vraiment pas comment on pourrait ne pas gagner, mais je ressens comme un léger trouble. Alors je regarde à droite, puis à gauche, et je vois que ce ne sont pas les mêmes joueurs, que ce n'est pas la même ambiance, que ce n'est pas la même force qui se dégage du groupe. Et je me dis qu'il faudrait être les derniers des cons pour prendre trois buts en seconde période d'une finale de Coupe du monde quand on mène 2-0 à la mi-temps devant son public. Que c'est impossible.

Même la bonne période brésilienne, en début de seconde mi-temps, ne m'inquiète pas. Nous sommes tellement solides. Bien sûr, nous sommes parfois en danger, mais c'est forcément notre jour. Il ne peut rien nous arriver de grave. Bientôt, nos adversaires commencent à s'insulter entre eux. Même quand Marcel Desailly se fait expulser à vingt minutes de la fin, je ne nous sens pas en danger.

Bien sûr, si les Brésiliens marquent, à 2-1 ce sera chaud. Ils font rentrer Edmundo, le fou. Ce qui ne change rien, au contraire. Chaque Brésilien y va de son action individuelle, de sa série de dribbles improductifs tandis que ses équipiers se transforment en spectateurs. Ils sont perdus.

Après la sortie de Marcel, je recule en défense centrale. Je suis le dernier rempart avant Fabien et, franchement, ça me fait plaisir. Je regarde les Brésiliens en me disant : « Les gars, il faudra me marcher sur le corps pour marquer un but. »

À quelques minutes de la fin je me tourne vers Frank Lebœuf et je lui dis : « Putain, c'est un truc de fou ; mon rêve est en train de se réaliser. » Comme réponse j'ai droit à un « Quoi ? » Il y a tellement de bruit qu'il ne m'entend pas. Je répète ma phrase, mais j'ai l'impression de parler tout seul. Il n'entend rien.

Heureusement, parce que dans quelques minutes je vais m'apercevoir que cette fameuse nuit, je me suis sans doute réveillé trop tôt.

Je vois le quatrième arbitre brandir le panneau du temps additionnel. Il annonce trois minutes de jeu supplémentaires. Je sais que l'on ne risque plus rien. Un quart d'heure plus tôt, je ne serais pas monté. Mais là, la victoire est à nous. Les Brésiliens ont lâché le morceau. Ils marchent de plus en plus. Ils ne se replient plus. Alors, je veux accomplir mon désir le plus fou : marquer en finale de la Coupe du monde.

J'y vais l'esprit libre. Au fur et à mesure que je remonte le terrain, je constate que les Brésiliens sont dépassés, inertes. Le ballon atterrit dans les pieds de Patrick Vieira. Comme je le connais par cœur, je sais exactement à quel endroit et à quel moment il va me transmettre la balle. J'anticipe donc la passe. Je sens le retour du défenseur brésilien Cafu, mais il est déjà trop tard pour lui. Je vois la position de Taffarel, le gardien brésilien, qui sort de son but mais ne ferme pas totalement son angle opposé.

Pour autant, il n'y a pas beaucoup d'espace. Je tente une frappe du plat du pied. Sa trajectoire a intérêt à être rectiligne. Sinon, c'est raté.

D'où je suis, je vois le ballon rebondir. J'ai l'impression qu'il va sortir. Au dernier moment, un ultime rebond le remet dans l'axe. Il va au fond du filet. Ce but, le millième de l'histoire des Bleus, c'est aussi l'histoire de ma vie. Pour une fois, la pièce tombe du bon côté. C'est pour moi une nouvelle preuve qu'il faut savoir provoquer le destin. Quand on est bien dans sa tête, à fond dans ce que l'on entreprend, les choses positives arrivent d'elles-mêmes.

Je ne pouvais pas marquer autrement que sur une passe de Patrick Vieira, mon pote d'Arsenal. C'était la première fois que nous jouions ensemble en équipe de France. Cette action symbolise à elle seule tout ce que nous venons de vivre durant une saison en Angleterre. D'ailleurs, un journal anglais titrera le lendemain : *« Arsenal World champions »* avec une photo de nous deux.

Une fois le but inscrit, pendant quelques secondes, je traverse un trou noir. Je ne comprends pas ce qui m'arrive. Je ne vois plus personne. Une envie dingue me prend de monter sur la barre transversale du but brésilien et d'y laisser exploser ma joie. Par respect pour le Brésil, cette immense nation du football, je ne le fais pas. Je pars sur la gauche, sans hurler, sans trop savoir quoi faire. Je ne suis pas un buteur. Je n'ai pas de célébration toute prête. Alors je cours, je cours et finis par m'écraser comme une merde sur le côté.

Je suis à genoux, Patrick est à genoux face à moi. On se donne une accolade. Après, je ne sais pas, je ne sais plus. Tout ce bruit. Je n'entends plus rien. J'ai l'impression qu'une bombe vient d'exploser à côté de moi et que je commence seulement à reprendre mes esprits. Peu à peu, la réalité me rattrape. Elle est merveilleuse.

Champions du monde. Nous sommes champions du monde. Je ne sais plus où j'habite. Je suis simplement fou de bonheur. Je pense à mes parents, à mon frère David. Après tout ce que nous avons traversé, j'ai besoin de partager cette émotion avec lui. C'est con le foot, non ?

Au milieu des scènes de joie, Aimé Jacquet me prend à part. « T'as été le meilleur », me lance-t-il.

Ses mots me touchent et m'emplissent de fierté. En me sélectionnant, il a pris un risque énorme. C'est sa façon de me remercier et peut-être de se remercier lui-même...

Le hasard veut qu'une caméra se trouve à cinq mètres de nous. Mais ni lui ni moi ne la remarquons.

Contrairement aux autres, je n'échange pas mes maillots avec les joueurs brésiliens. L'un sera pour ma mère. L'autre, pour Ariane. Deux maillots parce que nous en changeons toujours à la mi-temps. Je comprends que l'on puisse attacher une certaine valeur symbolique aux maillots. Moi, ce n'est pas mon cas. D'ailleurs, aujourd'hui, je n'en ai plus un seul en ma possession. Mes souvenirs sont dans ma tête. À force de trop vouloir s'attacher au passé, on n'arrive pas à construire son futur.

Nous sommes regroupés sur le terrain. Nous attendons la remise du trophée. Comment décrire ces instants de joie à l'état pur, dont on aimerait qu'ils ne se terminent pas. Je n'ai jamais été friand de coupes ou de médailles. Ma première passion, c'est le foot. Celui du terrain. Ma seconde passion, c'est la victoire. Toucher la coupe ne m'apporte rien de plus, même si je la trouve très belle. Accompagné de Michel Platini, le président de la FIFA, Joseph Blatter, nous remet ensuite nos médailles. Je passe dans les derniers. Cette médaille-là, je l'ai gardée. Comme quoi…

Après, je reste un peu dans mon coin, à l'abri des objectifs. La seule photo où l'on me voit vraiment c'est la photo de groupe avec la coupe. Je suis derrière, avec les kinés.

Nous partons ensuite nous réfugier dans notre vestiaire. L'ambiance est torride. On pète un câble. Jusqu'au moment où les politiques débarquent, c'est-à-dire très vite. Ils ne pouvaient évidemment pas manquer ce moment. Dès qu'ils arrivent, je me casse. Avec Fabien Barthez, nous allons dans une petite pièce voisine. On s'assoit, adossés à un mur. On vide une bière en fumant une clope, pratiquement sans se parler, le regard dans le vide. Nous entendons les gens crier à côté. Nous sommes heureux.

Ensuite, le vestiaire commence à se vider de ceux qui ne sont que de passage. Je prends ma douche et je me rhabille avec des gestes d'une lenteur impressionnante pour éterniser ce moment unique. Je suis conscient d'avoir réalisé une grosse Coupe du monde. Je suis super content et très fier. Je pense à ma famille, à mon frère Olivier qui me manque tellement. Je suis dans un tourbillon, ma tête tourne un peu. Et je flippe déjà en imaginant la suite. Je me dis que ça va être dur de se remotiver après tout ça.

Je n'ai pas envie de sortir du vestiaire. Ça me fait chier de quitter ce lieu de bonheur. Je n'ai pas envie que ça se termine. J'aimerais que ça continue, que le temps s'arrête. Dehors, il doit y avoir tant de monde…

Tard dans la nuit, notre autocar nous ramène à Clairefontaine. Nos femmes nous suivent dans un second autocar. Comme au soir du premier match, à Marseille, nous partageons un repas en comité restreint : les joueurs, l'encadrement et nos compagnes. La fête est sobre et joyeuse. Je ne ferme pas l'œil de la nuit. Alors qu'Ariane s'est endormie, je me repasse des images du match. Je n'ai qu'une hâte : que le jour se lève pour sortir, pour aller gueuler avec tout le monde.

Personne n'a encore véritablement conscience de la portée de notre exploit. La seule certitude, c'est que les jours qui vont suivre s'annoncent hallucinants. Dans ce nouveau monde, qui a fait de moi un héros, pourrai-je rester le même Emmanuel Petit ?

PARTIE 3

MON AUTRE VIE

Jusqu'à la folie

Nous sommes le 13 juillet 1998, lendemain de la finale de la Coupe du monde.

Le marathon des honneurs continue. Devant le siège de la Fédération française de football, avenue d'Iéna, à Paris, nous nous installons au sommet d'un autobus à impériale. Je me revois défiler quelques semaines plus tôt avec les Gunners dans les rues bondées de Highbury, pour célébrer le doublé d'Arsenal. Je suis exténué, mais c'est le genre d'obligation auquel je veux bien m'habituer.

Nous sommes censés remonter la plus célèbre avenue du monde, depuis le rond-point des Champs-Élysées jusqu'à la place de l'Étoile. Au moment de nous engouffrer dans l'avenue, le spectacle dépasse l'entendement. Je n'ai jamais vu ça. Une gigantesque marée humaine nous fait face. J'ai l'impression que ce sont les Rolling Stones qui vont défiler sur les Champs !

Sous une chaleur étouffante, le bus remonte au pas. Mètre après mètre. Je scrute chaque regard, chaque expression. Je vois des pères pleurer de joie devant leurs enfants, qui ne comprennent pas. Du coup, ils pleurent aussi !

Les pauvres membres du service d'ordre tentent tant bien que mal de repousser la foule qui veut s'approcher du bus. Ils sont totalement débordés.

La bousculade est tellement énorme, la pression de la foule tellement forte, que la situation devient stressante. Les gens commencent à tomber comme des mouches. Les évanouissements se multiplient.

Les forces de l'ordre décident sagement d'arrêter les frais. Le bus n'atteindra jamais l'Arc de Triomphe. Il bifurque avenue Georges-V.

Dans ces moments de pure folie, je suis serein. Je pense beaucoup à mon frère Olivier, à ma famille. Je me rappelle les paroles de Pierre Tournier quand je lui ai dit que je voulais arrêter le football. Je suis en train de changer. Mais c'est surtout le regard que les autres portent sur moi qui va changer.

Si j'avais encore des doutes, cette expérience suffit à me faire comprendre que plus rien ne sera comme avant. Le titre de champion du monde m'a propulsé dans une autre dimension.

Le lendemain, nous sommes invités à la garden-party de l'Élysée. Le lieu est magnifique. À l'évidence, l'État a réquisitionné les plus belles œuvres du patrimoine architectural français. Jacques Chirac est forcément ravi de nous convier à la fête. Les politiques ne font jamais rien par hasard...

Et l'on continue de parler de la victoire de la France black-blanc-beur. Cette récupération politico-sociale a le don de m'énerver. Je ne fais pas partie de ceux qui gobent ces foutaises. Dans le sport, il n'y a pas de différence de races. La couleur de la peau, je m'en tape complètement.

Quelques jours plus tard, le président de la République nous remet la Légion d'honneur. Quand vient mon tour, Jacques Chirac me glisse quelques mots à l'oreille : « Vous êtes le préféré de ma femme. J'en suis quelque peu jaloux. » Je suis très fier. L'instant est solennel. Nous faisons partie des grands de ce pays.

Il n'en demeure pas moins qu'avec le recul, je ne suis pas convaincu que nous méritions un tel honneur. Que l'on nous donne la médaille du Mérite pour avoir remporté la Coupe du monde, passe encore, mais pas la Légion d'honneur. C'est disproportionné. Je trouve plus normal qu'on la remette aux harkis, aux tirailleurs sénégalais, aux Poilus, aux résistants, à tous ceux qui ont donné leur vie pour la liberté du peuple français. En décorant des sportifs, des chanteurs ou je ne sais qui d'autre, on ne fait que banaliser cette distinction.

En dix ans, je ne porte la rosette qu'une seule fois, lorsque je reviens à Saint-Nicolas-d'Aliermont, quelques jours après la Coupe du monde.

Dans le village où j'ai passé mon enfance, je suis accueilli en héros par des milliers de personnes. Tout est démesuré.

C'est comme si l'on m'offrait l'opportunité de débuter une nouvelle vie. Comme si j'étais enfin jugé sur ma vraie valeur.

Cinq ans auparavant, après la défaite contre la Bulgarie et l'élimination de l'équipe de France de la Coupe du monde 94, je marchais dans l'ombre. Je n'étais personne. Là, du jour au lendemain, je suis devenu un héros.

Alors, je prends tout. Les honneurs, les invitations et les sourires de tout le monde. Je suis HEU-REUX. Je ne connais personne qui ne le serait pas à ma place. Je ne contrôle pas vraiment tout ce qui m'arrive. Je subis les événements beaucoup plus que je ne les maîtrise. J'ai à peine le temps de dire ouf que je deviens un produit marketing. Je ne m'appartiens plus. Tout le monde veut me voir, me parler, me toucher.

Je suis pris dans un ouragan. Je dois faire preuve d'une prudence extrême devant toutes les sollicitations dont je suis l'objet. Souvent raillés parce qu'ils n'ont soi-disant rien à dire, les Français champions du monde sont les nouvelles icônes de la publicité.

Une société américaine me propose une fortune pour vanter les mérites de… perruques ! Je lui réponds qu'elle se trompe de personnage. Je ne suis pas Fabien Barthez. Je refuse plus de choses que j'en accepte. En matière de publicité, j'essaie en permanence d'être fidèle à moi-même.

Ma préférence va aux projets qui me donnent l'impression de ne trahir ni mes valeurs ni mon image. C'est le cas pour la pub Danone, où je fais un footing dans un parc avec une fille, et pour la pub Pepsi destinée au marché sud-américain, dans laquelle David Beckham et Roberto Carlos sont mes partenaires. Le tournage a lieu à Madrid. L'idée, plutôt marrante, est d'imaginer un match de football face à des sumos. Il faut donner l'impression que l'on joue contre des monstres et qu'il est impossible de passer. Plus tard, je tournerai aussi une publicité pour L'Oréal avec l'international italien Paolo Maldini.

Comme Pepsi, L'Oréal m'offre l'équivalent de 300 000 euros par an pour utiliser mon image. Dans ce domaine, je suis plutôt fier de ce que j'ai fait.

Avec le doublé d'Arsenal puis la victoire en Coupe du monde, ma valeur de joueur a elle aussi augmenté. Malgré le contrecoup du

Mondial et seulement douze jours de vacances, passés sur la Côte d'Azur, je suis à fond dans ma saison avec Arsenal, ma première saison de champion du monde.

Mais il me faut encore solder le passé. Lors de l'élection du meilleur joueur du dernier championnat, qui se déroule après la Coupe du monde, je finis troisième derrière David Ginola et Dwight Yorke. Même si David a réalisé cette année-là une très grosse performance avec Tottenham, j'ai décroché le doublé et effectué une grosse saison avant d'être sacré champion du monde. Je sais que le Mondial n'est pas pris en ligne de compte au moment du vote mais quand même… Je décide de ne pas me rendre à la remise des prix.

À mon retour à Londres, le club m'a accordé une revalorisation salariale. Je gagne désormais 750 000 francs mensuels (environ 115 000 euros).

À l'époque, il y a dix ans de cela, les plus gros salaires atteignent le million de francs nets par mois (153 000 euros).

Les joueurs de foot sont-ils trop payés ? Je l'ai entendu dire des centaines de fois durant ma carrière. En comparaison de ce que touchent des médecins qui sauvent des vies quotidiennement, ces sommes paraissent effectivement disproportionnées. Personne ne mérite de tels salaires.

Un sportif sait toutefois que sa carrière est limitée dans le temps. Peut-on réellement mettre un prix sur la part de rêve qu'il offre aux gens ? Peut-on trouver des stars mieux à même de véhiculer des messages publicitaires ou humanitaires ? Un footballeur touche toutes les couches de la population. David Beckham en est le meilleur exemple.

Ces sommes sont tellement démesurées qu'au bout d'un moment, je ne me pose même plus de questions. Je sais que je suis plein de blé. Voilà. Cet argent me fait débarquer sur une autre planète que je ne quitte plus.

Plus que l'argent, c'est le succès qui me fait tourner la tête. Le succès est enivrant. Pire qu'une drogue. Lorsqu'il s'évaporera, j'aurai l'impression de remettre complètement mon existence en jeu, de ressentir une perte de confiance énorme, de ne plus exister. Beaucoup de sportifs en ont fait et en font encore la triste expérience.

Pour l'instant, ma notoriété m'ouvre des portes et des horizons nouveaux. Je rencontre énormément de gens. De la fameuse Gloria Gaynor, qui nous a accompagnés dans notre conquête, à Renaud, Maxime Le Forestier, Michele Laroque et toute la bande des Enfoirés.

Je regrette beaucoup d'avoir accepté à l'époque certaines propositions. La pire, c'est un disque que j'enregistre avec une ex-miss France, Sophie Thalmann. Ça s'appelle *Un an déjà*, sur l'air du fameux *Santiano* de Hugues Aufray. C'est vraiment pour faire de l'argent. L'argent pour l'argent et rien d'autre. Je me prends pour le roi du monde. On me propose des choses qui n'ont rien à voir avec mon image et je ne sais pas toujours dire non, sans doute parce que je n'ai pas envie de dire non.

J'éprouve un sentiment de puissance extraordinaire. J'imagine que l'on ressent la même chose quand on prend de la coke. Je n'arrive pas à maîtriser tous les gens qui tournent autour de moi.

J'ai beau être d'un naturel méfiant, je tombe dans des traquenards. Je me retrouve dans des émissions de télé qui n'ont rien à voir avec mon actualité.

Par la force des choses, je deviens aussi un personnage « people » et ne contrôle pas du tout cette dérive. Quand j'y repense, je me dis que tous ces gens se foutaient complètement de moi. Dans ces milieux, on baigne en pleine superficialité. À partir du moment où l'on se retrouve sous les feux des projecteurs, les insectes sont attirés. Aujourd'hui, je peux le dire : si 80 % des gens viennent vers moi parce qu'ils sont heureux de rencontrer quelqu'un qu'ils admirent, le reste est composé de personnes qui ne sont là que par intérêt. Le football, ils n'en ont rien à foutre. Ce qui les attire c'est ma célébrité. Je suis le bon client. Je suis comme une éponge. J'absorbe tout. J'ai envie de tout connaître et de faire plaisir à tout le monde. Jusqu'alors, je ne m'étais jamais pris pour une star, mais là, je chope inconsciemment la grosse tête. Et j'accepte plein de choses pour que justement on ne m'accuse pas de l'avoir prise. Je baigne en pleine contradiction. Je ne m'appartiens plus vraiment.

Par contraste avec ces gens souvent sans foi ni loi, j'ouvre une parenthèse pour évoquer ici les deux personnes qui m'ont le plus impressionné et bouleversé durant mon existence. Elles n'ont rien à voir avec ce monde factice. C'est à Monaco que j'ai croisé la première, un moine tibétain très haut placé dans la hiérarchie bouddhiste. C'était bien avant 1998, chez M. et Mme Scotto. M. Scotto était le caméraman officiel de l'ASM. Sans la pratiquer, je me sens assez proche de la religion bouddhiste. D'une voix calme, ce religieux m'a dit sentir une force qui se dégageait de moi, ajoutant qu'il me fallait la dompter.

Et bien plus tard, en octobre 2000, j'aurai le privilège de rencontrer Nelson Mandela, qui nous fait l'honneur de nous recevoir chez lui à l'occasion d'un match amical de l'équipe de France disputé à Johannesburg, en Afrique du Sud.

Son apparence physique n'a rien à voir avec celle que renvoient les médias. Je suis frappé par ses rides, souvenirs de tant d'années de souffrance. Il me fait penser à ces marins au visage buriné par une vie passée en mer. C'est à peine si on s'adresse la parole, mais je devine l'énorme force intérieure qui l'habite. Je capture la sensation, l'émotion du moment.

Je m'embrouille avec les photographes qui nous accompagnent et sont en train de piétiner les fleurs de son jardin. Je leur dis ma façon de penser : « Vous savez chez qui vous êtes ? Un peu de respect tout de même ! »

Ma soudaine notoriété ne se limite pas à la France. Bizarrement, les Anglais attachent plus d'importance au doublé remporté par Arsenal qu'à la victoire de la France en Coupe du monde.

Quelques jours avant Noël, je suis invité en guest-star dans *The Bill*, un sitcom anglais regardé par plus de vingt millions de téléspectateurs. J'y joue mon propre rôle. Je dois remettre un bouquet de fleurs à un fan d'Arsenal qui se trouve à l'hôpital. Par la suite, on me contacte pour faire des films. Je refuse. Pour être acteur, il faut savoir se mettre dans la peau d'un autre. Je n'ai jamais su.

Je suis également contacté par des grands couturiers pour participer à des défilés de mode. L'idée est tentante mais je refuse, tout simplement parce que je ne pense pas être fait pour ça. Dans ce registre, la seule chose que j'accepte est de faire la couverture du magazine *Optimum* en tenue Jitrois, car je viens de m'associer avec le styliste français. Je suis un client fidèle de Jean-Claude Jitrois. J'ai fait sa connaissance en me rendant à sa boutique, au beau milieu de la

Coupe du monde. Ensuite, nous avons gardé le contact et décidé de monter un business ensemble, à Londres. Objectif atteint. Nous ouvrons une boutique sur Sloane Street, dans le quartier de Chelsea. Le pari peut sembler osé. J'ajoute une nouvelle touche à la palette de mes activités. J'aime être impliqué sur plusieurs projets à la fois. Je dis souvent que l'on a l'âge de ses expériences.

Grâce à la marque et à mes relations, la boutique connaît un franc succès. Jitrois se taille rapidement une belle réputation à Londres. Avant leurs concerts, des stars comme Tina Turner ou les Spice Girls viennent s'habiller dans la boutique de Sloane Street.

Travailler dans la mode donne aussi une continuité et une certaine cohérence aux publicités dans lesquelles je suis impliqué. Cette collaboration va durer cinq années. Estimant ne pas recevoir assez de dividendes de notre investissement, je préférerai finalement récupérer mes billes. J'aurai tout de même eu le temps d'apprendre à gérer le stock, les commandes ou les relations avec la clientèle.

Mais c'est surtout dans ma vie privée que je ne me reconnais plus durant cette fin d'année 1998. Célibataire depuis ma séparation avec Ariane, je mène carrément une vie de débauche durant mes journées de repos, que je passe essentiellement à Paris où je sors beaucoup. Je découvre le monde parallèle des nuits parisiennes, des soirées privées, des clubs échangistes…

Je bois, sans jamais me bourrer la gueule, boulot oblige. Je fume de temps en temps. Et je ne consomme aucune drogue, alors qu'il me serait très facile de le faire. J'adore rencontrer des gens et, en plus, on ne me veut que du bien. Pourquoi refuser ces soirées ? Elles se déroulent souvent dans des appartements incroyablement luxueux dont je ne connais même pas les propriétaires. Mais tout le monde me reconnaît. L'ambiance est surréaliste. Comme dans un film. J'avoue que ça me plaît.

Je noue des relations sans lendemain. Tout est virtuel. Dans un tel contexte, on rencontre rarement des gens sincères. Cite-moi tes amis, je te dirai qui tu es. J'ai dû bien changer…

Aujourd'hui, je ne vois plus aucune des personnes rencontrées durant cette période si particulière, et dont je me croyais pourtant très proche. À l'époque, d'une certaine façon, je les trouve formidables. Ils ne me contredisent jamais. Ce sont de bons compagnons de beuverie. Des types qui ne sont là que pour prendre, pour profiter et surtout ne rien donner en échange. D'ailleurs, ils sont souvent source d'emmerdes. Ils amènent des putes aux joueurs ou les branchent sur des investissements foireux. C'est toujours la même histoire.

Sur le moment, je m'en fous. Je ne veux rien savoir. Je suis enivré par le succès. Je découvre que le monde décrit par Stanley Kubrick dans son film *Eyes Wide Shut* n'est pas totalement sorti de son imagination.

Je suis, moi aussi, le témoin involontaire de débauches hallucinantes. Un soir, je suis invité à une soirée sur un yacht, du côté de Villefranche-sur-Mer. Les propriétaires, que je ne connais pas, sont originaires du Moyen-Orient. À bord, il n'y a que des top models et de la cocaïne en vrac. Je n'en prends pas. Dans leur délire, les richissimes propriétaires des lieux s'éclatent en humiliant les filles présentes de la pire des façons. Je vous épargne les détails. Je suis venu pour passer un bon moment, pas pour voir des gens faire n'importe quoi sous l'emprise de la coke. Je quitte les lieux, passablement énervé.

Je sors beaucoup, mais je sais me contrôler. Je ne suis ni flambeur, ni inconscient. Je prends garde à ne pas mettre ma carrière en péril. Nous disputons souvent plusieurs matches par semaine, ce qui m'incite à rester sérieux.

D'ailleurs, à Londres, je ne bouge pas une oreille. J'essaye en tout cas. Je connais trop d'exemples de filles qui ont alpagué des joueurs pour le fric et qui ont balancé ensuite toute l'histoire dans les journaux à scandales.

Je suis bien obligé de reconnaître que cela aurait pu m'arriver. L'histoire se déroule au *Sopwell House*, l'hôtel où j'ai habité trois mois en arrivant à Londres en 1997. Je continue à fréquenter l'établissement après le Mondial, puisque que c'est là que nous nous mettons en tenue en attendant que les installations du club, détruites dans un incendie, soient réhabilitées. Nous y disposons en outre d'un spa et d'un jacuzzi où je me rends très souvent.

Je ne peux pas ne pas remarquer une jolie fille qui vient régulièrement durant plusieurs semaines. Je la trouve décalée par rapport à l'endroit. L'établissement est loin du centre de Londres, pas spécialement luxueux et, en dehors des Gunners, fréquenté par des personnes plutôt âgées. Je la salue régulièrement et respectueusement en me demandant vraiment ce qu'elle fait là. Je finis par comprendre en la retrouvant en photo dans un quotidien populaire dans lequel elle raconte que trois joueurs français d'Arsenal ont été, comment dire, irrespectueux envers elle et l'ont traitée comme une traînée.

Je suis d'autant plus surpris que je suis certain qu'il ne s'est rien passé entre ces trois joueurs et elle. Paradoxalement, elle et moi avons eu une relation un jour dans la salle de billard. Je m'en souviens d'autant plus que le lendemain matin, quand j'arrive à l'hôtel, le directeur et tout le personnel, grands sourires aux lèvres, m'accueillent avec des applaudissements. Sur le moment, je ne comprends pas pourquoi. Le directeur me prend alors à part et m'explique qu'il y a des caméras dans la salle de billard… J'avais pourtant bien regardé, mais je ne les avais pas vues. Il ajoute avoir en sa possession une cassette très intéressante, mais il me rassure : en tant que fan d'Arsenal, il s'interdit d'en faire le moindre usage. Il me conseille juste de faire attention à l'avenir et d'éviter de me faire piéger par ce genre de fille.

Bon, pour dire les choses avec franchise, je ne me sens pas du tout menacé à l'époque puisque je suis séparé d'Ariane et célibataire. Je n'ai fait de mal à personne. Je me fous donc de voir mon nom dans la presse. Reste à savoir pourquoi elle ne m'a pas cité. J'imagine que c'est parce que je me suis toujours bien comporté avec elle, que je l'ai toujours respectée, que je ne l'ai jamais harcelée.

Toujours est-il qu'entre Londres et Paris, cette vie de débauche ne dure qu'un temps. Jusqu'à ma rencontre avec Agathe.

Je fais sa connaissance par l'intermédiaire de Jean-Yves, un responsable du *Barfly*, ce restaurant à la mode près des Champs-Élysées. Je profite alors de deux jours de repos accordés par Arsenal. C'est un lendemain de bringue. Je végète dans ma chambre d'hôtel. Fatigué, je m'apprête à passer la soirée devant la télé avec un plateau repas avant de repartir le lendemain pour l'Angleterre.

Jean-Yves m'appelle alors et insiste pour que je vienne au *Fouquet's*. Il sait que je loge tout près de là, à l'hôtel California où j'ai mes habitudes lorsque je séjourne à Paris. Il veut absolument me faire rencontrer quelqu'un.

Je me traîne donc jusqu'au *Fouquet's* où je vois arriver Agathe de La Fontaine. Son visage m'est familier, mais je ne la remets pas tout de suite. En fait, je l'ai vue jouer dans *Love in Paris*, la suite de *9 semaines ½*, avec Mickey Rourke et Angie Everhart. Sous son imperméable, elle est en pyjama... Cela ne me déplaît pas. Quelqu'un qui se fout de l'opinion des autres et qui ne se prend pas au sérieux ne peut que me séduire. Ensuite, tout s'enchaîne. Elle ne connaît rien au football et ne sait pas qui je suis. Nous accrochons rapidement. Nous décidons très vite de nous installer ensemble.

Cette rencontre arrive au bon moment, car elle me permet aussi de faire un peu le ménage autour de moi.

Ce qui n'empêche pas certaines personnes de n'avoir peur de rien. Un soir, je me rends dans un restaurant parisien avec Agathe et des amis. La serveuse nous demande de la suivre dans la salle du bas. Dans l'escalier, je croise une femme, très élégante dans son tailleur, qui remonte dans le sens inverse avec son compagnon. En passant, elle me heurte et fait tomber son sac à main. Je l'aide à le ramasser. Elle me remercie et me tend un bout de papier. Dessus, elle a écrit son numéro de téléphone avec un mot : « Appelez-moi quand vous voulez ». Je ne l'ai jamais appelée.

La réalité et la vraie vie m'ont rattrapé. Je suis en passe de redevenir le véritable Emmanuel Petit, un type simple et un joueur de foot qui, contrairement aux apparences, entend bien le rester quelques années encore.

Une victoire et des larmes

Les entraîneurs qui ont réellement compté dans ma carrière ne sont finalement pas si nombreux. Hormis Arsène, bien sûr, j'ai beaucoup aimé travailler avec Aimé Jacquet et encore plus avec Roger Lemerre. La nomination du second à la place du premier, à l'issue de la Coupe du monde 1998, ne me surprend pas. Ce choix correspond d'ailleurs au souhait de plusieurs joueurs de l'équipe de France. Par rapport aux autres candidats potentiels, Roger a pour lui un atout considérable : il a remporté la Coupe du monde avec nous, ce qui lui confère une parfaite légitimité et lui permet d'avoir une excellente connaissance du groupe.

Une fois retombée l'euphorie du Mondial, certains commencent de nouveau à nous chercher des poux dans la tête. Le plus souvent étrangers, car en France tout le monde ou presque a fini par reconnaître nos mérites, ces critiques impénitents prétendent en vrac que notre titre mondial tient au fait que la plupart d'entre nous évoluent hors du Championnat de France, que nous avons bénéficié d'un tirage au sort favorable et que si la Coupe du monde ne s'était pas déroulée en France, nous ne l'aurions pas gagnée. Certains poussent la mauvaise foi jusqu'à trouver des excuses au Brésil.

Si je n'accorde pas beaucoup d'importance à ces élucubrations, je me dis que le Championnat d'Europe, dont le niveau moyen est beaucoup plus relevé que celui d'une Coupe du monde, est l'occasion rêvée pour faire taire tous ces casse-pieds.

Nous avons ainsi l'opportunité de marquer l'histoire en étant la première nation championne du monde sacrée dans la foulée championne d'Europe.

Quand débute le stage de préparation à Tignes, dans les Alpes, Thierry Henry, Patrick Vieira et moi-même sommes absents. Nous n'en avons pas fini avec la saison régulière, puisque Arsenal dispute la finale de la Coupe de l'UEFA, à Copenhague, contre les Turcs de Galatasaray. Les Gunners partent grands favoris. L'ambiance est électrique. Nos fans n'ont pas oublié que, quelques mois auparavant, deux supporters de Leeds ont trouvé la mort à Istanbul lors d'incidents survenus en ville à l'occasion d'un match de coupe d'Europe.

La rencontre est très ouverte. Chacune des deux équipes a l'opportunité de l'emporter. Finalement, nous nous inclinons aux tirs au but (0-0, 4-1 t.a.b.). Huit ans après avoir perdu avec Monaco contre le Werder Brême en finale de la Coupe des vainqueurs de Coupes, je bute de nouveau sur cette ultime marche. Je suis vraiment maudit avec les coupes d'Europe.

Heureusement, la suite de mon aventure avec les Bleus va effacer cette nouvelle désillusion. Par rapport à 1998, le groupe France est pratiquement inchangé. La différence est ailleurs. Certains joueurs clés, comme Zidane ou Henry, se trouvent au sommet de leur forme et de leur art. L'émergence et la progression de Patrick Vieira à Arsenal provoquent un débat dans les médias : Didier Deschamps, dont l'influence dans le groupe est incontestable, se trouve mis en balance avec Patrick. C'est vrai que Didier est en fin de cycle. Mais il n'y a aucune raison de lui chercher des noises. Tant que rien de grave ne se passe, il n'y a aucune raison de le sortir. Pour moi, Didier doit jouer. Patrick sait que, tôt ou tard, son heure va arriver.

Vu de l'intérieur, on a l'impression que rien n'a évolué depuis 1998, que même le titre mondial n'a pas modifié la donne.

La force qui se dégage de ce groupe n'est pas le fruit du hasard. Sur le terrain comme en dehors, nous faisons bloc. C'est le critère majeur de la valeur d'une équipe.

Sur le modèle de 1998, nous essayons de protéger le groupe en vivant en autarcie. Nous nous sentons bien. D'autant plus que le cadre du Château du Lac, à Genval, en Belgique, où nous avons pris nos quartiers, ressemble étrangement à celui de Clairefontaine.

Pourtant, si le lieu respire la quiétude, à titre personnel, ce n'est pas la joie. Je ne me sens pas dans mon état normal. Quelques jours auparavant, lors du stage de préparation à Casablanca, au cours duquel nous disputons le Tournoi Hassan II contre le Japon (2-2) et le Maroc (5-1), je suis tombé malade. J'ai eu de fortes poussées de fièvre, du mal à tenir sur mes jambes. C'est la première d'une longue série de crises du même type. Dans un premier temps, je préfère ne pas en faire état, en me disant que mon mal va sans doute disparaître tout seul.

Mais à Clairefontaine, à notre retour du Maroc, j'ai une nouvelle crise, plus sérieuse celle-là, puisqu'elle me cloue deux jours au lit. Le staff médical me fait subir toute une batterie d'examens. Je commence sérieusement à m'inquiéter. Je me dis que l'Euro est peut-être terminé pour moi avant même d'avoir commencé.

Dans un premier temps, une fois arrivé en Belgique, les choses semblent rentrer progressivement dans l'ordre. Nous débutons le tournoi à Bruges, contre le Danemark. Une équipe dont je garde évidemment un excellent souvenir depuis le Mondial.

Jusqu'au dernier moment, Roger Lemerre hésite. Thierry Henry doit-il jouer seul en pointe ou faut-il lui associer Nicolas Anelka, un attaquant du même profil ? J'estime pour ma part que lorsqu'on dispose de joueurs aussi percutants et aussi doués balle au pied, il n'y a aucune raison de ne pas les faire jouer ensemble. Roger finit par opter pour cette seconde solution.

Comme prévu, le match est intense, longtemps indécis et très physique. Nous assumons pleinement notre statut de favori. Nous gagnons 3-0 grâce à des buts de Blanc, Henry et Sylvain Wiltord.

J'apprends que c'est la première fois que Titi marque après une passe de Zidane (*). Je n'avais jamais véritablement prêté attention à cette bizarrerie. Connaissant la qualité de passeur de Zidane et la qualité de finisseur de Henry, je trouve forcément anormal qu'il n'y ait pas plus de lien entre les deux durant les matches.

Nous sommes dans une poule très relevée. Après le Danemark, nous affrontons la République tchèque. Avec des individualités comme Pavel Nedved, Vladimir Smicer, Patrick Berger ou Jan Koller, les Tchèques possèdent une superbe équipe. Karel Poborsky, dont je dois m'occuper, me donne beaucoup de fil à retordre. Pendant la première demi-heure, Fabien Barthez est monstrueux. Il nous sauve le match à lui tout seul. Je me demande alors comment nous allons nous en sortir.

Henry a ouvert le score, mais les Tchèques ont égalisé sur un penalty de Poborsky. Une blessure à un genou m'oblige à céder ma place à la mi-temps. Youri Djorkaeff me remplace et marque le but vainqueur. Nous sommes déjà qualifiés pour les quarts de finale, ce qui permet à Lemerre, comme Jacquet deux ans auparavant, de faire tourner son effectif lors de l'ultime match de poule perdu contre les Pays-Bas (2-3).

Durant tout ce premier tour, j'éprouve une sensation étrange. L'équipe monte progressivement en régime à mesure que mes capacités physiques s'amenuisent. Mes craintes se vérifient la veille du quart de finale contre l'Espagne, quand je suis victime d'une nouvelle crise. Au-delà de la compétition, je commence à me poser de sérieuses questions sur ma santé. J'imagine le pire. Une maladie grave, une leucémie ou je ne sais quoi.

D'après les symptômes que l'on me décrit, je suis convaincu de faire une crise de paludisme. À l'époque, nous multiplions les tournées avec Arsenal en Asie et en Afrique, des régions où le paludisme est fréquent. Avec Agathe, nous nous sommes aussi rendus en vacances au Maroc à plusieurs reprises. C'est peut-être là que j'ai chopé ce virus.

C'est donc sans moi que les Bleus dominent l'Espagne. Zidane ouvre le score sur coup franc. Gaizka Mendieta égalise sur penalty avant que Youri Djorkaeff ne marque le but vainqueur d'une splendide reprise de volée. L'attaquant espagnol Raúl rate un penalty à la dernière minute…

Et voilà que certains en profitent pour mettre notre succès sur le compte de la chance. À tort. À cause des problèmes de régionalisme exacerbé qui divisent son équipe nationale, l'Espagne ne sera jamais en mesure de remporter un tournoi majeur. On la place souvent parmi les favoris, mais on ne la retrouve jamais au bout. Son élimination et notre qualification sont tout simplement logiques.

Trois jours plus tard, je suis enfin opérationnel pour la demi-finale contre le Portugal.

Là encore, nous avons en face de nous de sérieux clients. Nos affaires s'engagent plutôt mal puisque Nuno Gomes ouvre le score en première période.

À la mi-temps, au vestiaire, je ressens un gros coup de fatigue, mais le coach me demande de continuer jusqu'au bout. Henry égalise. Au fil des minutes, je sens mes jambes qui se tétanisent. Pour la première fois de ma carrière, je suis victime de crampes. C'est comme si mon corps était totalement desséché. Je subis le contrecoup de toutes mes crises. À trois minutes de la fin du temps réglementaire, je cède ma place à Robert Pires. Le final est tendu. Nous sommes en prolongation mais je suis certain que l'on va gagner. Le Portugal nous a toujours bien réussi.

Sur une frappe de Wiltord, je vois nettement le ballon qui prend la direction du but et le bras du défenseur portugais Abel Xavier qui dévie sa trajectoire. Penalty ! Les Portugais crient au scandale, mais la sanction est indiscutable. C'est encore l'époque du but en or. Nous en profitons une nouvelle fois, puisque Zidane marque sans trembler. Même si, pour la seconde fois après le Paraguay en 1998, nous tirons bénéfice de ce règlement, je ne parviens pas à m'y faire. Je le trouve horrible et cruel. Il n'y a rien de sportif là-dedans. Un match doit aller à son terme. Les instances internationales finiront logiquement par faire marche arrière en supprimant cette règle.

Nous sommes en finale. Je commence à apprécier cette bonne habitude. Dans le groupe, c'est l'euphorie. Mais en ce qui me concerne, le moral n'est pas au beau fixe. Physiquement, je suis à la ramasse. J'ai l'impression d'être passé sous un camion. J'ai mal partout alors que je n'ai disputé que la moitié des matches. Je n'ai jamais éprouvé de telles sensations.

Une nouvelle crise survient deux jours avant la finale. Elle est très forte. Le lendemain, je ne me sens pas mieux. Je n'ai pas récupéré. En me mettant en tenue pour l'ultime entraînement, je sens que ce n'est pas la super forme, mais ça va encore. Quelques minutes plus tard, la simple ascension des marches qui conduisent au terrain est une épreuve. Mon corps est terriblement affaibli. J'ai du mal à tenir sur mes jambes. J'essaie tant bien que mal de trottiner mais je suis à bout de forces. Au bout de dix minutes d'échauffement individuel, mes muscles sont tétanisés. Inutile de me mentir. Je vais voir le coach et je lui dis : « Ce sera sans moi. » La mort dans l'âme, je prends prématurément la direction du vestiaire. Je vais manquer la finale de l'Euro et j'en suis profondément malheureux. Je m'assois sur les fameuses marches qui m'ont tant fait souffrir un peu plus tôt. Je ne veux pas rentrer directement au vestiaire pour ne pas croiser les magasiniers, les kinés. Je fais en sorte que personne ne me voie, ce qui n'est pas facile. Je ne veux pas exhiber ma détresse. J'ai le cœur tellement lourd que là, tout seul, assis sur ces marches, je me mets à chialer. Comme un gamin.

Quand enfin je rejoins les médecins, je leur fais partager une nouvelle fois mon inquiétude. Dès notre retour en France, je souhaite passer des examens complémentaires.

En attendant, l'équipe de France a rendez-vous avec l'histoire. La finale est stressante. Je n'en garde pas un très bon souvenir. Je ne parviens pas à me sortir de la tête ce problème de santé. Je ne suis qu'un spectateur distrait, concerné sans l'être.

Tactiquement, les Bleus sont totalement muselés par les Italiens. Ils ne nous laissent aucun espace. Étouffés, nous perdons progressivement notre jeu conquérant, celui qui nous avait permis de nous hisser en finale. Nous sommes souvent acculés dans nos trente derniers mètres et, sur nos attaques, nous ne parvenons pas à nous créer des occasions franches.

Mes craintes sont d'autant plus vives que les Italiens marquent les premiers par Marco Delvecchio. Au vu de la physionomie du match, revenir au score me paraît d'emblée compliqué.

Sur notre banc de touche, le doute se fait de plus en plus pressant. Avons-nous vraiment les ressources physiques et mentales pour inverser la tendance ? Surtout face à des Italiens passés maîtres dans l'art de conserver un résultat. Plus les minutes passent, plus cela semble improbable. Bien sûr, si nous devions perdre en finale, notre parcours demeurerait très honorable. Nous n'aurions pas grand-chose à nous reprocher. Mais quand même, on ne dispute pas une finale pour la perdre…

Nous entrons dans le temps additionnel. Le banc italien commence à chambrer. Les remplaçants se congratulent déjà.

Mais cette équipe de France est celle de tous les miracles. Ce sont finalement nos remplaçants qui nous sauvent la mise. Dans l'ultime minute du temps additionnel, Trezeguet dévie de la tête un ballon que Wiltord récupère pour tromper enfin Francesco Toldo.

L'exploit est considérable, mais il était sans doute écrit. À la fois moqueurs et soulagés, nous demandons aux remplaçants italiens de se rasseoir. Visiblement, ils ne comprennent pas ce qui leur arrive. Ils sont hébétés. Le destin a choisi son camp. Durant la première période de la prolongation, c'est Trezeguet, qui vient de signer à la Juventus Turin, qui inscrit le but vainqueur en reprenant d'une frappe limpide un centre de Pires.

Curieusement, ce sont d'abord les Italiens que je regarde. J'ai l'impression que le ciel vient de leur tomber sur la tête. Ce retournement de situation me fait tout de suite penser au fameux France-Allemagne de Séville en Coupe du monde 1982, perdu aux tirs au but. J'avais 12 ans à l'époque et un tel souvenir vous marque pour la vie.

Bien sûr, je n'ai pas disputé ce match décisif et historique, bien sûr je suis soucieux, mais je suis tout de même aux anges. Rattrapé par la folie ambiante, je pénètre sur la pelouse. Je saute comme un cabri. Je bondis sur mes camarades. En réalisant ce doublé historique Coupe du monde-Championnat d'Europe, nous entrons dans le panthéon du football. Hormis l'Allemagne et l'Angleterre, nous avons tout de même tapé toutes les grandes nations. Elles étaient toutes là...

C'est grand. C'est historique. Mais au fond de moi, je sais aussi que c'est le début de la fin. Notre groupe est vieillissant. Tôt ou tard, il va bien falloir redescendre sur terre. Je savoure ce succès, acquis en partie par procuration, tout en m'imaginant déjà qu'il s'agit peut-être de mon dernier sous ce maillot bleu que j'aime tant.

Une fois encore, les politiques débarquent dans le vestiaire. À l'heure de la photo, impossible de m'échapper. L'endroit est trop exigu, je n'ai pas le choix. De retour à l'hôtel, la fête est très conviviale. Francis Lalanne pousse la chansonnette, rapidement rejoint par Youri, Frank et Liza. Nous sommes entre nous, avec le staff et nos femmes.

Linda Evangelista, qui est à cette époque la compagne de Barthez, est venue avec ses deux frères. Avec Fabien, nous décidons de faire le match à l'alcool contre ces deux gaillards canadiens. Erreur fatale !

Au fil des bières, ils nous décalquent la tête ! À tel point que Fabien fait un coma éthylique dans les toilettes de l'hôtel. On appelle le docteur Ferret qui lui fait une piqûre de sels minéraux. Avec Agathe, nous restons un bon moment en compagnie de Linda pour la rassurer. Quelle nuit !

Le lendemain, de retour à Paris, nous fêtons le titre depuis le balcon de l'hôtel *Crillon*, sur la place de La Concorde.

Après avoir salué la foule, je me rends dans un petit salon de l'hôtel, où tout a été préparé pour que je puisse subir des analyses d'urine et de sang. Je veux absolument savoir ce que j'ai. Les résultats ne donneront rien. J'aurai plus que jamais l'impression d'être incompris, impuissant devant cette maladie dont je reparlerai et qui va me pourrir l'existence durant trois ans.

Mais pour l'instant, une autre forme de célébration m'attend. Avec Agathe, nous avons décidé de nous marier. Au grand dam des familles, la cérémonie a lieu dans la plus stricte intimité, à la mairie du XVIe arrondissement. Je porte un simple T-shirt. Comme nous ne sommes que trois ou quatre, pourquoi mettre un costard ? Le lendemain, nous partons pour les Bahamas en lune de miel. Je n'ai qu'une idée en tête : dormir.

(*) Cette action a longtemps fait débat quant au statut décisif de la passe de Zidane et pour bon nombre d'observateurs, c'est lors du Brésil-France (1-0) comptant pour la Coupe du monde 2006 que Zidane a délivré sa toute première passe décisive à Henry.

Barcelone pour mon malheur

Je ne suis pas du genre à me prendre la tête avec le passé. Ce qui est fait est fait. C'est ainsi. J'ai connu des hauts et des bas. J'ai surtout réalisé de grandes choses dans ma carrière. Pourtant, si je dois nourrir un seul regret, c'est celui d'avoir quitté Arsenal pour Barcelone, après le Championnat d'Europe 2000. J'ai vécu cette séparation comme une cassure, comme la fin d'une histoire d'amour, quand on sait que tout est fini et que l'on éprouve malgré tout le désir que l'autre fasse l'effort de vous retenir.

L'histoire de ce transfert est rocambolesque. Lorsque les dirigeants d'Arsenal évoquent pour la première fois l'éventualité de me céder à Barcelone, je me trouve… aux Bahamas, en pleine lune de miel. Je suis totalement injoignable.

Avec Agathe, nous nous retrouvons d'abord dans un hôtel qui ne correspond pas du tout à nos attentes. Alors qu'on aspire au calme, l'établissement est bruyant et notre chambre donne sur la piscine. Les quinze jours que nous avons prévu de passer à cet endroit se transforment en une seule nuit, à l'issue de laquelle nous partons à la recherche d'un lieu plus tranquille, à l'abri de la foule.

En nous baladant sur le port, nous faisons la connaissance de James, un Anglais à l'allure un peu sophistiquée, pour qui les lieux ne semblent pas avoir de secrets. Lorsque nous lui faisons part de notre requête, il nous indique Rose Island, une île quasiment déserte sur laquelle il n'y a que trois maisons.

D'après James, la propriétaire de l'une d'entre elles, une espèce de Brigitte Bardot allemande un peu excentrique qui vit entourée de ses perroquets et de ses chats, serait disposée à nous louer sa villa.

Avec Agathe, on dit banco. C'est ainsi que nous allons passer deux semaines sans téléphone ni télévision, totalement coupés du reste du monde.

Au bout de ce séjour idyllique dans le calme absolu, nous regagnons notre premier hôtel. Le personnel de la réception nous prend pour des extra-terrestres. Il cherchait désespérément à nous contacter depuis plusieurs jours. Une tonne de messages nous attend. Ils proviennent principalement des dirigeants d'Arsenal, d'Arsène et de mon agent de l'époque, Jerome Anderson. En prenant connaissance des messages, je constate qu'au fil des jours, ils se sont faits de plus en plus insistants, de plus en plus pressants. Cette nuit-là, à quatre heures du matin, mon agent finit par me joindre et me lance : « Je suis avec le président Gaspart. Il faut que tu prennes le premier avion pour Barcelone. Les deux clubs sont tombés d'accord pour un transfert. »

Il ajoute que c'est maintenant à moi de me mettre d'accord avec le club catalan sur les termes financiers de mon contrat.

Barcelone ? C'est évidemment un nom qui ne peut pas laisser indifférent et qui mérite au moins réflexion.

Je ne peux pas nier l'envie, toujours vivace en moi, de relever un nouveau challenge et surtout de remporter la Ligue des champions. Sur ce plan, le club catalan offre alors de meilleures garanties qu'Arsenal. Connaissant Arsène, j'imagine que le recrutement à venir demeurera dans les limites du raisonnable. Pour ma part, j'aurais souhaité davantage de renforts conséquents afin qu'Arsenal puisse jouer sur plusieurs tableaux à la fois. En fait, ce que j'assimile alors à un manque d'ambition n'est que la stricte application du plan de montée en puissance du club pensé par Arsène et qui doit s'étaler sur plusieurs années.

Cela étant, en 2000, je n'éprouve pas un désir farouche de partir car je me sens aussi bien dans ce club que dans ma vie à Londres. Sur le coup, je suis assez remonté contre Arsène. Ce n'est qu'une fois toutes les transactions terminées que nous aurons l'occasion de nous expliquer. Un simple coup de téléphone me suffira pour comprendre qu'il ne souhaitait pas que je reste.

Pour l'instant, je prends donc contact avec mon possible futur employeur. Au téléphone, le président Joan Gaspart me demande quelles sont mes conditions financières.

À Arsenal, je faisais partie des plus gros salaires. Je touchais alors un million de francs nets par mois (un peu plus de 150 000 euros), sans les primes de match.

Barcelone faisant partie du gratin européen, je demande le double, soit deux millions de francs nets (un peu plus de 300 000 euros). J'ai bien conscience qu'il s'agit là d'une somme énorme. En même temps, c'est ce que gagnent les cadres de l'équipe comme Rivaldo, Patrick Kluivert ou Josep Guardiola. Gaspart tique mais finit par me donner son accord.

Pour l'instant tout va bien. Ce n'est qu'une fois sur place, dans les bureaux du club pour la signature officielle du contrat, que débutent les ennuis. Le président est absent. Je suis reçu par les représentants du conseil d'administration. De vrais emmerdeurs. Ce qui aurait dû se régler en une heure va s'éterniser et nous emmener jusqu'au bout de la nuit. On dirait des marchands de tapis.

Je ne demande rien de plus que ce que nous avons convenu oralement avec Gaspart. Mais non. Les mecs discutent tout et n'importe quoi. Comme s'il s'agissait de leur propre argent. Le ton commence à monter. À tel point qu'après des heures de discussion, je finis par perdre patience. Très irrité, je me lève de la table des négociations, convaincu qu'on ne me respecte pas. Pour moi, la parole donnée par le président au téléphone doit suffire.

Je les menace de rentrer à mon hôtel en les prévenant : si l'accord n'intervient pas très vite, je retourne dès le lendemain à Arsenal. Définitivement.

Ils se mettent à paniquer et ne veulent surtout pas que je quitte les lieux. D'autant qu'une cinquantaine de journalistes fait le pied de grue en bas, en attendant l'officialisation de mon transfert. À contrecœur, les dirigeants catalans finissent tout de même par accepter mes conditions. Il est quatre heures du matin.

Cette mésaventure aurait dû me mettre la puce à l'oreille. Je m'attends à évoluer dans un grand club européen. Je vais vite déchanter. Mais cela, je ne le sais pas encore.

À l'époque, Barcelone se situe nettement au-dessus d'Arsenal et fait partie des clubs européens qui font rêver. Je viens de toucher le summum avec l'équipe de France, et terminer ma carrière dans un club comme le Barça me semble tout simplement logique.

Comme j'ai disputé le Championnat d'Europe, je reprends l'entraînement plus tardivement que mes nouveaux coéquipiers, qui eux ont déjà attaqué le stage de préparation aux Pays-Bas.

Je débarque là-bas un jour où l'équipe dispute un match amical. Je me rends donc dans le vestiaire pour saluer mes nouveaux partenaires. La plupart d'entre eux ne font même pas attention à moi et ne me répondent pas. Certains signes ne trompent pas, mais je choisis pour l'instant de ne pas m'en formaliser.

Le stage me livre un premier aperçu de la particularité du fonctionnement en vigueur au FC Barcelone. Par exemple, au lieu de faire table commune lors des repas, les joueurs sont réunis par petits groupes. D'emblée, les choses sont claires et les trois clans bien établis : d'abord les Catalans, ensuite les Néerlandais et enfin les autres. Bonjour l'unité.

Mon premier contact direct avec l'entraîneur, Lorenzo Serra Ferrer, concerne un problème tactique. Le soir de mon arrivée, il demande au gardien Richard Dutruel, l'autre Français de Barcelone, de lui servir d'interprète. Avant de me traduire ses propos, Richard, visiblement gêné, se tourne vers moi et me dit : « Ne rigole pas, mais il veut savoir quelle position tu occupes sur le terrain. »

Je n'en crois pas mes oreilles. Je me dis que c'est une blague, que c'est sa façon à lui de briser la glace. Pas du tout.

Je finis par lui demander, sans rire, s'il possède un poste de télévision chez lui. Je crois comprendre que son souhait est de m'utiliser en défense, alors que cela fait quatre saisons que je joue milieu de terrain. Je lui dis que cela ne me dérange pas de dépanner de temps en temps en défense centrale ou comme latéral gauche, mais que je veux être en concurrence avec les milieux de terrain du Barça. Après cet entretien totalement surréaliste, je prends conscience que les techniciens du club ne sont pour rien dans ma venue.

Je réaliserai plus tard que ma présence ici n'est due qu'aux ambitions politiques de Joan Gaspart, qui s'est servi de mon nom pour briguer la présidence du Barça.

Mon deuxième contact avec l'entraîneur concerne un souci d'équipement. Comme tous les joueurs de l'équipe de France de cette époque, je porte en permanence des chaussettes de récupération à des fins médicales. Comme je connais souvent des problèmes de mollet, elles me sont très utiles. Au bout de deux jours de stage, l'entraîneur me chope pour me dire que je ne peux pas me balader ainsi, avec des chaussettes qui ne sont pas commercialisées par l'un des sponsors du club. Je trouve son explication nébuleuse. Là encore, je fais profil bas.

Ma galère ne fait que commencer. Derrière la brillante façade de grand club européen, les coups bas sont légion.

Le jour du match amical contre Arsenal organisé dans le cadre de mon transfert, on oublie par exemple de me réveiller alors que je fais la sieste. Pourquoi ? Parce que je me suis opposé à la tradition catalane en refusant de partager ma chambre avec un équipier ?

Pourtant, d'autres joueurs comme Rivaldo ou Guardiola ont droit à une chambre individuelle.

Toujours est-il que lorsque j'émerge de mon sommeil, tous les joueurs sont déjà partis prendre leur collation. Je finis par attraper le bus in extremis et passablement énervé.

Ces petites misères n'ont l'air de rien. Elles ressemblent à des gamineries. Mais prises dans leur ensemble, je me rends vite compte qu'elles visent à me casser mentalement afin que je me plie aux exigences du Barça. Il s'agit de me faire comprendre que le club est tout et le joueur un simple pion. Je ne suis pas le seul dans ce cas. Gerard, un sacré joueur espagnol arrivé de Valence, ne comprend pas plus que moi où il est tombé.

Je suis venu ici pour m'éclater sur le terrain mais, paradoxalement, mon plus gros match, c'est en coulisses que je dois le livrer. En voici la preuve à travers deux exemples particulièrement marquants.

En octobre 2000, Richard Dutruel et moi sommes sélectionnés en équipe de France pour affronter le Cameroun au Stade de France puis l'Afrique du Sud, trois jours plus tard, à Johannesburg.

À notre retour, afin de récupérer des quatorze heures d'avion et sachant que Barcelone ne rejoue pas en match officiel avant une semaine, nous demandons à bénéficier de deux jours de repos. Le club refuse catégoriquement. Nous nous inclinons. Le lendemain de notre arrivée, lorsque nous débarquons à l'entraînement, seuls les jeunes du centre de formation sont présents. Tous les autres internationaux ont demandé et obtenu un jour de repos supplémentaire... Je n'en reviens pas. Je suis dans un tel état de nerfs que je me défoule sur José María Bakero, l'entraîneur adjoint, et sur le préparateur physique.

À ce moment-là, Serra Ferrer fait son apparition et commence à gueuler en catalan. Je lui réponds sur le même ton : « T'es qui toi pour gueuler ? Depuis deux mois, on ne me fait que des coups par derrière. Tu n'es qu'un clown ! »

Inutile de préciser qu'entre nous, le divorce est consommé depuis bien longtemps.

Vient ensuite l'épisode du match de Ligue des champions disputé à Istanbul. Nous perdons 3-0 contre Besiktas en étant catastrophiques dans tous les secteurs du jeu. Dans l'avion qui nous ramène de Turquie, les journalistes catalans veulent en savoir plus. Ils m'interrogent sur les raisons d'une telle déconvenue. Je leur réponds avec sincérité que quand le Barça joue sur sa valeur, avec sa tradition de jeu, l'adversaire a du mal à rivaliser. Mais à partir du moment où il ne parvient pas à produire ce jeu, il lui faut combler ce manque par d'autres apports : la combativité, l'état d'esprit, l'ambition... Je précise à ces journalistes qu'à ce niveau-là, nous avons été inexistants.

« Est-ce un manque de caractère ? », insistent-ils. J'acquiesce. Le lendemain, la presse catalane met dans ma bouche un titre racoleur : « Barcelone manque de couilles ! » La grande classe.

La réaction du vestiaire ne se fait pas attendre. Avant le début de l'entraînement, Luis Enrique et Guardiola viennent me chercher. Ils veulent me parler et m'emmènent dans une pièce où se trouvent déjà Sergi et Abelardo. On se croirait à l'école, en plein conseil de discipline.

Tous les quatre me font comprendre que mes déclarations n'ont pas été appréciées dans le vestiaire et que je dois désormais faire attention avec la presse locale. Loin d'être impressionné, je les interroge à mon tour : « De quoi me parlez-vous ? De mes déclarations de la veille ou des joueurs qui trafiquent avec les journalistes et leur balancent chaque jour des infos qui sortent directement du vestiaire ? »

Vexé par ce sous-entendu, Luis Enrique, qui a un peu plus de caractère que les autres, tente de répliquer. Je le coupe net : « Moi, je suis venu à Barcelone pour gagner des titres. Nous sommes tous dans le même bateau. Si vous voulez le quitter, libre à vous. Moi, je reste. Que cela vous plaise ou non. C'est clair ? »

À partir de cet instant, mon sort est réglé, du côté des entraîneurs comme de celui des joueurs espagnols. Du jour au lendemain, je deviens un pestiféré qu'il ne faut surtout pas approcher de peur d'être contaminé.

Dans les clubs professionnels, les joueurs qui ne jouent pas ou peu sont déjà des laissés-pour-compte. Si en plus tu as affaire à un entraîneur incompétent – car je n'ai jamais vu une telle bille que Serra Ferrer –, les choses deviennent forcément compliquées.

Durant ma saison barcelonaise, je dispute vingt-sept matches, toutes compétitions confondues. Je ne marque qu'un but, plutôt joli d'ailleurs, d'une frappe dans la lucarne face au Rayo Vallecano. Sur le coup, je n'ai quasiment aucune réaction, si ce n'est un poing rageur que je brandis en direction du banc de touche puis de la loge présidentielle.

Comme toute personne sensée, je finis par me demander si ce n'est pas moi le problème. Pourtant, je ne ménage pas ma peine pour m'intégrer. J'apprends l'espagnol en l'espace de six mois, je donne même certaines interviews en catalan. J'essaie d'avoir des rapports normaux avec tout le monde. Mais la disparition de mon grand-père paternel va balayer mes dernières illusions.

Mon père, qui est victime la même année d'un infarctus, compte sur ma présence à l'enterrement. Après tous les drames qu'il a connus, j'estime que c'est la moindre des choses. Je demande l'autorisation aux techniciens du club de m'y rendre. J'essuie un nouveau refus que je prends très mal. Je me dis qu'on veut me faire payer mon insolence.

Le jour de la cérémonie, Barcelone doit jouer contre l'Atlético Madrid. J'apprends que je suis remplaçant. À l'hôtel, l'envie me prend de tout plaquer. De me tirer et d'aller prendre un taxi pour filer à l'aéroport. Mais si je fais ça, je leur donne le bâton pour me faire battre. Ils peuvent résilier mon contrat. Je ne suis pas abattu, mais très en colère. J'en suis arrivé à un point où j'ai envie de cogner, de faire mal physiquement.

Après toutes mes galères passées, tous les sacrifices que j'ai consentis pour me hisser au plus haut niveau, il n'est pas question de terminer ma carrière dans ces conditions. Dans ma tête, c'est bon, mon divorce avec le Barça est consommé. Mais je ne veux pas offrir aux responsables du club la moindre possibilité de mettre en cause mon professionnalisme.

Je passe mon temps à me battre contre des gens qui n'en valent pas la peine. Aussi ne suis-je pas insensible à certains contacts avec l'Angleterre. Les premiers datent du marché d'hiver, en janvier 2001. C'est d'abord Sir Alex Ferguson qui m'appelle. Il me dit que Manchester United ne peut pas recruter dans l'immédiat, mais qu'il compte sur moi en fin de saison. À peu près à la même période, j'apprends qu'Arsène, qui a sans doute compris que je perds mon temps à Barcelone, aimerait bien me faire revenir à Arsenal. Connaissant mon attachement pour l'Angleterre, mon agent me signale que les négociations avancent également avec Chelsea.

Mais quitter Barcelone au bout de six mois ressemblerait fortement à un échec. C'est pourquoi je décide de rester. Pas à n'importe quel prix, toutefois.

Lors de la trêve hivernale, je vais voir le président et l'entraîneur avec un message clair : si leur but est de continuer à me faire jouer arrière gauche, je préfère que l'on me place sur la liste des transferts !

Pour calmer le jeu, Gaspart m'invite à manger chez lui. Mais le repas, tout à sa gloire et à son mérite personnel, produit sur moi l'effet inverse à celui recherché. L'un de ses fils se permet même de juger mes performances. C'en est trop.

Pas de chance, je me trouve dans la pire période barcelonaise de la décennie, dans un groupe en déclin, sclérosé par des clans. Mauvais timing car, deux ans plus tard, les Catalans remporteront le championnat.

Parvenu à un point de non-retour, je décide de me prendre en charge. Pour être toujours performant, pour être toujours sélectionnable en équipe de France. Après chaque entraînement, je fais du VTT dans le sable. Je vais jusqu'à installer un punching-ball dans mon garage, pour libérer toute mon adrénaline. Combien de fois suis-je rentré en pleurs de l'entraînement… Ce ne sont pas des larmes de tristesse, mais de nervosité. J'ai besoin de libérer toute l'agressivité qui me dévore. Le club finit par avoir connaissance des mes séances supplémentaires sur la plage. L'entraîneur tente de me l'interdire, mais je l'envoie une nouvelle fois promener. Avec un préparateur physique, je continue d'enchaîner les séances supplémentaires, parfois même après les matches.

Le moindre différend creuse encore un peu plus le fossé qui nous sépare. On joue un quart de finale de Coupe de l'UEFA à Vigo. Je suis titulaire. Je suis prêt. En attendant l'heure du coup d'envoi, je sors un bouquin et je lis. Serra Ferrer se plante devant moi et me dit : « Ce n'est pas comme cela que l'on prépare un match. » Je le regarde. Je ne prends même pas la peine de lui répondre et me replonge dans mon livre. Chacun se prépare comme il veut. Ce n'est pas une provocation de ma part.

Je me souviens d'un autre épisode très symptomatique. À la veille d'un match important, nous faisons une opposition entre l'équipe type et les remplaçants, dont je fais partie avec Bakero, l'entraîneur adjoint. Avec les jeunes du centre de formation comme Xavi ou Carles Puyol, nous commençons à marquer un but, puis un autre, puis un autre…

Sentant que son équipe frôle l'humiliation, l'entraîneur entre dans une colère noire lorsque je sauve un but, empêchant ainsi ses titulaires de revenir un peu dans le match. J'hallucine. On ne va tout de même pas encaisser volontairement des buts simplement pour remettre ses titulaires en confiance ! Je m'explique vivement avec Serra Ferrer sur le sujet. José Bakero en rajoute en me demandant d'être plus réceptif. Je manque d'en venir aux mains avec ce nabot, qui m'avait pourtant fait rêver quand j'étais jeune. Je quitte la séance et le stade sans demander mon reste.

Le lendemain, Serra Ferrer, vexé, m'interdit de m'entraîner. Je lui réponds : « Pas de problème. »

On essaie de me pousser à la faute en m'envoyant disputer des matches avec le centre de formation. Le but est de me faire péter un câble afin d'aboutir à une rupture de contrat pour faute professionnelle. Et faire d'une pierre deux coups : se débarrasser de moi sans me donner l'argent que l'on me doit.

Les résultats du club sont forcément décevants. Les défaites s'accumulent. Serra Ferrer finit par être remercié à quelques journées de la fin. Il est temps. Carles Rexach, l'ancien adjoint de Johan Cruyff, lui succède.

Il m'assure qu'il compte sur moi pour l'avenir. Il est au courant de tout ce qu'on m'a fait subir depuis huit mois et veut me mettre en concurrence au milieu de terrain. Je lui réponds qu'il est trop tard. Je me sens dans la peau d'un bagnard : chaque jour qui passe est un jour gagné, un jour qui me rapproche de la liberté. « Débrouillez-vous comme vous voulez, lui dis-je, mais la saison prochaine, je ne serai plus un joueur du Barça. »

Vous ne serez sans doute pas du tout d'accord avec moi, mais j'estime que le jeu du Barça est parfois chiant à regarder. On s'y soucie plus d'esthétisme que de la finalité du football, à savoir marquer des buts. Moi, mon idée principale, c'est de gagner. Barcelone est victime de sa propre identité. À force de vouloir respecter cette philosophie de jeu, les joueurs ne savent plus évoluer autrement. Il n'y a pas de dépassement de fonction chez les joueurs. Et quand la balle ne roule pas dans le bon sens, on constate qu'ils sont extrêmement égoïstes sur le terrain, que chacun cherche à tirer la couverture à lui. On a encore pu le constater durant cette saison 2007-2008 où les mecs n'ont pas joué ensemble.

Arrive la fin de saison. Enfin. Nous disputons un match contre Valence à domicile, capital pour espérer disputer la Ligue des champions la saison suivante. Grâce à un triplé historique de Rivaldo, avec notamment un retourné acrobatique à deux minutes de la fin, nous finissons par nous imposer 3-2, sauvant ainsi les meubles d'une saison sans titre. Mais ce n'est déjà plus mon problème. Je pars sans regrets ni amertume.

À la fin du championnat, je vais voir de mon plein gré la rédaction du quotidien *El Mundo Deportivo*. Je ne veux surtout pas que l'on porte atteinte à ma dignité. Il n'est pas question que l'on salisse mon nom. Je déclare notamment que le Barça est un bateau qui navigue à vue, sans commandant à son bord.

Quelques jours auparavant, j'ai fait une proposition concrète aux dirigeants de Chelsea : s'ils me prennent aux mêmes conditions salariales, je rejoins leur club. Ils acceptent. Je signe avec Colin Hutchinson, le directeur du club londonien, avant la présentation officielle devant la presse anglaise.

À mon retour à Barcelone, les même « trous du cul » qui m'avaient reçu un an auparavant sont tous là pour me rappeler que je leur dois de l'argent du fait que, comme le prévoyait mon contrat, j'ai touché plus la première saison. Je leur réponds qu'au vu de toutes les humiliations que j'ai subies, c'est un moindre mal et que ce n'est même pas cher payé.

Par la suite, j'apprendrai que beaucoup de joueurs ont connu des litiges d'ordre financier en quittant un club espagnol. Comme je n'ai pas du tout confiance, j'engage quelqu'un qui travaille dans une banque espagnole pour bien vérifier que les dirigeants de Barcelone n'essayent pas une nouvelle fois de m'entourlouper.

Histoire de me changer les idées, je pars avec Agathe dans les Cyclades, à bord d'un bateau. Méfiant, je reste cette fois-ci en relation avec mon agent et mon avocat. Barcelone tarde à me payer mes arriérés de salaire. Je menace de faire appel au Tribunal arbitral du sport pour régler l'affaire. Il est franchement temps que je passe à autre chose.

Un Gunner chez les Blues

Connaissant les difficultés que je rencontre à Barcelone, Didier Deschamps m'appelle. Il vient d'être nommé entraîneur de l'AS Monaco. Il veut que je revienne dans le club de mes débuts. Si je garde d'excellents souvenirs de mes années en principauté – je ne m'en suis jamais caché – je décline poliment son offre. Un retour dans le Championnat de France me semble encore prématuré.

Au-delà des considérations financières, je sais très bien que mon ambition me pousse une fois encore vers le championnat anglais, celui qui correspond le plus à mes qualités et qui ne cesse de progresser au fil des années.

Mais si je ne me vois pas revenir à Monaco, je ne me vois pas non plus retourner à Arsenal. Lorsqu'ils viennent me voir à Barcelone, David Dein et Arsène Wenger m'expliquent, en gros, que je n'ai pas été remplacé et que je manque aux Gunners. J'avoue que j'ai du mal à comprendre leur démarche. Pourquoi m'avoir laissé partir, en montrant qui plus est si peu d'empressement à me retenir, pour changer d'avis quelques mois plus tard et tout faire pour que je revienne ?

Cette attitude ne répond à aucune logique. Ou bien je ne sais pas tout. Quoi qu'il en soit, la perspective de revenir un an après dans un club où j'ai connu tant de grands bonheurs et de réussite ne m'enchante guère.

Au-delà du sentiment d'échec personnel qui accompagnerait un retour si soudain, la comparaison avec le passé serait inévitable. Pour peu que les résultats soient moins bons, j'entendrais très vite parler de retour perdant.

Non, un come-back à Arsenal n'est pas une bonne idée. Mais c'est sûr, l'Angleterre me manque plus que tout. Je sais que là-bas, tout respire le foot.

Depuis son coup de fil lors du marché d'hiver, je n'ai plus la moindre nouvelle d'Alex Ferguson, le boss de Manchester United. Celui qui se montre le plus prompt, c'est Claudio Ranieri, l'entraîneur de Chelsea, que je rencontre également en toute discrétion chez moi, à Barcelone.

Si un entraîneur se donne la peine de prendre un avion pour venir me voir, la moindre des choses est de l'accueillir chez moi. Recevoir à domicile et discuter en partageant un bon repas est une excellente façon de cerner une personnalité.

Et puis fixer ce genre de rendez-vous dans un hôtel comporte des risques. Vu ma situation à Barcelone, la moindre fuite sur cette rencontre avec l'entraîneur de Chelsea serait certainement dommageable et négative pour moi.

Je ne connais Ranieri que de réputation. Il m'expose rapidement ses projets pour Chelsea. Il veut bâtir une équipe compétitive, susceptible de se mêler à la lutte pour le titre.

Le club londonien, qui vient de faire signer Frank Lampard, veut s'appuyer sur des joueurs expérimentés. Il m'explique qu'il compte sur moi. Son projet sportif me séduit.

Le repas est très convivial. On parle de tout et de rien. J'apprécie. J'aime rencontrer des gens de mon milieu qui vivent pleinement leur passion sans que celle-ci soit exclusive et gomme totalement d'autres centres d'intérêt. Plus j'écoute Ranieri, plus j'ai le sentiment qu'il attache autant d'importance à l'individu qu'au joueur. Ce n'est pas fait pour me déplaire.

Dans ma tête, j'ai déjà fait 50 % du parcours retour vers l'Angleterre. Reste toutefois à savoir dans quel club.

Dans la mesure où Chelsea accepte de m'accorder les mêmes conditions financières que Barcelone, nous tombons rapidement d'accord.

Quelques jours à peine après la finalisation de mon contrat, Alex Ferguson refait enfin surface. Je suis dégoûté. La mort dans l'âme, je lui annonce que je me suis déjà engagé avec Chelsea et que je n'ai qu'une parole. « Dommage, me répond-il. C'est de joueurs comme toi dont j'ai besoin. Ceux qui respectent une parole donnée. » Je suis encore plus dégoûté !

En débarquant de nouveau en Angleterre, je me rends compte combien ce pays m'a manqué. À Londres, je me sens chez moi. J'y croise des gens aussi spontanés que moi, qui ne se prennent pas la tête. Quel décalage avec la France, où tout semble compliqué.

Je force sans doute un peu le trait. Tout n'est évidemment pas si rose. Lorsque je me rends pour la première fois à Harlington, le camp d'entraînement de Chelsea, je subis un véritable choc.

Les joueurs français qui s'étaient entraînés ici m'avaient pourtant prévenu de la vétusté des lieux. J'ai cru qu'ils exagéraient. Mais non. Plus je découvre, plus j'hallucine. Les baraquements qui servent de vestiaires sont hors d'âge. La peinture se décolle des murs. De toute ma carrière professionnelle, je n'ai jamais vu de telles structures. Je me demande même si l'hygiène est irréprochable.

Plus grave, les terrains, fortement exposés au vent, sont durs comme de la pierre et penchent d'un côté. Sommes-nous vraiment à Chelsea ? Les Ruud Gullit, Gianfranco Zola et autres Gianluca Vialli se sont-ils vraiment entraînés sur ces terrains pourris ?

Très tôt dans la saison, nous sommes plusieurs à payer physiquement les conséquences d'un tel délabrement. Roberto Di Matteo se fracture un doigt, Marcel Desailly connaît des soucis avec ses tendons d'Achille et moi, je ressens des douleurs au mollet.

Il n'en demeure pas moins que Chelsea présente de sérieux arguments pour se mêler à la course au titre. Avec un effectif qui balance entre des cadres d'expérience comme Zola, Di Matteo, Desailly ou moi, et des jeunes Anglais prometteurs tels que John Terry ou Lampard, nous allons certainement avoir notre mot à dire.

Un événement aussi inattendu que dramatique, et totalement étranger au sport, va bouleverser notre début de saison : les attentats du 11 septembre 2001 à New York.

En ce jour tragique, je me trouve dans un hôpital, à Londres, pour passer des examens. Dans un premier temps, je ne vois pas les images de cette catastrophe. Simplement des visages dans le hall de l'hôpital. Des visages figés, qui ne peuvent se détacher des écrans de télévision.

La stupeur est totale. Très vite, je découvre à mon tour les avions qui explosent, les gens qui sautent par les fenêtres des buildings dévastés qui ne vont pas tarder à s'effondrer. Et cette poussière, intense... J'ai l'impression de regarder un film catastrophe. Personne n'arrive à réaliser vraiment ce qui se passe. Devant ce tournant de l'histoire, je suis aussi effrayé qu'impuissant. Plus rien ne sera jamais comme avant.

Personnellement, je ne suis jamais rassuré à l'idée de prendre l'avion. Cette angoisse date du printemps 1993. À l'issue d'un match amical disputé en Autriche avec l'équipe de France, pour gagner du temps et faciliter la récupération, je suis rentré sur Monaco le soir même en jet privé. À bord de l'avion se trouvaient Lilian Thuram, sélectionné avec les Espoirs, Arsène Wenger, le directeur sportif monégasque Henri Biancheri et moi-même. Le pilote nous avait prévenus que nous allions traverser un gros orage. En croisant le regard pas franchement rassuré de l'hôtesse, j'ai compris que nous allions être sérieusement secoués. Effectivement, les trous d'air ont été tellement violents que ma ceinture de sécurité a fini par lâcher. J'ai été projeté en l'air et j'ai violemment percuté le plafond avec ma tête ! Je ne vous raconte pas l'angoisse.

Par bonheur, les secousses ont fini par se faire moins violentes. Tant bien que mal, l'avion a réussi à se poser sans plus de dégâts. Mais lorsque j'ai posé le pied sur le tarmac, je ne tenais plus sur mes jambes. Depuis ce jour, où j'ai eu le sentiment de voir la mort de très près, je n'aime pas prendre l'avion. Les attentats du 11 septembre n'ont évidemment rien arrangé.

Au lendemain du drame, l'UEFA a l'intelligence de reporter la soirée de Ligue des champions prévue ce soir-là. Comment imaginer jouer au football après une telle tragédie ?

Peu de temps après, Chelsea doit se rendre en Israël pour disputer un match de Coupe de l'UEFA contre l'Hapoël Tel-Aviv. Je rappelle que l'Angleterre est à l'époque l'un des pays potentiellement visés par les attentats terroristes. Quelle meilleure cible qu'une équipe de football pour frapper un grand coup médiatique ?

Sans tomber dans une paranoïa excessive, les joueurs prennent cette menace très au sérieux. En présence de Ken Bates, le président de Chelsea, et de Claudio Ranieri, nous procédons à un vote à main levée. Il s'agit de savoir si nous devons nous rendre en Israël ou bien formuler une requête auprès des instances européennes afin que cette rencontre puisse se disputer sur terrain neutre. Une grande majorité de joueurs, dont je fais partie, opte pour cette seconde solution. Je suis soulagé. Ce n'est pas notre guerre et, franchement, je ne vois pas pourquoi nous devrions servir de cibles.

Apparemment, le club ne voit pas les choses de la même manière puisqu'il organise un second vote quelques jours plus tard, cette fois-ci en présence d'inspecteurs de Scotland Yard. Le vestiaire change d'avis. C'est l'intérêt national qui prime. Il faut montrer au monde entier que les Anglais n'ont peur de rien et que la paix règne en Israël.

Je campe sur mes positions. Moi, je ne suis pas en guerre. Je ne me vois pas disputer un match de football dans ces conditions. D'autant que nous apprenons qu'un ministre israélien a été tué par balles dans l'hôtel où nous devons séjourner...

Israéliens et Anglais, tout le monde s'en prend à moi. On me traite de lâche alors que je trouve plutôt courageux de dire : non, je ne joue pas dans ces conditions. Si demain mon pays entrait en guerre, j'irais me battre. Mais je ne vois aucune raison de risquer ma vie pour le foot, encore moins pour les conneries des autres. D'ailleurs, tous ces journalistes et politiques qui m'ont « fracassé » dans la presse ne se bousculeront pas pour assister à ce fameux match.

À Londres, les paparazzi ne me lâchent plus. J'accompagne ma femme et des amis qui font du shopping. En sortant d'un magasin, Agathe me tend ses sacs. Le lendemain, les tabloïds publient une photo où l'on me voit sacs en mains, avec cette légende : « Pendant que ses coéquipiers jouent dans un pays en guerre, Petit fait du shopping à Londres. »

Comment puis-je me défendre devant des attaques aussi sournoises ? C'est impossible. Un an après cette affaire, l'UEFA décidera que tous les matches prévus sur le sol israélien seront disputés sur terrain neutre. J'en ai vraiment marre d'avoir raison avant les autres...

Cet épisode suffit à me convaincre que certains de mes partenaires ne sont pas fiables en cas de coup dur. Dans ces conditions, je me dis que remporter un titre va s'avérer plus compliqué que prévu.

C'est dans ce contexte particulier que je fais la connaissance de William Gallas. Je me souviens du jour de son arrivée, au camp d'entraînement de Chelsea. Il débarque de Marseille dans le brouillard londonien, sans parler un mot d'anglais. Comme je l'ai déjà fait avec Nico Anelka à Arsenal, je le prends sous mon aile. Il fait d'énormes progrès. William est quelqu'un de très humain. Il est honnête, travailleur, très professionnel et très à l'écoute. C'est un grand compétiteur, intransigeant avec lui-même, toujours à la recherche de la perfection dans ce qu'il fait. Il me fait confiance dès le départ. Il est vrai que je suis toujours à ses côtés pour l'aider à régler des problèmes qui n'ont rien à voir avec le foot. Je le surnomme amicalement le « Boulet ».

À la fin d'un match contre Leeds, où je finis homme du match, la télé m'interviewe. Je fais venir William à côté de moi et je déclare ne pas comprendre pourquoi il n'est pas encore en équipe de France. Quelques semaines après, il intègre l'équipe de France, dont il est aujourd'hui devenu un pilier.

William a finalement quitté Chelsea pour Arsenal, pour la simple et bonne raison qu'il en avait marre de ne pas être estimé à sa juste valeur chez les « Blues ». Alors qu'il était à mes yeux le meilleur défenseur de Chelsea, on le considérait comme un simple joueur d'appoint. Je pense qu'il méritait largement autant de respect et de reconnaissance que certains Anglais de l'effectif, notamment Terry.

Blessé par cette espèce de mépris, il a préféré demander à partir. C'est moi qui lui ai conseillé d'aller chez les Gunners. Je lui ai dit : « Non seulement tu vas t'épanouir mais, en plus, tu vas devenir le boss d'Arsenal. » Aujourd'hui, il est capitaine…

Je suis content de voir ce qu'il a réalisé. Il le mérite. J'espère que lorsque sa carrière sera terminée, nous continuerons à nous voir.

Durant les trois années que je passe à Chelsea, je ne sens jamais d'osmose entre les joueurs. Qu'il y ait des clans dans une équipe de foot n'est ni inhabituel, ni choquant, ni forcément gênant. Mais pour que cette équipe puisse être performante, il faut que ces clans s'articulent entre eux, qu'ils fassent preuve de complémentarité. Ce n'est pas le cas à Chelsea, où la cohésion fait défaut. Le fait de ne pas posséder un vestiaire commun dans notre pauvre centre d'entraînement ne facilite certainement pas les choses. Nous faisons avec les moyens du bord.

Sans surprise, la saison 2001-2002 est mitigée. L'équipe est en reconstruction et doit donc traverser une période de transition. Arsenal, qui est en passe de remporter le titre de champion, gagne la FA Cup contre nous. Deux buts somptueux de Fredrik Ljungberg et Ray Parlour assurent son succès (2-0). Encore une finale perdue. Mine de rien, je me dis que mon année à Barcelone a laissé des traces sur le plan mental.

Un autre événement, joyeux celui-là, bouleverse ma vie en 2002. Le 22 mars, ma fille Zoé vient au monde, à l'hôpital Portland de Londres. Pour elle comme pour Violette, sa sœur qui naîtra cinq ans plus tard, je ressens un immense bonheur. Ce petit être révolutionne tellement mes habitudes qu'il me faut un certain temps avant de réaliser ce qui m'arrive.

Je vais sur mes 32 ans, je me sens prêt à assumer ce rôle de père que je n'ai pas souhaité découvrir plus tôt pour deux raisons. En tant que professionnel, je suis souvent amené à jouer tous les trois jours. Dans ces conditions, il n'est franchement pas évident d'élever un enfant. Or, je veux être présent au quotidien pour son éducation. La seconde raison est que je ne me sentais pas suffisamment mûr. Tout simplement.

Sur le moment, je suis heureux, fier d'Agathe, mais je trouve l'accouchement dégueulasse. J'ai une aversion pour le sang. Je fais partie de ceux qui pensent qu'on ne devrait pas y assister.

Ensuite, bien sûr, je suis tout ému de tenir cette petite chose entre mes mains. Je ne vois pas Zoé comme une ennemie qui s'interposerait entre sa mère et moi. Au contraire, je vis ces instants avec sérénité. Après tout ce que j'ai connu, je suis gourmand d'expériences nouvelles, de quelque chose qui vienne de moi.

Zoé est désormais présente dans toutes mes pensées et dans tout ce que j'entreprends. Ce lien du sang me donne une grande responsabilité. Le reste n'est que du blabla. J'ai aussi le sentiment que ma carrière touche à sa fin, que ma vraie vie commence.

Durant ma deuxième saison à Chelsea, le club est plus stable. L'effectif est resté le même. Nous sommes au coude à coude avec Arsenal durant les six premiers mois. En fin d'année, entre Noël et le jour de l'an, nous allons jouer à Highbury. C'est la seule fois où j'y retournerai sous le maillot de Chelsea. Nous perdons 3-2 et nous retrouvons à huit points des Gunners. Les chances de titre s'envolent.

Nous concluons la saison 2002-2003 par une victoire 2-1 à domicile face à Liverpool qui nous qualifie pour le tour préliminaire de la Ligue des champions. Le bilan sportif est extrêmement positif.

Psychologiquement, je commence néanmoins à fatiguer. J'ai le sentiment d'être un ex-Gunner chez les Blues. Je le sens dans mes relations avec le public, mais aussi avec certains joueurs comme Terry ou Lampard qui ne rêvent que d'une chose : atteindre les sommets que j'ai atteints. Ambition ou jalousie ? Je ne sais pas trop. En tout cas, je ne me sens pas chez moi à Chelsea. Les dérives du football business vont achever de creuser le fossé qui me sépare de ce club.

L'arrivée du milliardaire russe Roman Abramovitch à la tête du club ne me gêne pas en soi. C'est la provenance de sa fortune qui me met mal à l'aise et m'insupporte. J'ai beau n'être qu'un joueur de football, j'ai pris le temps de me pencher sur son parcours. Je sais les rapports qu'il a entretenus avec la fille de Boris Eltsine, ce qui lui a permis de se rapprocher de ce dernier, alors président de la Russie. Pour gagner sa vie, Abramovitch vendait des jouets. Et du jour au lendemain, propulsé dans le monde des affaires et du pétrole, il s'est retrouvé à la tête d'une fortune de 100 milliards d'euros. Il fait partie de ces personnes qui ont fait main basse sur ce qui appartenait au peuple. Dans un pays où les gens font encore la queue pour s'acheter du pain, cela me dérange.

Chelsea devient ainsi le symbole, et la caricature, de ce football business qui n'existait pas sous cette forme à mes débuts. Dans ces conditions, aujourd'hui, le football est-il encore un jeu ?

Lorsque Abramovitch nous rend visite au camp d'entraînement, j'ai l'impression de voir débarquer un parrain de la mafia entouré de ses gardes du corps. Je commence à me faire des films, à me dire qu'il y a un sniper caché dans les fourrés. Son attitude me dérange. Je ne peux pas m'empêcher de penser qu'en investissant à Chelsea, il a acheté sa respectabilité, son impunité. Je ne crois pas un seul instant que sa motivation profonde soit liée à l'amour du sport.

En matière de transferts, sa présence provoque une flambée des prix carrément indécente. Un joueur coté 10 ou 15 millions d'euros signe parfois à Chelsea pour le double. Aussi bons soient-ils, des gars issus du Championnat de France comme Michael Essien ou Didier Drogba valent-ils vraiment les 25 ou 30 millions d'euros que Chelsea débourse pour les faire venir ? Si oui, combien vaut aujourd'hui un Cesc Fabregas ou tous ceux qui ont 20 ans et qui flambent en Angleterre ? 50 ? 60 millions d'euros ? Arrêtons la plaisanterie et redonnons une logique aux transferts. Cette surenchère met une pression énorme sur le monde du football et, d'une certaine façon, tue la concurrence entre les plus grands clubs européens, qui ne luttent pas tous avec les mêmes armes financières. Pour que la compétition entre les clubs demeure équitable, il faut préserver au maximum l'incertitude du sport.

Heureusement, certains milliardaires du football, notamment en Angleterre, ne font pas toujours ce qu'ils veulent, notamment grâce au contre-pouvoir que constituent les supporters, bien plus influents outre Manche que partout ailleurs. On l'a vu avec Wimbledon. Lorsque ses dirigeants ont voulu délocaliser le club, les fans ont résisté en décidant de créer un autre club. À Manchester, c'est la même chose avec le FC United, petit club fondé par des fans en réaction à la prise en main de MU par des magnats américains. Et ce FC United attire chaque semaine des milliers de supporters. Lorsque je vois les prestations d'Arsenal avec ses jeunes, je suis ravi. À l'été 2007, j'étais de ceux qui se disaient qu'Arsenal n'allait pas finir dans les quatre premiers. Je suis agréablement surpris. À chaque fois que je vois jouer les Gunners, je me régale.

Je suis d'autant plus content que nous, anciens d'Arsenal, avons en quelque sorte participé à cette réussite en permettant à Arsène de s'installer durablement dans ce club et de travailler efficacement pendant dix ans. Chaque année, il sort des gamins qui deviennent des stars. C'est un message clair adressé aux clubs qui dépensent des fortunes pour des joueurs qui n'en valent pas la peine alors qu'ils feraient mieux d'investir ces sommes dans la formation. En football comme ailleurs, l'argent roi n'est pas un facteur absolu de progrès ni de réussite. Je m'en réjouis.

2002, tout le monde descend

Au soir du sacre de l'Euro 2000, je sais, comme les autres joueurs de l'équipe de France, que nous ne pourrons pas monter plus haut. Ce doublé historique nous a hissés au sommet de la hiérarchie mondiale et de l'histoire du foot. Champion du monde, champion d'Europe, que demander de plus ? La suite sera forcément moins belle.
Notre victoire face à l'Italie a marqué les esprits. Nous sommes devenus LA référence. Niveau prestige, nous concurrençons le Brésil : les Bleus sont devenus un produit que le monde entier s'arrache. Nous sommes demandés sur tous les continents. Ça se bouscule pour nous accueillir et nous défier. En moins de deux ans, nous irons au Chili, en Afrique du Sud et même en Australie. Nous allons en payer le prix.

En 2002, la Coupe du monde se déroule pour la première fois en Asie. Au Japon et en Corée du Sud. Une destination qui me semble tout à fait naturelle. Par définition, la Coupe du monde concerne tous les pays sans distinction. En dix-huit éditions, quinze pays l'ont organisée. Au même titre que l'Afrique, qui sera le théâtre de la Coupe du monde 2010, le continent asiatique mérite d'organiser une telle compétition.

Nous dominons le football mondial depuis quatre ans. Malgré quelques revers en matches amicaux, les Bleus débarquent en Corée lestés d'une confiance légitime.

J'ai malgré tout l'impression que nous ne sommes pas au mieux. Quelques semaines avant le début de tournoi, Robert Pires, alors au pic de sa forme, a été victime d'une rupture des ligaments du genou droit qui le prive de Mondial.

Je suis dégoûté pour lui, car j'ai beaucoup d'estime pour Robert. Il est très professionnel, très ambitieux et très attaché à l'amour des siens. Je regrette d'ailleurs de ne pas avoir joué avec lui en club. J'aime sa façon de dédramatiser les choses, cette joie de vivre qu'il affiche en permanence. Mais puisque personne n'est parfait, j'aime un peu moins son manque de courage au moment d'affirmer ses opinions. Il préfère que d'autres parlent à sa place. C'est dommage. En défendant davantage ses positions, il se ferait sans doute plus respecter par des personnes qui ne lui voulaient pas que du bien. Pendant très longtemps, certains ont profité de sa gentillesse. Cela me dérangeait. Robert est incapable de faire du mal à qui que ce soit.

Il aurait peut-être fallu qu'il prenne certaines choses chez moi et moi chez lui. Nous avons des caractères diamétralement opposés.

Robert est très respectueux dans les rapports humains en général. En dépit de nos différences, nous nous retrouvons sur beaucoup de points. La façon dont il a été traité par Domenech (*) me rappelle mon histoire avec Jacques Santini. Je l'évoquerai plus tard.

On ne s'appelle pas toutes les semaines, mais je sais que Robert et moi nous reverrons avec plaisir à la fin de sa carrière. Nous possédons des chevaux de course en copropriété. Rares sont les joueurs qui investissent ensemble en dehors du football. Je ne connais que l'exemple de Dugarry et Zidane, qui ont un restaurant à Bordeaux. S'il existait une réelle amitié entre footballeurs, cela se produirait plus fréquemment.

À cinq jours du début de la compétition, c'est au tour de Zidane de se blesser. Il est victime d'une déchirure au quadriceps de la cuisse gauche, lors du dernier match de préparation face à la Corée du Sud.

Sur le coup, nous ne connaissons pas exactement la gravité de sa blessure. Elle va en fait le priver des deux premières rencontres du Mondial. Ce dernier match de préparation, remporté 3-2 dans la douleur, me laisse perplexe. Les Sud-Coréens courent comme des lapins durant 90 minutes. Je me demande s'ils ne sont pas chargés. Un an plus tôt, chez eux, lors de la Coupe des Confédérations, nous les avions surclassés (5-0). Ce sont exactement les mêmes joueurs, mais ce n'est plus la même équipe. Je sais bien qu'ils ont eu tout le loisir de préparer leur Coupe du monde, mais quand même... Le monde du sport n'est pas avare d'histoires merveilleuses, mais il y a des limites.

Toujours est-il qu'avant même que ne débute la compétition, nous sommes déjà privés de la moitié de notre milieu de terrain, celle qui alimente nos attaquants. Pour ne rien arranger, Thierry Henry souffre lui aussi du genou.

Contrairement à ce qui s'était passé en 1998, où nous avions subi une très grosse préparation physique dans les bois de Clairefontaine, celle de 2002 est totalement tronquée. La plupart des joueurs débarquent usés en Asie, éreintés par leur saison en club. Lorsqu'un joueur se sent fatigué, son corps comme son esprit n'acceptent plus la même dose d'efforts. Je le vois lors de nos entraînements. Nous ne mettons plus la même intensité.

Un jour, je me prends même sérieusement la tête avec Marcel Desailly à propos du manque d'implication du groupe à l'entraînement. J'ai déjà la fâcheuse impression que nous faisons fausse route.

Au même titre qu'un match, un entraînement se prépare et nécessite un très gros investissement. L'entraînement est une remise en question permanente. Ou plutôt presque permanente car, à notre niveau, cette permanence impliquerait un effort total et quasi surhumain. Je mets quiconque au défi de me citer un joueur qui s'entraîne à fond quotidiennement. Ça n'existe pas. Durant ma carrière, le seul que j'ai croisé qui se rapprochait de cette perfection dans l'investissement quotidien fut Claude Puel à Monaco.

Là, en Asie, sur certains détails, dans la préparation, je me rends compte que nous sommes moins attentifs. Sur les étirements, l'énergie déployée ou plutôt non déployée, sur quelques exercices, je nous sens moins concernés, moins volontaires.

Certains arrivent même en retard aux repas ou aux réunions, ce qui aurait été impossible quatre ans plus tôt.

Notre cadre de vie ne nous facilite pas la tâche. Nous logeons à l'hôtel *Sheraton Walker Hill*. Si une aile nous est exclusivement réservée, la réception fourmille de monde. En permanence, on y croise en vrac des journalistes, des anciens joueurs devenus consultants, des supporters, des Sud-Coréens qui viennent s'essayer au casino ouvert

24 heures sur 24 au sous-sol de l'hôtel... Cet établissement est un vrai hall de gare.

À l'Euro 2000, en Belgique, protégés par un périmètre de sécurité établi autour de notre hôtel et qui nous coupait du monde, nous avions su recréer l'atmosphère de Clairefontaine. Les joueurs ont besoin de garde-fous, de protection. L'isolement a du bon. Il est nécessaire, indispensable.

Là, nous sommes d'autant moins isolés que certains joueurs ont pris des engagements pour livrer à certains médias une chronique quotidienne, dans laquelle on leur demande évidemment de révéler quelques secrets de la vie du groupe.

J'avoue que je suis plutôt réfractaire à ce genre de pratique, surtout depuis l'avènement d'Internet, qui est forcément une menace pour toute forme de vie privée. Je ne vois pas comment l'on peut être à la fois acteur et spectateur au quotidien d'une compétition majeure. Comment on peut être à la fois juge et partie. Chacun doit rester à sa place. Lors de la Coupe du monde 2006, Vikash Dhorasoo a passé son temps à filmer avec sa caméra dans la retraite des Bleus. L'idée en soi ne me déplaît pas. Même si la Fédération française nous offre quelques souvenirs, des photos ou des vidéos, garder une trace plus personnelle n'est pas une mauvaise chose. À condition toutefois que cette trace demeure à usage privé et non pas commercial. Sinon, autant arrêter sa carrière de footballeur et se lancer dans la production. J'estime que lorsque l'on participe à une Coupe du monde, ce qui est le rêve de n'importe quel footballeur, on se doit d'être à 100 % concerné par ce que l'on fait et totalement concentré sur son sujet.

La veille du match d'ouverture face au Sénégal, le staff technique renonce à la séance d'entraînement prévue au stade de Séoul, de peur que nous passions trop de temps dans les embouteillages... Le fait de ne pas avoir foulé la pelouse sur laquelle nous allions entamer la compétition le lendemain nous sera reproché par la suite. À tort selon moi. Dans ce genre de compétition, où tout est minuté, où chaque détail compte, il faut éviter au maximum les contraintes.

Notre défaite contre le Sénégal lors de ce premier match n'est évidemment pas due à cette impasse. À Séoul, le taux d'humidité est hallucinant. Durant la partie, j'éprouve la même sensation que lorsque l'on sort d'un avion dans un pays tropical et que l'on est accueilli par une bouffée de chaleur. Au bout de quelques mètres, on peine à trouver son souffle. Nous n'avons pas suffisamment pris en compte les conditions climatiques. Le taux d'humidité est supérieur à 80 %.

Sur le terrain, j'étouffe carrément. C'est pire que dans un hammam. Dès que je pousse un sprint, mon cœur bat à 2000 à l'heure. Et il en est de même pour mes équipiers. Contre des Africains qui ont l'habitude de telles conditions climatiques, nous ne sommes pas franchement favorisés.

Notre match n'est pourtant pas si mauvais. Mais la chance n'est plus avec nous. Trezeguet touche le poteau puis Henry la barre transversale. De son côté, le Sénégal ouvre le score sur une partie de billard. Malgré tous nos efforts, nous ne parvenons pas à éviter la défaite (0-1). L'équipe de France tombe de haut. Les critiques commencent déjà à pleuvoir. On évoque un excès de confiance, l'absence de leaders comme Deschamps ou Blanc, tous deux retraités internationaux après l'Euro 2000.

Personnellement, je ne crois pas que ces absences pèsent sur le groupe. En 2002, d'autres joueurs ont acquis une solide maturité. Seulement, nous ne tirons pas tous dans le même sens. À partir du moment où l'équipe de France est confrontée à l'échec, la nature humaine reprend le dessus. Au lieu de s'ouvrir vers les autres, chacun se renferme sur ses propres qualités individuelles et sur son intérêt personnel.

Rayon critiques, les médias nous reprochent également la présence de nos femmes. Je ne vois pourtant pas où est le problème. Elles étaient déjà là en 1998, à Marseille, Lyon ou Paris. Cela ne nous avait pas empêchés de gagner.

Leur présence ne peut être préjudiciable qu'à partir du moment où elles influent sur la concentration des joueurs. Bon, je reconnais qu'une fois, en les voyant au bord de la pelouse lors d'une séance d'entraînement, je n'ai pas trop compris. Elles n'auraient jamais dû se trouver à cet endroit. Nous sommes tout de même en train de disputer une Coupe du monde. Il ne s'agit pas de vacances familiales en Asie.

Mais là, nous sommes au niveau du petit détail. La vraie raison de notre cuisant échec est ailleurs et elle est évidente : notre groupe est en fin de cycle. Tout simplement. De 1996 à 2001, nous avons été au top pendant cinq ans. Ensuite, nous avons commencé lentement à redescendre la pente. Même si nous n'avons pas été soumis à des tests individuels, je suis persuadé que nous sommes tous un peu moins forts, un peu moins bons.

Le deuxième match face à l'Uruguay va en apporter la preuve. Une fois de plus, nous manquons de chance dans nos initiatives. Je mets une frappe sur le poteau.

Mais tout le monde sait que la chance se provoque. Le match est très ouvert. Nous jouons à dix pendant plus d'une heure, après l'expulsion de Thierry Henry pour un tacle sur Marcelo Romero. Fabien nous sauve de la défaite en réalisant quelques arrêts. Pour une faute stupide sur Darío Silva, je prends un avertissement. J'en avais déjà reçu un contre le Sénégal. Je sais donc que je serai absent lors du troisième match, contre le Danemark. La rencontre se termine sur le score de 0-0. Pour atteindre les huitièmes de finale, nous devons battre les Danois par deux buts d'écart. Je n'y crois plus.

Je reste de longues minutes prostré dans le vestiaire. Je sens déjà que nous sommes éliminés. Des trois autres équipes de notre poule, c'est certainement la plus forte qu'il nous reste à jouer. En plus, un match nul suffit aux Danois pour nous éliminer. Ils vont venir les mains dans les poches.

Pour rendre un exploit possible, il faut tout de même quelques ingrédients. Nous ne sommes pas chez Mickey Mouse. Or, dans le groupe, je ne sens pas l'énergie collective suffisante pour vouloir et pouvoir inverser la tendance.

Zidane participe à la rencontre, mais nous savons tous qu'il est très loin de son niveau, qu'il n'est pas en état de disputer le match dans son intégralité.

Sous une forte chaleur, nous ne sommes pas plus dans le coup que lors des deux sorties précédentes. Les Danois marquent rapidement, mettant pratiquement un terme à nos dernières illusions. Plus le chronomètre défile, plus le film de l'élimination grandit dans mon esprit. Du banc de touche, je ne vois pas comment nous pourrions poursuivre l'aventure. Il faudrait un miracle. Au contraire, une fois de plus, la malchance s'en mêle. Desailly, qui a frappé la barre transversale danoise en première mi-temps, glisse au contact de Jon Dahl Tomasson, lequel n'a aucun mal à tromper Barthez pour inscrire le but du 2-0. Derrière, tout s'enchaîne à une vitesse incroyable. Trezeguet trouve une nouvelle fois la barre transversale. Notre poisse en devient risible.

C'est fini. Il n'y a rien à dire. Nous ne méritions pas d'aller plus loin.

De retour à l'hôtel, j'erre comme une âme en peine. Pour la première fois depuis notre arrivée à Séoul, je descends faire un tour au casino. C'est le seul endroit où j'arrive très brièvement à oublier la cruelle réalité.

Djorkaeff, Lebœuf et Dugarry annoncent qu'ils mettent un terme à leur carrière internationale. Pour ma part, je n'y songe pas un seul instant.

Sur le terrain, j'ai toujours un rendement intéressant et la passion n'a pas disparu. J'ai la rage sur ce qui vient de se passer mais j'ai envie de revivre une belle aventure.

Dans la nuit, le staff de l'équipe de France se démène pour essayer de nous faire rentrer au plus vite. Pourquoi en effet s'éterniser alors que nous avons perdu notre titre ? Durant le vol, j'ai du mal à trouver le sommeil. Je ne digère toujours pas ce qui s'est passé. Comment avons-nous pu tomber si bas ? Comment avons-nous pu ne pas marquer le moindre but en trois matches ? Après avoir dominé le monde et l'Europe, nous sortons par la petite porte, éliminés au premier tour alors que tout le monde nous donnait favoris.

À notre arrivée à l'aéroport de Roissy, je suis sidéré par la décision des joueurs de quitter clandestinement les lieux par une porte dérobée, afin d'éviter d'affronter la foule des supporters qui nous attend dans le terminal. Je trouve cette attitude carrément déplacée. Après la victoire, tout le monde se bouscule pour être en première ligne sur la photo. Alors, pourquoi cette incapacité à assumer ses échecs dignement, comme un champion ?

Comme cette décision ne me ressemble pas, je choisis de m'en désolidariser. Avec Agathe, nous traversons la foule, sans savoir que nous serons les seuls à le faire.

Nous montons dans un taxi. Au bout de quelques mètres, je me mets à pleurer. C'est la première fois que je craque depuis l'élimination. J'ai honte de nous. Mais pas un seul instant, je n'imagine que mon histoire avec l'équipe de France est pratiquement terminée.

(*) Après avoir déjà manifesté plusieurs fois son incompréhension quant à la façon dont il est traité en équipe de France par Raymond Domenech, Robert Pires est remplacé à la pause du match Chypre-France (0-2), le 13 octobre 2004, en éliminatoires de la Coupe du monde 2006. Très énervé, il ne revient pas sur le banc et suivra la fin du match seul sur le parking du stade avant d'afficher son mécontentement dans la presse. Ce sera sa 79e et dernière sélection.

Santini gâche ma sortie

Après l'élimination des Bleus au premier tour de la Coupe du monde, je ressens un vrai besoin de me ressourcer auprès des miens. Avec Agathe, nous passons quelques jours à Saint-Tropez. Comme notre maison est en travaux, nous en louons une autre juste à côté. Des paparazzi me prennent en photo par-dessus le portail alors que je suis en plein farniente. Il s'agit d'une incompréhensible violation de ma vie privée. Cette photo me fait énormément de tort. Elle donne l'impression que je me fiche de ce qui vient de se passer en Corée où, pourtant, je ne pense pas avoir démérité.

Quelques jours plus tard, des cambrioleurs tentent de s'introduire chez nous la nuit. Réveillé par le bruit, je sors dans le jardin. Je ne vois que des ombres qui prennent la fuite. Si l'incident ne va pas plus loin, je me dis que, décidément, je ne serai jamais tranquille.

De son côté, Roger Lemerre fait l'objet d'une virulente campagne de dénigrement. Après une élimination, les têtes doivent obligatoirement tomber. C'est un grand classique. J'en suis le premier affecté car j'ai beaucoup d'estime pour Roger. Je connais sa sensibilité, sa droiture. Cet échec nous incombe à tous. Nous sommes tous responsables.

La déroute du Mondial isole totalement le sélectionneur, qui ne peut même plus compter sur le soutien de la Fédération. Deux ans auparavant, il a tout de même remporté le Championnat d'Europe des nations ! Rien que pour cela, j'estime qu'il mérite au moins les remerciements de ses dirigeants pour le travail accompli. Il n'a même pas droit à un petit communiqué. C'est drôle comme nos dirigeants deviennent amnésiques au premier accroc. Je leur en veux beaucoup pour ce manque de respect et de classe. La critique a beau faire partie intégrante de notre métier, certaines limites ne devraient jamais être franchies. A-t-on déjà oublié que nous venons de vivre les plus belles années du football français ?

Roger ne reçoit pas plus de soutien des médias, auxquels il a tourné le dos depuis bien longtemps. Depuis 1998, il a l'impression que la presse s'attaque à l'establishment du football français. Son éducation assez stricte et son sens de l'honneur lui interdisent de l'accepter.

Il lui est parfois arrivé de fustiger les médias dans ses causeries d'avant-match. C'est vrai. Peut-être s'était-il rendu compte que l'équipe n'était pas aussi attentive qu'elle aurait dû l'être et que le seul moyen de la faire réagir était de la toucher dans son orgueil.

Une nouvelle fois, car c'est déjà arrivé à d'autres que lui, on constate un énorme décalage entre son image véhiculée par les médias et ce qu'il est réellement. Ceux qui le connaissent vraiment vous le diront : Roger est un type charmant, très agréable à vivre.

Il fait partie de ces rares personnes qui m'ont marqué durant ma carrière de joueur. Sur un plan humain, c'est rassurant de rencontrer des gens qui attachent autant d'importance à l'échange.

J'ai fait sa connaissance au Bataillon de Joinville, où j'effectuais mon service militaire. Il entraînait alors l'équipe de France Militaires. Je l'ai toujours entendu prôner les valeurs du sport et de la France. Très patriote, Lemerre a appréhendé de manière fusionnelle les missions qui lui ont été confiées. C'est comme si son honneur était en jeu à chaque fois. Ce trait de caractère peut « gonfler » certains joueurs. Pas moi. Nous sommes sur la même longueur d'ondes. Comme lui, j'ai toujours considéré comme un honneur le fait de porter le maillot de l'équipe de France.

Avec Jacquet, il a formé un duo extraordinaire durant la Coupe du monde 1998. Un cocktail idéal. D'une part, on avait quelqu'un de plutôt réservé, très professionnel et très pointu et, d'autre part, quelqu'un de tout aussi compétent mais plus extraverti et plus chahuteur. Sur chaque exercice, Lemerre cherchait à te booster. Il envoyait des vannes et se faisait chambrer en retour, mais sans oublier l'essentiel : le travail. Je me chauffais beaucoup avec lui. Je lui disais que ce n'était pas possible d'avoir été joueur de football, et international qui plus est, avec un corps comme le sien. «Arrête de te la raconter», me répondait-il.

Parfois, l'événement le dépassait et il avait du mal à coordonner ses expressions. Il faut savoir qu'au même titre qu'Aimé Jacquet, il n'a jamais voulu se mettre en avant. Sa fonction de sélectionneur lui imposait de tenir un discours public, de faire face à la presse, ce qui l'emmerdait profondément.

J'ai une affection particulière pour lui. Je connais sa sensibilité, sa droiture, son honnêteté. Il a toute mon admiration.

Je suis tellement dégoûté par toute cette campagne qui l'accable que, plus tard, je déciderai de lui écrire, pour lui dire combien j'ai trouvé injustes les critiques qu'on lui a adressées. Depuis, nous avons gardé le contact. Parmi les Bleus de son époque, nous ne sommes pas nombreux dans ce cas-là.

Ce même été, je croise par hasard son frère sur une plage de la Côte d'Azur. D'emblée, il me remercie d'être resté fidèle à Roger. J'en suis presque choqué. La banalité devient l'exception. Je me dis que l'on vit vraiment dans un milieu d'enfoirés. Les grandes défaites sont très révélatrices de la véritable nature humaine. Comme ils sont nombreux ceux qui perdent la mémoire et font abstraction totale du passé ! Combien de joueurs se prétendent-ils toujours amis après une défaite…

Pour remplacer Roger Lemerre, plusieurs noms circulent : Jacques Santini, Jean Tigana, Arsène Wenger, René Girard, Raymond Domenech et même Glenn Hoddle. Comme tout le monde, j'apprends la nomination de Santini par l'intermédiaire des médias. Sur le coup, je n'ai pas d'avis particulier sur lui. Une page de l'équipe de France s'est tournée. Puisque Lemerre n'a pas survécu à la défaite, il faut donc bien nommer un nouveau sélectionneur.

Quelques jours après sa prise de fonctions, Santini entreprend de rencontrer tous les Bleus de la grande époque qui sont toujours susceptibles d'être sélectionnés.

Je le vois pour la première fois à Londres, dans un hôtel proche de l'aéroport de Gatwick, en compagnie de Marcel Desailly, alors mon coéquipier à Chelsea.

Le sélectionneur, qui nous reçoit individuellement, souhaite connaître nos intentions au sujet de l'équipe de France.

Comme Marcel, je lui dis que je souhaite continuer. Je profite de l'occasion pour le prévenir qu'il doit s'attendre à subir une très grosse pression médiatique car le challenge qui se présente à lui est énorme.

Sa tâche est d'autant plus lourde qu'il doit reconstruire un groupe et remotiver les cadres de l'équipe tout en créant une osmose avec la nouvelle génération. Je lui répète qu'il peut compter sur moi. Que si les choses sont claires entre lui et moi, elles le seront toujours entre moi et lui. Or, c'est tout l'inverse qui va se produire. Rien ne sera jamais clair entre nous.

Très vite, je sens qu'il manque de franchise à mon égard, ce que je ne peux pas accepter. C'est la raison pour laquelle nos rapports vont rapidement se dégrader.

Alors que je lui propose un dialogue simple et honnête, Santini fait preuve vis-à-vis de moi d'un comportement irrespectueux.

J'aurais préféré qu'il me dise dès le départ qu'il ne comptait pas sur moi. Qu'il ait décidé de faire jouer quelqu'un d'autre à ma place, soit. C'est dur à entendre, mais il faut bien s'y attendre un jour ou l'autre. Et s'il avait peur de me rencontrer pour me le dire en face, il aurait pu m'appeler juste pour me l'expliquer. Ce n'est tout de même pas difficile de dire : « Je préfère jouer avec Makelele et Vieira au milieu, tu n'es plus vraiment titulaire, etc. »

Je n'aurais pas accepté ce verdict de gaieté de cœur, car j'estimais n'avoir jamais démérité en équipe de France, mais je l'aurais compris. Je me serais fait une raison. Mais non. Les rares fois où j'ai l'opportunité de discuter avec lui, je n'éprouve jamais le sentiment qu'il cherche à clarifier la situation. J'ai l'impression qu'il attend que la décision vienne de moi, qu'il veut que j'annonce ma retraite internationale, ce dont je n'ai pas envie. Son adjoint Bruno Martini comme le reste de son staff ne se montrent pas plus francs avec moi.

Nous sommes tous de passage. Jamais je n'ai considéré que l'équipe de France m'appartenait. En même temps, j'ai beaucoup de mal à accepter d'être poussé vers la sortie avec une telle ingratitude. Encore une fois, je ne demande aucun privilège. Je ne l'ai jamais fait. Je suis une grande personne. On peut évoquer beaucoup de sujets avec moi, même les plus difficiles. Ma seule exigence, en fait, est de ne pas me retrouver sur le banc de touche. Je n'ai jamais déçu en équipe de France. Je ne vois aucune raison d'être remplaçant.

Dès le premier match de l'ère Santini, une rencontre amicale contre la Tunisie, je devine déjà les prémices d'un conflit. Le fait qu'il me fasse jouer en seconde mi-temps seulement, en remplacement d'Éric Carrière, est révélateur. Quand un entraîneur est en phase de construction, il part généralement en première mi-temps avec l'équipe qu'il a en tête.

Ensuite, tout s'enchaîne. Rares sont les gens qui ont le talent de duper les autres en permanence. En novembre 2002, nous jouons en match amical contre la Yougoslavie au Stade de France. Desailly sort à la mi-temps, Santini me confie le brassard. C'est mon seul match comme capitaine en équipe de France, mais je ne suis pas idiot. Il s'agit d'un leurre. Il faut se méfier des entraîneurs qui te filent le brassard alors que tu n'as jamais été capitaine. Je comprends qu'il me met en concurrence. Il ne s'agit là que d'une façon de m'amadouer.

Je me contrefous du brassard. Aucun capitaine n'a eu d'impact sur mon jeu. J'ai toujours su ce que j'avais à faire sur un terrain. J'accepte ce brassard parce que j'estime que cela ne se refuse pas. Par ailleurs, c'est aussi une façon de montrer que mes problèmes personnels et relationnels demeurent insignifiants par rapport à l'équipe de France. Mais cette mi-temps ne m'apprend rien de plus.

À Chelsea, il m'a fallu une saison entière avant de me sentir dans mon élément. Ma deuxième saison est d'ailleurs ma meilleure. Je reprends goût au football. Il n'est donc pas question que mon plaisir soit gâché par un mec qui passe son temps à m'éviter.

En avril 2003, je profite d'un stage à Clairefontaine, avant un match amical contre l'Égypte, pour demander à le rencontrer. Histoire de mettre les choses au clair une bonne fois pour toutes, car je n'ai pas joué lors des deux matches précédents, fin mars et début avril contre Malte et en Israël.

Après l'entraînement, l'un des ses adjoints me prévient qu'il ne peut pas me voir maintenant mais plutôt le lendemain. Je ne comprends pas qu'il ne vienne pas me le dire lui-même. Pourquoi ne pas m'envoyer un fax pendant qu'il y est ?

J'ai des questions à lui poser, notamment sur un point précis : ces fameux privilèges dont il répète à l'envi dans les médias qu'ils sont terminés parce qu'ils sont selon lui les raisons de l'échec de 2002. Les cadres de l'équipe vont désormais être traités de la même manière que les nouveaux.

En soi, ce n'est pas une mauvaise chose, sauf que la règle ne s'applique pas à tout le monde. Il annonce par exemple qu'il ne convoquera pas de joueurs qui ne sont pas titulaires dans leur club et fait exactement le contraire en sélectionnant Makelele, Desailly ou Sagnol à une période où tous les trois reviennent de blessures.

Quand enfin je le rencontre, Santini botte en touche. Il essaie de me faire comprendre que mes arguments ne tiennent pas, que je suis « parano ».

Lorsqu'il me dit que je réclame un poste de titulaire, il a en partie raison. Comme j'ai l'impression de n'avoir jamais déçu avec les Bleus, je me demande, et lui demande, en effet pourquoi je sortirais de l'équipe. D'autres joueurs ont certainement plus besoin que moi de se regarder dans un miroir. Si l'on se base sur mes performances de l'époque, ce n'est certainement pas moi qui dois être mis en ballottage. Je suis convaincu qu'il ne juge pas certains joueurs, dont je fais partie, en fonction de leurs performances en club et que, du coup, ses critères de sélection ne sont pas objectifs. La discussion tourne court.

Je n'ai plus rien à faire ici. Je décide de quitter le stage et de ne pas participer au match. Quelques heures avant la rencontre, j'appelle un taxi et je rentre chez moi. Avec le recul, je reconnais que je commets là une erreur. Je lui tends le bâton pour me battre.

Les événements futurs facilitent les choix de Santini. En mai 2003, cinq jours après le match contre Liverpool qui nous qualifie pour le tour préliminaire de la Ligue des champions, je me fais opérer d'une pubalgie. Je rate la Coupe des Confédérations. Le fait que je sois blessé lui enlève une épine du pied.

Au final, son manque de franchise finit par me décourager. Au mois de novembre, alors que la France est sur le point de se qualifier pour l'Euro 2004, j'annonce que je mets un terme à ma carrière internationale. C'est tout sauf un coup de tête, car je n'ai justement pas envie de me prendre la tête. J'ai suffisamment de soucis avec Chelsea. Le mec ne veut pas de moi ? C'est bon. Merci beaucoup. Au revoir.

Je ne cache pas que cette décision est difficile à prendre.

J'ai vécu tant d'années fantastiques en équipe de France que j'ai du mal à accepter qu'un mec qui sort de nulle part, même s'il a été champion avec Lyon, décide de la fin de mon histoire. J'aurais au moins préféré qu'il s'y prenne d'une autre manière, qu'il se comporte en homme franc plutôt qu'en entraîneur obtus. Je ne demande pas de reconnaissance pour les trophées que j'ai gagnés en Bleu, mais j'en demande en revanche pour tout ce que j'ai fait pour l'équipe de France en termes de motivation, d'abnégation, toutes ces valeurs qui vont de pair avec le maillot tricolore. Cela, il ne me l'a jamais donné.

Mes proches sont au courant de ma décision. Rien ne peut me faire changer d'avis. Certains joueurs comme Robert Pires, Bernard Lama ou Patrick Vieira me déconseillent d'arrêter. Ils me disent que je devrais faire partie du groupe pour l'Euro au Portugal. Mais je n'ai plus la force de mener un tel combat. Je suis découragé par cette forme d'ingratitude. Je n'ai plus envie de revivre ce type d'aventure si l'issue est aussi incertaine et les relations humaines aussi dégradées. Pour aller au bout dans le don de soi, dans l'investissement quotidien, il faut se sentir en confiance, il faut se sentir désiré. Je sais que l'on ne gagne pas une compétition avec son simple talent. Or, je n'ai plus rien d'autre à apporter.

Ma retraite internationale me confronte à un drôle de paradoxe. J'adore toujours le terrain en lui-même, j'adore arriver à l'entraînement, me mettre en tenue. Les séances d'entraînement sont un exutoire bienvenu. En même temps, je commence à fatiguer mentalement. Mon année ratée à Barcelone et l'élimination du Mondial 2002 ont laissé plus de traces que prévu. Psychologiquement, je me sens usé. Lorsque l'on a atteint des sommets, la chute est toujours douloureuse. Je commence à sentir un dégoût général, une répulsion pour le monde du foot.

Je me détache progressivement de ce milieu qui aujourd'hui me manque de moins en moins. Dans les jours qui suivent mon annonce, je reçois une tonne de lettres, du monde entier. Les messages sont plutôt sympas. On me dit que je sors la tête haute, on me demande de ne surtout pas changer… Les gens du foot ne se manifestent pas en masse. Je n'en suis pas surpris.

Cela dit, je souhaite à n'importe qui de vivre le parcours que j'ai eu en équipe de France. En termes d'humiliation et de regrets, j'ai touché le fond avec France-Bulgarie en 1993. En termes de joie et de bonheur, j'ai tutoyé le sommet en 1998.

Pour avoir le droit de faire de grands festins, il faut sans doute accepter de manger aussi son pain noir.

De l'équipe de France, je conserve l'image d'un coup de foudre, d'un feu ardent qui se consume sur plusieurs années. J'ai toujours gardé en moi l'amour du maillot bleu. Ce que l'on a vécu de 1998 à 2001 est un conte de fées. Je n'imaginais pas que l'on puisse atteindre de tels sommets avec une équipe nationale. Je pouvais concevoir que ça puisse exister dans d'autres pays certainement plus passionnés pour le ballon rond, comme le Brésil, mais pas en France.

Qu'y a-t-il de plus beau dans une carrière de sportif que de conquérir des titres majeurs ? Au-delà du bonheur, ils offrent un immense sentiment de puissance, ils illuminent la vie. Les titres procurent une sensation unique, que la vie quotidienne ne pourra jamais reproduire.

Quelques semaines après l'annonce de ma retraite internationale, je tombe sur Santini dans les tribunes de Stamford Bridge. Il vient superviser les Bleus de Chelsea. Je suis suspendu. Nos regards se croisent mais on ne s'adresse pas la parole. Pourquoi l'aurions-nous fait ?

Avec le recul, je ne lui en veux pas. Je savais au fond de moi que la fin était proche.

Le lion est mort

Je ne connais rien de pire pour un footballeur que d'achever son parcours sur une blessure. Comme Marco van Basten, Glenn Hoddle et bien d'autres. C'est pourtant ce qui va m'arriver. Le goût d'inachevé est insupportable. Chacun a envie de choisir la fin qu'il veut donner à sa propre histoire.

Si pendant ma carrière j'ai été plutôt épargné par les grosses blessures, à partir de 2003, les pépins physiques se succèdent.

Le 15 mai 2003, quelques jours après le dernier match de championnat contre Liverpool, au bout duquel nous gagnons notre billet pour la Ligue des champions, je me fais opérer d'une pubalgie à Strasbourg par le professeur Jaeger.

Jean-Henri Jaeger m'a été présenté par Arsène Wenger. C'est lui qui m'a opéré d'une phlébite après Bulgarie-France, en 1992. Pour moi, il est l'un des plus grands, si ce n'est le plus grand chirurgien français en traumatologie du genou. Il a opéré les joueurs les plus célèbres, notamment Zidane en 1999. J'ai toujours apprécié la façon, en apparence désinvolte, dont il traite ses patients. Elle cache en réalité un très grand professionnalisme et une précision diabolique. Derrière une certaine réserve alsacienne, Jaeger est très convivial et même un peu déconneur.

Depuis plusieurs semaines, mes adducteurs me font énormément souffrir. Je ne peux plus continuer ainsi. Je décide de tirer un trait sur la Coupe des Confédérations et de me soigner totalement, afin d'attaquer la saison suivante dans les meilleures dispositions possibles.

Si l'opération se passe bien, je connais à mon réveil l'une de ces fameuses crises qui me pourrissent la vie depuis maintenant près de trois ans. Ces crises, qui surviennent tous les deux ou trois mois, me laissent à chaque fois complètement sur le flanc. Pendant des heures et des heures, j'ai 40 de fièvre et je suis tétanisé. J'ai mal aux os, aux muscles, je suis incapable de contrôler mes bras et mes jambes. J'ai tellement froid que je me plonge dans un bain bouillonnant. L'avant-dernière survient la veille d'un match contre Leeds. Je reste trois heures dans le bain. En sortant de la baignoire, je m'écroule dans la salle de bains et je perds connaissance. Je me réveille le lendemain matin dans la même posture. J'appelle le médecin de Chelsea, qui m'expédie à l'hôpital Westminster de Londres pour une nouvelle série de tests qui dure quarante-huit heures et, une fois de plus, ne fait rien apparaître.

La dernière crise, à Strasbourg, survient donc dans la foulée de cette opération extrêmement douloureuse. J'ai des cicatrices de vingt centimètres de long sur chaque côté du pubis. À mon réveil, je souffre le martyre. Alors que je suis encore complètement « shooté », je suis pris de tremblements si violents que l'un des deux drains finit par sauter. Je pisse le sang dans mon lit. C'est l'une des plus terribles crises que j'aie connues. Je parviens tout de même à appeler l'interne de garde. Je tombe sur un Russe qui parle à peine français. Lorsque je lui explique ce qui m'arrive, il me répond sans sourire : « Ce n'est rien de grave. On va vous donner de l'aspirine... » Je ne suis pas médecin, mais je sais tout de même que l'aspirine fluidifie le sang... Tout l'inverse de ce qu'il faut faire pour me soigner. Excédé, je demande à son assistante, qui est française : « C'est un Mongol ou quoi ? » Je le traite d'abruti et lui demande de ficher le camp.

Le professeur Jaeger vient me voir le lendemain. Je lui raconte l'épisode de la veille et lui parle de mes crises. Il me dit qu'il va revenir avec le chef du service des maladies tropicales. Quand celui-ci arrive, il m'interroge sur mes différents voyages. Je lui parle de l'Afrique du Nord, de l'Asie et notamment de la Malaisie, où j'ai effectué quelques tournées. Il me demande si j'ai le souvenir d'avoir été piqué par un moustique. Je lui explique que si je suis dans un endroit au milieu de mille personnes, le moustique sera forcément pour moi. Il me répond : « Ne cherchez plus. Vous avez tous les symptômes du paludisme. »

Je lui dis que je trouve un peu bizarre qu'il soit aussi sûr de lui alors que j'ai subi un nombre incroyable d'examens qui n'ont rien donné. Il m'explique que c'est normal, que pour identifier les signes du paludisme, il faut faire le test de la goutte épaisse, c'est à dire se piquer le doigt et prélever une goutte de sang au moment même où la crise survient. Je lui précise que je ne me promène pas avec un scalpel en permanence sur moi. « Si votre organisme est suffisamment fort, au bout d'un moment, les symptômes du paludisme vont disparaître », m'explique-t-il.

Est-ce parce que j'ai enfin la solution à ce problème ? Toujours est-il que depuis ce jour, je n'ai plus eu la moindre crise.

Pour l'instant, après plusieurs jours d'une très douloureuse hospitalisation, je pars en convalescence dans le sud de la France, pour me reposer en famille. Avec mes béquilles, je me traîne. Pour trouver le sommeil, je suis obligé de dormir à même le sol. Je ne me sens pas bien. Le fait que Zoé, mon petit bébé, se trouve à mes côtés, m'offre toutefois une bonne bouffée d'oxygène.

Un matin de juin, où il fait pourtant un temps exceptionnel, j'ai comme un mauvais pressentiment. Dès que je marche, je souffre terriblement. Est-ce ma blessure qui me met dans un tel état mental ? Je n'en sais rien. C'est la première fois que je pleure pour une douleur physique.

Nous sommes en train de prendre le petit-déjeuner sur la terrasse avec Agathe, sa sœur et Bruno Cheyrou (*), son mari. Inquiets de me voir ainsi, ils me demandent ce que j'ai. Ma réponse les étonne : « J'ai l'impression qu'aujourd'hui, il va se passer quelque chose de grave. »

Agathe s'inquiète. « C'est nous ? C'est la petite ? » Et moi, évasif : « Non, c'est quelque chose qui ne nous concerne pas… »

Pour avoir eu dans le passé plusieurs rêves prémonitoires, j'évite de m'attarder sur le sujet. Quelques heures plus tard, avec Bruno, nous regardons à la télévision le match Cameroun-Colombie, demi-finale de la Coupe des Confédérations.

Il s'agit du match tragique au cours duquel le Camerounais Marc-Vivien Foé va trouver la mort. Lorsque je le vois s'écrouler sur la pelouse, je pense immédiatement à mon frère, Olivier, décédé dans les mêmes circonstances. Bruno, qui n'en croit pas ses yeux, se retourne vers moi, incrédule et désemparé. Il repense à ce que j'ai dit le matin même. Un autre signe me trouble : Foé portait le numéro 17, mon numéro à Arsenal et en équipe de France. Ce drame me plonge dans un désarroi profond. Je n'en dors pas de la nuit. J'ai envie d'entrer en contact avec la famille de Foé. Il le faut. Mais pour quoi faire ? Je me ravise. Je ne vais pas perturber leur deuil avec mes délires... Je connais la souffrance des gens qui perdent un être cher.

À la fin de l'été, je renoue enfin avec la compétition à l'occasion du tour préliminaire de Ligue des champions, face aux Slovaques de Zilina.

Mentalement, la reprise s'annonce plus compliquée que prévu.

Je sors à peine de ma rééducation et l'on s'interroge sur mon avenir à Chelsea. L'oligarque russe Roman Abramovitch vient de racheter le club. Derrière cette acquisition qui fait grand bruit, les spéculations vont bon train. Qui va partir ? Qui va rester ? On ne donne pas cher de ma peau. Certains m'imaginent déjà sur le marché des transferts.

Le football de haut niveau, c'est marche ou crève. Que tu t'appelles Ronaldinho ou Zidane, c'est pareil. Tant que l'on rapporte de l'argent dans le football business, au sens général du terme, nous restons sous le feu des projecteurs. Mais dès que l'on a la moindre faiblesse, la porte de sortie s'ouvre inexorablement. L'issue est d'une logique implacable.

Ces rumeurs faisant état d'incertitudes sur mon avenir se font d'autant plus insistantes que le 27 septembre 2003, je me blesse à nouveau face à Aston Villa.

Sur une accélération, mon genou se bloque net. En le sentant craquer, je sais immédiatement qu'il se passe quelque chose d'anormal : je pense avoir un problème au ménisque. C'est effectivement ce que révèlent les examens médicaux.

Lorsque j'étais pensionnaire du centre de formation de Monaco, j'avais déjà subi une ablation partielle de ce même ménisque par le professeur Imbert, à Saint-Étienne. Cette fois, le professeur Jaeger m'enlève ce qu'il en reste.

Au lendemain de mon opération, je me sens super bien. Mon genou est asséché. Je me dis que tout est réglé. Je vais vite déchanter.

Je ne peux pas évoquer mes différentes blessures sans citer le nom de Tiburce Darrou, le préparateur physique qui m'a épaulé dans tous les moments critiques de ma carrière, dans toutes les phases de rééducation ou de remise en forme.

J'ai fait sa connaissance à Monaco, toujours par l'intermédiaire d'Arsène. Nous sommes toujours restés en contact depuis. Ma rééducation se déroule au Centre européen de rééducation sportive de Saint-Raphaël. Là encore, je dois saluer le travail remarquable des kinés et notamment de Jean-Georges Cellier, qui ira travailler ensuite à l'AS Monaco puis à l'Olympique de Marseille.

Malgré tous leurs efforts, mon genou ne cesse d'enfler. Pour m'enlever du liquide, on enchaîne les ponctions. Je rechute sans arrêt.

Contre l'avis de Chelsea, qui ne veut pas que j'aille consulter quelqu'un d'autre que le médecin du club, je retourne voir le professeur Jaeger. J'ai suffisamment perdu de temps. Au-delà de ma fin de carrière professionnelle, c'est aussi, et surtout, ma santé qui est en jeu.

Le diagnostic est sévère : le fémur et le tibia sont endommagés. Jaeger est formel. Si je veux continuer à jouer au football et ne pas me faire poser une prothèse dans les années à venir, il n'y a qu'une solution : pratiquer une ostéotomie. Il m'explique ce qu'est le valgus du genou, une sorte de tiroir situé entre le fémur et le tibia qui fait que le genou peut s'articuler. L'ostéotomie consiste à fracturer le tibia et le péroné pour changer l'axe de la jambe et mieux répartir les charges sur un genou aux cartilages dégradés. L'opération est lourde et son issue incertaine. Le professeur Jaeger joue cartes sur table avec moi : je ne suis pas sûr de pouvoir rejouer au plus haut niveau, mais c'est la seule solution pour espérer y parvenir.

Il s'agit sans doute de l'une des décisions les plus importantes de ma vie. Je suis fier de ma carrière, mais je n'ai pas envie de la voir se terminer ainsi.

Je lui demande s'il voit un inconvénient à ce que je prenne un autre avis. Je pense au docteur Richard Steadman, qui officie aux États-Unis et qui a opéré beaucoup de joueurs anglais de renom, parmi lesquels Alan Shearer et David Beckham.

Quelques jours plus tard, je me rends donc dans sa clinique à Vail, dans le Colorado. Au bout d'une heure d'observation et de manipulations, Steadman donne raison à Jaeger. L'ostéotomie est incontournable. Il me propose de m'opérer dès le lendemain matin.

Je ne suis pas très chaud. Je n'ai pas envie de rester trois semaines au milieu de nulle part, alors que toute ma famille se trouve en Angleterre. Je lui fais part également de la relation de confiance que j'ai nouée depuis des années avec Jaeger. Je préfère que ce soit lui qui m'opère, ce que Steadman comprend parfaitement.

Juste avant l'opération, le 1er février 2004, je rejoue avec Chelsea à Blackburn. Nous gagnons 3-2. Lampard réalise un doublé et je lui offre son second but. Il s'agit du dernier match de ma carrière… Je suis plutôt bon, jusqu'à dix minutes de la fin, quand mon genou commence à me torturer. Dès la sortie de la douche, je sens que la fin est proche. Je palpe mon genou. Lorsque j'enfonce un doigt, la marque reste prononcée sur l'épiderme. Cela veut dire qu'il y a du liquide derrière.

Le 30 mars 2004, je me fais donc opérer à l'hôpital civil de Strasbourg. Les lieux me sont familiers. Je connais toute l'équipe du professeur Jaeger, les infirmières, les aides-soignantes.

L'opération se déroule parfaitement. Durant ma convalescence, je ne reçois quasiment aucun appel de Chelsea. J'exagère à peine. Claudio Ranieri doit me téléphoner peut-être une fois. Pour le reste, silence radio. Comme je suis en conflit avec mes dirigeants sur la façon de me soigner, je vais d'ailleurs payer moi-même dans un premier temps mon opération et les frais médicaux, avant de pouvoir me faire rembourser.

Je n'ai pas plus de nouvelles de la Fédération française ou des joueurs de l'équipe de France. Je n'en suis pas vraiment étonné. J'appartiens désormais au passé. Il me faut dégager et laisser la place…

Durant deux mois, je me déplace avec des béquilles. Lorsque je remarche, la douleur est terrible. Je refuse de prendre de la morphine. Ça me fait faire des cauchemars, même éveillé. Des broches impressionnantes transpercent mon tibia et sortent de partout. Leur diamètre est de 5 mm. J'ai l'impression que même si l'on y suspend un poids de 200 kilos, elles ne bougeront pas.

Comme si cela ne suffisait pas, je connais également des problèmes dans ma vie privée puisque je suis en train de me séparer d'Agathe. Je vis dans une ambiance de fin, sur le plan affectif comme sur le plan professionnel.

En juin 2004, mon contrat avec Chelsea arrive à son terme. Même blessé, j'intéresse quelques clubs. À Heathrow, je rencontre Sam Allardyce, l'entraîneur de Bolton. « J'ai vraiment très envie que tu joues pour nous », me dit-il. Son intérêt me flatte, mais je ne veux pas lui mentir. C'est une question d'honnêteté : je ne vais pas prendre l'argent de Bolton en restant à la maison, sans jouer.

Tant que je ne suis pas en mesure de reprendre la compétition, il n'est pas question de m'engager avec qui que ce soit. Ma seule obsession est de retrouver l'intégralité de mes moyens physiques.

J'attends de connaître le résultat de mon opération, mais mon objectif est désormais de prendre du plaisir avec des gens que j'aime bien. Je ne suis pas disposé à accepter autant de sacrifices que par le passé.

Pour l'instant, j'ai la possibilité de poursuivre ma rééducation dans les installations de Chelsea, qui se trouvent à un quart d'heure de mon domicile. Vu mes relations avec ce club, je n'en vois pas l'intérêt. Je préfère me rendre au centre d'entraînement d'Arsenal, qui se trouve à une heure de route.

En novembre 2004, Arsène m'a en effet proposé de revenir m'entraîner à Arsenal afin de retrouver ma condition physique. J'ai besoin de baigner une dernière fois dans une ambiance familiale que je n'ai plus retrouvée depuis que je suis parti de ce club. Je ne remercierai jamais assez Arsène et tout le personnel du club. Ils savent me donner l'impression que je ne suis jamais parti d'Arsenal. Je me dis qu'il existe encore dans ce milieu des gens qui privilégient l'aspect humain. Je m'arrange pour ne jamais perturber l'entraînement des pros. S'ils travaillent le matin, je profite des installations l'après-midi et vice-versa.

Je me fais tout petit. Je bosse plusieurs semaines avec Tony Colbert, l'un des kinésithérapeutes du club, qu'Arsène met à ma disposition. Lors de ma dernière année à Arsenal, j'ai souvent été en désaccord avec Tony, qui voulait imposer des techniques révolutionnaires. Je n'acceptais pas qu'on me demande de changer mes méthodes individuelles de préparation alors que j'avais presque quinze ans de professionnalisme derrière moi. Cette fois, nos rapports sont totalement différents. Je sens chez lui une farouche volonté de me voir revenir sur le terrain. Je tiens à le remercier infiniment, pour la force qu'il m'a communiquée.

Au bout de quelques jours, Arsène me met gentiment la pression. Il me fait comprendre que si je reviens à un bon niveau, il me fera intégrer le groupe et me mettra à l'essai. J'en suis plus qu'heureux. Je me mets secrètement à rêver que mon genou aille mieux et que je puisse rejouer un jour contre Chelsea et les battre…

Malheureusement, cet objectif est impossible à atteindre. J'ai beau tout donner, serrer les dents, la douleur est permanente. Après des semaines d'entraînement intense, je retrouve un très bon niveau physique, mais mon genou n'en peut plus. Cette instabilité articulaire n'est pas compatible avec le haut niveau. Je ne peux pas retrouver 100 % de mes moyens. Comme c'est une condition indispensable à un éventuel retour, autant jeter l'éponge.

Juste avant Noël 2004, j'ai la certitude que je ne pourrai jamais retrouver mon niveau physique. J'annonce que j'arrête ma carrière de footballeur. Cette fois, c'est la fin. Le lion est mort.

Sur le coup, je me retrouve en difficulté. Dans ma tête, j'ai toujours à cœur de montrer que j'ai encore le niveau pour évoluer en équipe de France, j'ai toujours envie de vivre ma passion pour le football, de retrouver le plaisir simple du terrain. Et là, d'un coup, je suis projeté dans une autre vie à laquelle je ne me suis pas vraiment préparé.

Plus que l'arrêt en lui-même c'est cette frustration que j'ai du mal à accepter. J'aurais aimé finir sur un match, peu importe lequel, avec la possibilité de dire merci beaucoup et au revoir. Je n'ai pas eu les adieux dont j'avais rêvé. Ni avec un club, ni avec les Bleus, ni avec le milieu.

Mais il est hélas temps de passer à autre chose. Du jour au lendemain, je tourne le dos à vingt ans de ma vie. Je le fais sans amertume, ni trop de regrets. Je n'éprouve pas la peur du vide. Pour avoir toujours privilégié l'individu au joueur, je sais qu'il me reste encore plein de choses merveilleuses à vivre. À 34 ans, la vraie vie commence.

(*) Footballeur professionnel, Bruno Cheyrou joue actuellement à Rennes.

Maria, Zoé et Violette

J'avais beau m'y être préparé, les mois qui ont suivi la fin de ma carrière n'ont pas toujours été très simples à vivre. À l'époque, je suis en pleine procédure de divorce. Ma fille Zoé vit en France avec sa mère, moi en Angleterre. Je passe mon temps dans les transports.

À cause de mes blessures, je souffre encore, physiquement et mentalement. Ce n'est pas la peur du vide qui me met dans cet état. Je sais que le football n'est pas une finalité en soi. C'est même une immense bouffée d'oxygène de ne plus avoir à me lever le matin pour mettre mon corps en souffrance. Le sport ne me manque pas. Ni la performance qui va avec. J'ai trop donné à ce niveau et je ne m'inscris plus dans une filière de performance. Mon corps avait sans doute besoin que je lui accorde un peu de repos.

En dehors de la mort, la vraie, et la maladie, je trouve que le divorce est la chose la plus difficile à vivre. C'est une petite mort. Moralement, j'ai des coups de moins bien. Il m'arrive de passer des journées entières à ne rien faire. Cela ne veut pas dire pour autant que je suis devenu un légume, même si je ne suis pas le plus heureux des hommes. Je retombe dans mes travers passés. Je recommence à sortir, sans l'armure de ma carrière pour me protéger.

Mais un bien peut naître d'un mal. En 2005, c'est en boîte de nuit que je rencontre Maria, qui partage désormais ma vie. Très vite j'ai le sentiment que le courant passe entre nous deux. Elle est à des années-lumière du foot et n'a jamais entendu parler de moi. Je lui explique que je suis encore marié, même si mon couple est en cours de désintégration. On se parle pendant cinq minutes, pas plus. Nous n'échangeons même pas nos coordonnées.

Deux semaines après cette première rencontre, je vais dîner avec un copain dans un restaurant de Londres, le *Zuma*. Là, miraculeux hasard, je tombe sur Maria, qui travaille dans l'établissement comme manager.

Ce soir-là, elle est épuisée. Elle travaille depuis le début de la matinée. Mais elle accepte tout de même de terminer la soirée avec nous. Au fil de la discussion, je découvre son chemin de vie. Maria est née en Suisse. À l'âge de 16 ans, elle est partie s'installer aux États-Unis pour suivre une carrière de mannequin. Elle est autodidacte mais peut être fière de son parcours. Elle parle cinq langues. Elle a travaillé dans des domaines divers, la restauration, mais aussi la photographie et même à l'héliport de Monaco. Mais nous ne nous sommes jamais croisés en principauté.

Ce qui me touche chez Maria, c'est son innocence et sa gentillesse. Maria est incapable de faire du mal à qui que ce soit. Elle a mis un terme à ma solitude à un moment de ma vie où j'en avais farouchement besoin. Nous ne nous imposons rien. Je vis dans une cage dont la porte est ouverte. J'adore cette sensation. Je m'avance peut-être en disant que l'on ne se quittera jamais. Mais je le crois sincèrement et j'ai plaisir à le faire savoir.

Je regrette souvent de ne pas lui dire que je l'aime. Mais elle le sait. Le montrer est plus important que le dire. Violette est née le 3 avril 2007. C'est la petite sœur de Zoé.

Pendant très longtemps, j'ai imaginé que je n'aurais jamais d'enfant. J'étais tellement replié sur moi-même, tellement dans mon truc de joueur de foot, qu'il n'y avait de place pour personne en dehors de moi-même. La paternité représente un changement radical de vie. Je voulais vraiment attendre de me sentir serein avant de devenir père.

Zoé est aujourd'hui âgée de 6 ans. Elle est arrivée à un moment où j'étais demandeur. J'allais sur mes 32 ans. C'était juste avant la Coupe du monde 2002. Mentalement, physiquement aussi sans doute, même si je préférais le nier, je commençais à être sur la pente descendante.

J'étais fatigué du milieu du foot. J'avais besoin de connaître des bonheurs différents. En même temps, j'allais vers l'inconnu, ce qui me faisait un peu peur. Même si je me suis toujours senti bien au contact des enfants. Ils viennent vers nous sans aucune arrière-pensée. Quand

Zoé est arrivée, ce fut un véritable chamboulement. J'ai dû m'adapter. Tout de suite, elle a représenté pour moi quelque chose d'extraordinaire. Dommage que, très vite après sa naissance, les choses aient commencé à se compliquer avec sa maman.

Dans les bons moments comme dans les moments difficiles, mes enfants m'apportent des sensations que je n'aurais jamais imaginé éprouver un jour. Il n'y a rien de plus fort au monde qu'un enfant pour donner à un adulte une vraie raison de vivre.

Je veux que Zoé et Violette baignent dans l'amour. J'adore le contact de leur petite peau douce. Elles sentent bon. Pour l'instant, je rigole en voyant comme elles sont belles. Je me dis déjà que je risque d'avoir à affronter quelques problèmes lorsqu'elles seront plus grandes.

J'espère qu'elles n'auront pas la même hypersensibilité que leur papa. Je leur souhaite toutefois de vivre de grandes expériences. Positives ou négatives. Elles sauront ainsi que la vie n'est pas toujours un chemin semé de pétales de roses, et que l'on se construit dans le succès comme dans l'échec, dans la joie comme dans la peine. Moi, je serai là simplement pour les accompagner, pour les soutenir et les conseiller. Jamais je ne m'opposerai à un projet qui leur tiendra à cœur.

Je m'inquiète déjà des fréquentations qu'elles vont avoir, du danger de la drogue. Pourtant, elles apprendront la vie comme elle est, à travers leurs propres expériences.

Avec leurs mamans, nous souhaitons leur inculquer la juste valeur des choses. Mais c'est difficile. Elles sont encore trop petites pour comprendre. Bien sûr qu'elles vivent dans un milieu aisé. Bien sûr qu'elles ne manquent de rien. Je ne m'en plains pas. Et puis, je sais que les gens vertueux ne sont pas nécessairement ceux qui n'ont pas d'argent.

De l'autre côté du miroir

J'ai arrêté ma carrière de footballeur voilà plus de trois ans. Je rencontre pourtant encore des gens qui ne sont pas au courant et qui me demandent dans quel club je joue. C'est plutôt amusant.

Peut-être est-ce parce que je n'ai jamais crié ma décision sur les toits. Je n'ai pas tenu de conférence de presse. Un entretien au quotidien *L'Équipe* et une apparition au journal de *France 2* m'ont suffi. Je n'ai pas imaginé une seule seconde organiser un jubilé pour fêter la fin de ma carrière. Ce n'est pas mon truc. Je sais pertinemment qu'une telle position va me faire beaucoup d'ennemis chez les joueurs. Et alors ?

Pour organiser un jubilé, il faut déjà être certain de réunir suffisamment de copains pour y participer. En ce qui me concerne, je ne sais pas si j'aurais été capable de réunir toute une équipe... Si un jubilé doit simplement être un prétexte à faire semblant d'être amis, je n'en vois vraiment pas l'intérêt.

Je suis souvent sollicité pour participer à des jubilés. J'accepte rarement. J'ai assisté à ceux de David Seaman, de George Weah à Marseille et de Dennis Bergkamp, qui correspondait au premier match disputé par Arsenal à l'Emirates Stadium. Cet événement avait une double connotation : Dennis a passé plus de dix ans à Arsenal. Le club tenait à l'honorer, tout en se donnant l'occasion de faire la transition entre le vieux stade de Highbury et cette nouvelle enceinte.

En revanche, je trouve très limite le fait que le PSG ait refusé à George Weah d'organiser son jubilé au Parc des Princes. C'est faire peu de cas de tout ce que George a apporté au club.

Me voici donc face à ma nouvelle vie. En dehors de Yannick Noah ou Éric Cantona, on trouve peu d'exemples de champions qui ont réussi leur reconversion en dehors de leur sport.

À l'issue de leur carrière, beaucoup de sportifs subissent un choc sur le plan mental. Quand on est joueur de foot, on a l'impression de vivre parce que l'on existe en tant que star. Et quand on retombe dans l'anonymat, qu'est-ce qui est plus important ? Vivre pour exister ou exister pour vivre ? En ce qui me concerne, j'ai tranché depuis longtemps. Je n'ai jamais joué pour les caméras. Ce qui me faisait avancer, c'était la réaction immédiate du public, certainement pas l'environnement.

Dans *Gladiator*, le film de Ridley Scott, le héros, Russell Crowe, sait que s'il parvient à conquérir le cœur du public, il pourra obtenir sa liberté. Le foot, c'est la même chose. Si on touche les gens, on a tout à gagner derrière. À l'heure de la retraite sportive, trop de joueurs n'arrivent plus à retrouver ce sentiment très fort d'exister. Je n'ai jamais songé prolonger ma carrière au Qatar, à Dubaï ou aux États-Unis. Je n'aurais jamais continué à jouer sans une réelle ambition sportive. Pas plus que je n'aurais continué à jouer uniquement pour l'argent. J'en ai gagné beaucoup durant toute ma carrière. J'aurais certainement pu en demander et en gagner plus. Mais rien ne remplace la motivation. Si je peux m'affirmer aujourd'hui en tant qu'homme, c'est parce que le football n'a jamais été qu'une facette de ma personnalité.

Je l'ai déjà évoqué dans l'avant-propos de ce livre, mon avenir ne s'écrira pas forcément dans le football. À l'heure actuelle, je ne me vois pas du tout dans la peau d'un entraîneur, ni même dans une quelconque fonction à l'intérieur d'un club. Je crois avoir perdu une part de ma passion. Sans doute provisoirement. J'ai besoin de prendre du recul par rapport au milieu. Vu l'évolution actuelle du football, où l'argent est roi et où chacun ne pense qu'à sa pomme, je ne me sens plus la force, ni même l'envie de m'y impliquer. Je ne veux surtout pas redevenir un acteur de ce microcosme.

J'en profite pour envoyer un message à la nouvelle génération. La passion est l'unique élément moteur de la réussite. Si vous voulez atteindre des sommets tant sur le plan financier que médiatique et sportif, nourrissez-vous de cette passion et sachez l'entretenir.

En revanche, je garde un lien indirect avec le jeu en me transformant à l'occasion en consultant, ce qui me convient parfaitement.

Ma première expérience dans ce domaine date de mes années monégasques. En novembre 1989, j'ai commenté aux côtés de Christophe Pacaud, pour RMC, un match de Coupe des Coupes à Berlin, pour lequel j'étais suspendu. Le match a eu lieu une semaine avant la chute du mur de Berlin. Je n'avais aucun contrat et je m'en foutais. Je le faisais simplement parce que j'aimais les personnes qui me l'avaient proposé. Cette expérience, qui m'a énormément plu, m'a sorti un peu de mon quotidien tout en me permettant de garder un lien direct avec mon activité.

Dans ce rôle de consultant, j'ai vu mon métier d'un œil différent tout en me familiarisant avec les rouages et la façon de penser des médias.

Au fond, être consultant revient à se mettre à la place de l'entraîneur. J'observe, j'analyse et je me demande ce que j'aurais fait à sa place. Je me prends facilement au jeu. Pour le reste, je m'efforce d'avoir un certain détachement. L'idéal est de commenter un match comme si nous étions une bande de copains, vautrés dans un canapé et regardant du foot une bonne bière à la main. Tout en restant bien sûr très objectif.

Entre 2005 et 2007, je commente les matches du championnat anglais sur TPS. J'enchaîne ensuite, en anglais cette fois, pour le compte de Setanta TV, un groupe irlandais qui se partage avec Sky les droits de la Premier League anglaise.

Setanta retransmet la deuxième affiche de la Premier League ainsi qu'un certain nombre de matches de l'équipe d'Angleterre, notamment ceux des éliminatoires de la Coupe du monde 2008. Des quatre consultants football, je suis le seul étranger, les trois autres sont des anciennes gloires du foot anglais : Steve McManaman, Les Ferdinand et Tim Sherwood. S'ils m'ont choisi, c'est bien sûr pour mon nom, mais aussi pour la crédibilité dont je jouis en Angleterre. À l'antenne, je pense avoir de la répartie et une certaine objectivité.

Début 2008, je dois malheureusement stopper ma collaboration. Les Irlandais regrettent que mon anglais ne soit pas suffisamment fluide à l'antenne. De mon côté, les allers et retours incessants en Angleterre compliquent sérieusement ma vie privée. D'un commun accord, nous rompons le contrat. Nous nous quittons en bons termes.

Les diverses collaborations que je peux avoir avec les médias étrangers se déroulent toujours de façon courtoise. Ce n'est malheureusement pas le cas en France.

Je crois que je suis en complet décalage avec la mentalité française. Quand je me retrouve en contact avec des chaînes nationales comme Canal Plus ou M6, il y a souvent une ambiguïté. Pourquoi ? Je n'en ai aucune idée.

À quelques semaines de l'échéance de mon contrat avec TPS, je rencontre Alexandre Bompard, le responsable des sports de Canal Plus, pour connaître ses intentions. Pour avoir quitté la France depuis presque dix ans, je n'ai franchement pas envie de travailler sur la Ligue 1. À voir le nombre de consultants sous contrat avec Canal Plus, j'ai l'impression de me retrouver face à une multinationale. Pour tuer la concurrence, on fait signer un nombre incalculable de joueurs. C'est démentiel. Cela dit, Bompard ne me fait aucune proposition.

Il est incapable de me dire blanc ou noir. Je ne lui demande pourtant pas un contrat de dix ans, ni un million d'euros par an, mais simplement qu'il me dise si nous continuons ou pas à travailler ensemble. Après deux années de travail sur le championnat anglais et les sollicitations de l'étranger, j'ai besoin d'être fixé rapidement.

Sur Canal Plus, Marcel Desailly prend le rôle de consultant sur la Premier League. J'ai l'occasion de le voir à l'œuvre à plusieurs reprises. Vu le palmarès et la carrière du joueur, je trouve dommage qu'il n'apporte pas tout son vécu à travers ses commentaires. J'estime qu'il faut apporter quelque chose d'autre, une analyse technique et tactique sur le contexte ou bien sur l'actualité des clubs. Il faut aussi sortir des chemins conventionnels d'un commentateur sportif qui n'a pas connu de carrière de haut niveau. Il y a des choses que l'on sent pour les avoir vécues. Il faut travailler en osmose avec le commentateur.

Je ne prétends pas avoir la science infuse. Mais je peux donner des infos, ma vision sur un joueur, une équipe, un avis qui n'est pas forcément celui que tout le monde partage. Durant ma carrière de joueur, j'avais souvent tendance à anticiper les événements. On me tapait dessus et, lorsque ces événements survenaient, on oubliait de dire que j'avais eu raison. L'exemple le plus révélateur a été mon refus d'aller jouer en Israël avec Chelsea, que j'ai évoqué dans un précédent chapitre. Personne n'a eu l'honnêteté intellectuelle de reconnaître que j'avais eu raison.

M6, chaîne avec laquelle je me retrouve également à discuter, n'est pas tellement plus claire dans sa démarche. Quelques mois avant la Coupe du monde en Allemagne, ses responsables me contactent. L'idée est que je reforme un duo avec Christophe Josse, aux côtés duquel j'ai travaillé sur TPS pour le championnat anglais. Pendant des semaines, je n'ai plus de nouvelles. Jusqu'au jour où la chaîne engage finalement Christophe Dugarry, qui remplit très bien son rôle. D'ailleurs, je trouve remarquable sa collaboration actuelle avec Canal Plus.

En juin 2007, M6 revient à la charge avec l'idée de me faire travailler si l'équipe de France se qualifie pour l'Euro 2008. Début septembre, j'ai un déjeuner de travail avec Philippe Bony et Jérôme Bureau, deux dirigeants de la chaîne.

En gros, ils souhaitent m'utiliser sur le Championnat d'Europe des nations, mais également sur certaines rencontres de Coupe d'Europe récupérées et quelques-unes de leurs émissions comme *100 % Foot.* Je ne le cache pas, si nous ne trouvons pas de terrain d'entente, c'est à cause des conditions financières.

Pour suivre au quotidien l'Euro 2008, M6 me propose 40 000 euros, plus 3 000 euros par match de coupe d'Europe et 1 000 euros par émission. Pour la plupart des gens, cela peut en effet sembler énorme. Mais là, nous sommes sur un audimat de plusieurs millions de téléspectateurs. Pour M6, qui débourse 50 millions pour obtenir une partie des droits de l'Euro, il s'agit d'une goutte d'eau dans l'océan. Surtout lorsque l'on voit les sommes encaissées par les grandes chaînes grâce à la pub. J'estime qu'il n'y a aucune raison que l'on profite de mon image pendant un mois non-stop sans une réelle contrepartie. La politique du marchand de tapis ne me convient pas du tout.

Avec mon ami Lorenzo Frateschi, j'ai des parts dans une société spécialisée dans les droits de retransmissions sportives. À ce titre, je connais parfaitement le business de la télé ainsi que les tarifs couramment pratiqués.

Je sais par exemple ce que touchent les champions du monde sur Canal. M6 est très loin du compte. Je fais donc une contre-proposition à 50 000 euros pour le Championnat d'Europe, 6 000 euros par match européen et 3 000 euros par émission. Sur la durée de notre collaboration, sept mois, cela leur reviendrait à 10 000 euros brut mensuels. Je ne trouve pas cela excessif pour une chaîne nationale.

À titre de comparaison, Setanta, qui est pourtant une chaîne câblée, me payait le double. J'attends toujours la réponse de M6. Si une négociation doit durer plusieurs mois pour une différence aussi ridicule, je me dis que le moindre problème peut prendre des proportions énormes. En vérité, je ne comprends pas l'attitude de M6. J'en conclus simplement qu'ils n'avaient pas envie de travailler avec moi. Depuis deux ans, cette chaîne me prend pour une truffe.

Je ne veux pas non plus généraliser. Il m'est aussi arrivé d'avoir de très bonnes expériences. À l'initiative de TPS, je suis parti faire un entretien avec Nicolas Anelka alors qu'il jouait encore à Istanbul.

J'ouvre ici une parenthèse pour affirmer combien j'ai de l'estime et de l'affection pour Nico Anelka. Nous nous sommes connus à Arsenal. Il a vite compris que je n'étais pas un tordu, que je menais ma vie sans poser des problèmes aux autres. Évoluer à ses côtés était un pur bonheur.

Même si nous ne nous parlions pas beaucoup, ce n'est pas son genre, nous avons toujours gardé la même attitude l'un envers l'autre. Je ne juge pas les gens sur leur réputation. Parfois, j'ai eu envie qu'il s'ouvre un peu plus. D'un autre côté, je le comprends pour avoir vécu exactement la même chose. J'ai préféré lui tendre la main, le laisser venir et prendre confiance. En lui et en moi. Je sais que ce n'est ni un magouilleur ni un tricheur. Il a une vraie timidité, une vraie réserve. Ce qui peut ressembler à de l'arrogance dans son attitude est en fait une façon de se protéger. C'est un mec tranquille qui n'aime pas les faux-fuyants. Il mérite d'évoluer aujourd'hui dans une équipe du niveau de Chelsea. Dommage que nous ne soyons pas de la même génération. Si cela avait été le cas, nous aurions été super proches.

Il a raté trois Coupes du monde. Quand je vois qu'un mec comme Djibril Cissé est sélectionné, je me demande vraiment si l'on juge d'abord le joueur avant l'homme... Sur un plan humain,

Nicolas est beaucoup plus crédible que Cissé. Et en football pur, je pense qu'il n'y a pas non plus photo. Les sélectionneurs prétendent qu'ils n'ont pas à justifier leurs choix. Foutaises. Un sélectionneur doit expliquer pourquoi il prend untel au lieu d'untel. C'est par définition son rôle. Mais c'est là un autre problème.

TPS, qui a donc été enchanté par le résultat de l'entretien avec Nicolas Anelka, me donne ensuite carte blanche pour monter un autre sujet.

Peu de temps après son départ d'Arsenal pour la Juventus Turin, je renouvelle l'expérience avec Patrick Vieira. Pat vient chez moi à Paris. C'est la première fois qu'on l'entend évoquer son départ des Gunners. Il se confie de façon intime, j'apprécie sa sincérité.

De fil en aiguille, je suis contacté par Charles Villeneuve qui me propose ensuite d'aller me balader dans plusieurs clubs avec une caméra. J'ai beau avoir toute la latitude souhaitée, je ne suis pas très chaud. L'expérience me plaît, mais je ne veux pas la systématiser. Pour réaliser des interviews sincères avec les joueurs et atteindre l'objectif de ce projet, à savoir vraiment découvrir la personnalité des joueurs, je dois vraiment sentir une affinité avec eux, sentir que le courant passe. Je n'ai pas envie d'aller à la rencontre de joueurs qui ne dégagent rien sur le plan humain.

À l'heure où j'écris ces lignes, je viens de signer un accord avec *L'Équipe TV*, dont je serai consultant durant l'Euro 2008. Parallèlement, je livrerai une chronique quotidienne dans les colonnes du *Parisien-Aujourd'hui en France*. Quel que soit le support, je dirai le fond de ma pensée. Sans retenue mais en toute objectivité.

Ces perspectives m'obligent bien sûr à suivre de près l'actualité du foot et notamment de l'équipe de France. À réfléchir aussi sur ses capacités à décrocher un nouveau trophée. Lors de la Coupe du monde 2006, ce fut pour moi une énorme surprise de la voir se hisser en finale. Mais elle comptait encore dans ses rangs des atouts qui laissaient supposer qu'elle pourrait aller loin.

Au cours des deux saisons d'avant-Mondial, les Bleus n'avaient pas bien joué, face à des équipes de seconde zone, mais on sentait qu'il suffisait d'un déclic pour que la machine se mette en route. L'équipe de France a eu son « match référence » contre l'Espagne en huitièmes de finale. Contre les grandes équipes, les mecs ont répondu présents.

Deux ans plus tard, et au moment de conclure ce livre à deux mois du début du tournoi européen, je me pose beaucoup de questions sur les possibilités de l'équipe de France, notamment sur sa colonne vertébrale. Je ne sais pas si Grégory Coupet va retrouver son meilleur niveau, si Mickaël Landreau sera apte. Après sa longue absence, Sagnol va-t-il retrouver un niveau convenable ? Idem pour Florent Malouda. Quant à Thuram, Makelele ou Vieira, ils ne jouent pas systématiquement avec leurs clubs respectifs. Henry a connu une saison difficile à Barcelone. L'attaque, le secteur qui a souvent péché par le passé, est celui qui offre le plus de garanties aujourd'hui : Henry, Karim Benzema, Anelka, Cissé… On en arrive même à se priver des talents de buteur de Trezeguet.

Globalement, je ne suis pas très optimiste. Mais si la France débarque à l'Euro avec des certitudes et non pas des incertitudes, si elle peut compter sur toutes ses forces vives, elle a malgré tout la possibilité d'aller très loin. Depuis plus de dix ans, elle a accumulé une grosse expérience des tournois internationaux. Hormis en 2002, elle a aussi fait preuve d'une belle régularité au niveau des performances. Surtout, elle possède en son sein de très grands champions qui peuvent faire très mal dans une grande compétition.

Raymond Domenech est quelqu'un qui se nourrit de polémiques. C'est un amateur de théâtre. Sur scène, on improvise souvent, et il adore cela. Il se sert des médias pour se faire mousser tout en donnant l'impression de vouloir faire passer à tout le monde le message principal suivant : « Je vous emmerde. »

Le personnage est ambigu. Il va parfois à l'encontre de ses principes. Il interdit à ses joueurs de communiquer avec les médias en dehors des conférences de presse, alors que lui ne se gêne pas en 2006 pour commenter la liste des 22 joueurs pour l'Allemagne à l'intention d'un sponsor privé, SFR en l'occurrence. Ça me pose un problème de conscience.

Si l'on accepte cette dérive, demain, on verra les internationaux gérer eux-mêmes leur image en équipe de France, sans se soucier des points presse et des accords avec les partenaires des Bleus. C'est un détail parmi d'autres.

Un entraîneur ne doit pas tomber dans la dictature. Beaucoup trop de techniciens basculent actuellement dans l'excès de discipline. Un coach est quelqu'un qui doit défendre des valeurs et imposer une certaine autorité sans en abuser. En termes clairs, avoir du charisme. Arsène Wenger n'a pas besoin de hausser la voix ou de parader pour obtenir quelque chose de ses joueurs. Lorsqu'un joueur est confronté à un entraîneur juste, il n'a aucune raison objective de connaître des problèmes avec lui.

Parce que la pression s'est accrue au fil des éliminatoires de la Coupe du monde 2006, Domenech a changé son fusil d'épaule et lâché du lest. À contrecœur, il a dû rappeler certains anciens. Je trouve malsain de construire le futur en essayant de faire table rase du passé, de ses atouts, de ses forces, de son vécu. Je ne l'ai pas plus admis chez Domenech que chez Santini. Face à des gens qui ont tout gagné, il s'est demandé comment il allait pouvoir exister. Je crois que son credo était le suivant : « Dès que je peux en éliminer un, je le fais, pour mettre à sa place un joueur que j'ai choisi et qui me suivra partout comme un bon petit soldat. »

N'oublions que nous sommes tous de passage. Tout en étant mal aimé, Raymond Domenech est tout de même parvenu à hisser la France en finale de la Coupe du monde. Pour cette raison, je lui dis : respect.

À moins de le gagner, il ne sera probablement plus sélectionneur de l'équipe de France après le prochain Championnat d'Europe.

La nomination de Gérard Houllier au poste de directeur technique national n'a pas dû non plus arranger ses affaires. Je pense que Didier Deschamps sera le prochain sélectionneur. À mon avis, cette chose-là est déjà écrite.

Avec Nicolas Hulot

Ma nouvelle vie ne se résume pas seulement à un rôle de consultant. Joueur, j'étais déjà un touche-à-tout. Mon temps libre me permet désormais de découvrir d'autres univers.

Au début de l'année 2008, par exemple, j'ai obtenu un diplôme de manager général sportif, délivré par l'Université de Limoges. Il s'agit d'une formation bac +4, destinée aux anciens sportifs de haut niveau toutes disciplines confondues, qui a l'équivalence d'une maîtrise.

Durant deux ans, j'ai suivi des cours, assisté à des conférences de décideurs du sport. Cette formation me permet de porter aujourd'hui un regard totalement différent sur le monde du sport.

J'ai la chance de bénéficier d'importants moyens financiers et de pouvoir évoluer hors du système. Je sais que je suis un privilégié. Mais je dois aussi faire attention. Je ne suis plus tout seul. J'aide beaucoup de personnes de mon entourage, tant sur le plan financier que moral. Mon rêve est de pouvoir profiter de mon statut pour entreprendre des actions sociales. J'aimerais être *successful*, comme on dit en Angleterre, et aider des personnes qui sont vraiment dans le besoin. J'aurais l'impression de me rendre véritablement utile. Je ne veux pas tomber dans la caricature ou la démagogie. Je n'ai pas envie que l'on parle de moi parce que j'aide les gens.

Depuis que j'ai arrêté le football, je fais exactement ce que j'ai envie de faire. C'est un luxe énorme. J'investis dans le bois et la pierre, des matériaux nobles que j'aime. Je peux cultiver mon goût pour l'immobilier. C'est un marché qui me passionne depuis de nombreuses années. Je me vois bien devenir promoteur. Cela fait vingt ans que je me passionne pour ce milieu. J'y ai investi beaucoup d'argent. J'ai acheté plusieurs appartements en France, en Angleterre ou aux États-Unis. Je ne fais pas n'importe quoi. Je me lance sur des marchés que je connais. J'essaie aussi d'anticiper les tendances ou d'acquérir des biens en mauvais état pour les valoriser en les faisant rénover. Lorsque je suis sur un projet, j'aime aller jusqu'au bout des choses. C'est ce que j'ai fait dans l'appartement que j'occupe actuellement à Paris, dans le quartier du Marais, au rez-de-chaussée et au sous-sol d'un hôtel particulier. Nous avons tout transformé, du sol au plafond.

J'ai aussi une vraie passion pour les antiquités. Cela fait quinze ans que je chine chaque fois que j'en ai l'occasion. En la matière, jamais je n'aurais eu les connaissances dont je profite actuellement si je n'avais pas commencé si jeune. Acheter des tableaux de maîtres ne m'intéresse pas. Parce que les prix sont inaccessibles et parce que je ne suis pas expert en matière de peinture.

À terme, j'ai le projet de m'installer dans le sud de la France. Ma future vie s'écrira là-bas et certainement pas à Paris. L'incivilité de la vie parisienne ne me convient pas du tout. Je me trouve en total décalage avec cette façon d'être. Les gens transgressent trop facilement les règles de la simple courtoisie et du respect des autres. Cette ville est magnifique, mais elle me fatigue. Des scooters qui roulent sur les trottoirs jusqu'aux automobilistes qui se garent n'importe où, il ne se passe pas un jour sans que je sois témoin de scènes qui me mettent hors de moi. Du coup, il m'arrive de passer des journées entières chez moi, sans sortir, comme si j'éprouvais le besoin de me protéger du monde extérieur. Je me demande parfois dans quel monde on vit. Disons que j'ai plus confiance en l'Humanité qu'en l'être humain.

Depuis deux ans, je suis également l'un des ambassadeurs de la Fondation Nicolas Hulot pour la Nature et l'Homme. Au début, j'y suis allé sur la pointe des pieds. Comme des millions de gens sur cette planète, j'ai pris tous les problèmes liés à l'environnement en pleine gueule. Lors de nos premières réunions, je me suis surtout contenté d'écouter. Il s'agit d'un sujet que je ne maîtrise pas totalement. Surpris, Nicolas Hulot m'a interrogé sur mon mutisme. Ma réponse a été très simple. Un, je n'aime pas parler quand je ne suis pas crédible, d'autant que je roule dans une voiture qui pollue. Deux, je dois parfaire mon éducation écologique avant d'aider à trouver des solutions.

Lorsque je me rends avec mon amie Maria en Suisse, son pays d'origine, je me rends compte que nos voisins ont vingt ans d'avance sur nous. Les Suisses savent vivre en harmonie avec la nature. Hulot veut des soutiens de renom pour rallier un maximum de gens à sa cause. Pour la fondation, avec notamment Claire Keim, Stéphane Diagana et Enzo Enzo, nous avons enregistré une chanson sur tous les réflexes que nous devons avoir au quotidien : économiser l'eau et l'électricité, faire attention au recyclage.

Ce n'est pas dans ma nature de me mettre en avant, mais j'ai très envie d'aller à la rencontre de gens sains, qui se battent pour des causes qui en valent la peine. Et je pense que celle-là en fait partie. Eux ne se rendent pas compte du bien qu'ils me font.

Trop longtemps, j'ai eu le sentiment d'être le seul dans mon milieu à dénoncer des dérives comme la corruption ou l'argent roi. En participant aux actions de la fondation, j'ai la sensation de me purifier. L'an passé, nous avons organisé sur la plage de Dieppe un rendez-vous international avec des cerfs-volants, basé sur tous les fondamentaux écologiques. Si à travers notre combat nous parvenions à sensibiliser ne serait-ce que 10 % de la population, ce serait déjà un formidable résultat.

Je me retrouve dans le discours de Nicolas Hulot. Il dénonce tout le côté matérialiste de notre société et souligne les difficultés qui existent à faire évoluer les mentalités. Le fait d'avoir de l'argent m'offre le luxe de ne pas accepter des choses qui sont à l'opposé de mes valeurs.

Pour avoir une chance de peser sur les hommes politiques et les grands chefs d'entreprise, nous devons rester unis et mobilisés. Si les êtres humains n'arrivent pas à modifier certains de leurs comportements, la nature sera sans doute là pour mettre tout le monde d'accord et l'humanité disparaîtra. J'espère simplement qu'il n'est pas trop tard.

En novembre 2007, l'UNESCO m'a proposé de me rendre en Iran. Malgré le travail remarquable de cette organisation, j'ai refusé car j'estime cette démarche inutile. Pour cet organisme, je me suis rendu il y a quelques années à Madagascar. J'y ai vu la pauvreté des habitants alors que l'on trouve sur l'île de gigantesques puits de pétrole et de nombreuses mines de diamants qui sont exploités par des compagnies étrangères. Quand on sait que l'homme le plus riche de l'île se trouve être le président de la République, Marc Ravalomanana, on a tout compris.

À titre personnel, je préfère donc m'investir dans des actions concrètes qui viennent directement en aide aux gens.

Par amitié pour Jean d'Alençon, le président du FC Grimaud, un petit club du Var, je suis depuis plusieurs années le parrain d'une association qui se nomme les Minots du Golfe, dont j'ai été l'un des cofondateurs. J'aide à l'organisation de tournois de football dont le but est de récolter des fonds afin de financer l'achat des fauteuils pour des personnes handicapées physiques. J'en ai imaginé le slogan : « SOS, Savoir Ouvrir Son cœur ». Nous n'avons pas beaucoup de moyens et je mets souvent la main à la poche. Je n'en parle pas pour m'en vanter, car j'essaie de ne pas me mettre trop en avant dans cette aventure dont la véritable dimension reste l'apport humain.

À ce sujet, je tiens à souligner le travail remarquable des bénévoles, Jean en particulier, qui chaque année se démènent pour trouver des sponsors locaux.

Sans ces partenaires, nous ne pourrions pas exister. Vous ne pouvez pas imaginer le bien qu'ils font aux enfants, en les faisant voyager ou en leur permettant de s'équiper. Par rapport aux besoins de ces derniers, c'est une goutte d'eau. Mais une goutte d'eau très rafraîchissante. Il n'y a rien là de démagogue. Juste la volonté de venir en aide aux autres sans rien attendre en retour. Tout le monde est dans le même état d'esprit.

Nous avons actuellement un projet à l'étude. Il s'agirait d'ouvrir une base nautique à Grimaud, ouverte à tous, mais qui puisse surtout permettre aux personnes handicapées de bénéficier des joies de la mer tout en étant autonomes.

J'ai envie de protéger ceux que j'aime et de venir en aide aux autres. Le véritable geste humanitaire ne se déroule pas forcément sous l'œil des caméras, contrat à la clé. Donner sans rien attendre en retour, c'est mon credo. Arrêtons de vivre dans le mensonge, dans l'image et la communication. Dans mon monde à moi, les gens qui ne donnent qu'en présence des médias n'ont pas leur place. C'est pourquoi j'estime que l'association France 98 n'a pas besoin des médias pour exister.

France 98, la grande désillusion

Je tourne progressivement la page football. Provisoirement ? Si un jour, un club m'appelle pour me proposer un poste de conseiller ou de directeur sportif, j'y reviendrai peut-être. Pourquoi pas ? Je sais que j'en ai les aptitudes. J'aime me trouver face à des personnalités différentes, transformer certaines idées préconçues que peuvent avoir les joueurs en réflexions constructives, accompagner ces joueurs mentalement, essayer de leur faire prendre conscience qu'il existe peut-être d'autres points de vue que les leurs.

Quel serait ce club ? C'est une bonne question. Alors disons que vu l'état général actuel du football professionnel, je ne me vois pas revenir pour le moment.

En juillet 2008, nous allons célébrer le dixième anniversaire de la victoire de l'équipe de France en Coupe du monde. N'avez-vous pas été choqués de voir, avant le match amical France-Grèce du 15 novembre 2006 au Stade de France, ce simulacre de célébration des champions du monde français ? Moi, si.

Juste avant le coup d'envoi, on a pu voir chaque joueur de la plus grande équipe de France de tous les temps pénétrer sur le terrain et se diriger vers le rond central en tenant un enfant par la main. Et après ?

J'ai regardé cinq minutes de cette « cérémonie », cela m'a suffi. J'ai éteint la télévision et je suis passé à autre chose. Il a fallu attendre huit ans après notre victoire pour recevoir cet hommage aussi inapproprié qu'irrespectueux. Jamais je n'ai vu les Anglais ou les

Allemands traiter aussi mal leurs anciens champions. J'y vois une volonté de chasser définitivement un fantôme devenu en quelque sorte envahissant. Je n'avais de toute façon pas prévu de me rendre au Stade de France. En revanche, j'ai tenu à regarder la télé. Histoire de voir jusqu'où on pouvait pousser l'hypocrisie.

En dehors de notre défilé sur les Champs-Élysées, nous n'avons jamais été honorés collectivement pour notre succès. Nous n'avons même pas été reçus à la Fédération, ni au ministère des Sports. Certes, il y a eu la fameuse garden-party de l'Élysée, une récupération politique parfaitement orchestrée. Pour le reste…

Je n'oublie pas toutes les récupérations politiques qui ont suivi cette Coupe du monde. Je n'oublie pas non plus comment nous avons permis à la Fédération française de football de remplir ses caisses.

Je n'attends plus de geste des costumes-cravates qui nous dirigent, fut-il symbolique. En revanche, je souhaite que les dirigeants de la FFF, qui ne sont plus les mêmes qu'il y a dix ans, fassent preuve à notre égard de la reconnaissance que n'ont pas su nous montrer leurs prédécesseurs.

Quelque temps après la Coupe du monde 2002, j'ai reçu un appel anonyme d'une femme, qui m'a parlé d'irrégularités comptables à la FFF. Elle conseillait, à moi et aux autres joueurs, de nous méfier au moment de négocier les primes. Sur le coup, je n'ai pas trop su quoi penser. Il n'y avait pas de preuves. Quelques semaines après, l'affaire a éclaté dans les journaux. Je me suis dit qu'il n'y avait pas de fumée sans feu. Alors qu'on venait de connaître les six plus belles années du football français, les comptes de la Fédération étaient déficitaires.

Pourtant, on nous avait fait voyager partout : Afrique du Sud, Chili, Australie… Et faire venir l'équipe championne du monde n'était pas gratuit pour les fédérations qui nous accueillaient. Par ailleurs, les sponsors payaient très cher leur ticket d'entrée. Je me suis forcément demandé où était passé l'argent.

Pour fêter les dix ans de notre succès, un match sera organisé le 12 juillet 2008 au Stade de France. Plusieurs raisons m'incitent à y renoncer, la moindre n'étant pas mon état physique.

Diminué physiquement, je n'aurais aucun plaisir à pénétrer sur un terrain. Et en tant que spectateur, je trouve embarrassant de revoir des héros dont la plupart sont aujourd'hui retraités. Pour ma part, je préfère conserver intacte dans ma mémoire l'image de joueurs qui m'ont fait rêver. Je n'ai pas envie de les voir se traîner sur la pelouse. Si au-delà des retrouvailles, que l'on a le droit de trouver sympathiques, l'idée est de récolter des fonds, je n'adhère pas complètement. Il existe bien d'autres façons de s'y prendre.

Ce n'est un secret pour personne, j'ai pris mes distances depuis un certain temps avec l'association France 98, qui rassemble les anciens champions du monde. À l'heure où j'écris ces lignes, je ne sais pas encore si je serai présent le 12 juillet.

Durant nos années de succès en équipe de France, nous avons offert une image d'amitié. Même si à l'intérieur du groupe nous n'étions pas tous véritablement copains, cette image correspondait assez bien à la réalité. Depuis, nous nous sommes progressivement éloignés les uns des autres.

Notre échec en Coupe du monde 2002 a servi de déclic. Des années durant, nous avons véhiculé l'image d'un groupe uni, avec des racines profondes, de véritables valeurs, une certaine richesse. Mais face à l'adversité et à l'échec, la nature humaine reprend rapidement le dessus. Chacun ne pense plus qu'à sa gueule.

De retour d'Asie, les événements se sont précipités. Personnellement, j'ai mal encaissé la façon dont notre échec avait été perçu en France. Certes, il n'y avait rien de glorieux pour des tenants du titre à se faire éliminer dès le premier tour de la Coupe du monde. Mais j'éprouvais le sentiment étrange que certains en avaient marre de nous. Est survenu ensuite tout le bordel que j'ai déjà évoqué autour de Roger Lemerre, avec la Fédération aux abonnés absents et le soutien des joueurs totalement inexistant. Un grand champion doit toujours faire preuve de dignité. C'est évident.

Les fondements originels de France 98 ne sont pas en cause. Bien au contraire. Au début, nos matches de bienfaisance avaient tous une réelle signification. Que ce soit pour le tremblement de terre en Algérie, les inondations du Gard, les incendies du Var ou l'explosion de l'usine AZF à Toulouse, le but était d'apaiser la souffrance humaine.

Le 6 octobre 2003, nous avons joué au Stade Vélodrome de Marseille un match au profit des victimes du tremblement de terre en Algérie. Soit. Quelques semaines auparavant, j'avais alerté Henri Émile, l'ancien intendant de l'équipe de France qui s'occupe de notre association, sur le drame que venaient de connaître les pompiers du Var, dont certains avaient trouvé la mort dans les incendies de la Côte d'Azur. Nous sommes nombreux parmi les membres de l'association à posséder une maison dans la région. Bien que sensibilisés à l'événement, nous n'avons pas pris en compte cette tragédie. Pour quelle raison ? Je n'en sais rien.

Pourquoi faut-il toujours attendre une catastrophe pour que France 98 se manifeste ? Ne serait-ce qu'à l'intérieur de notre pays, nous pouvons venir en aide à beaucoup de gens. Ils n'attendent que cela. Pourquoi ne pas s'orienter vers des manifestations en faveur des handicapés, pourquoi ne pas soulever des problèmes de société sans attendre que des drames surviennent ?

Suis-je utopiste ou me suis-je simplement trompé d'époque ? Lorsque je lis les journaux, quand j'écoute la radio ou que je regarde la télévision, je trouve que le monde va droit dans le mur.

On peut le taxer de démagogie, mais un mec comme George Clooney n'hésite pas à monter au créneau sur différents thèmes de politique, notamment sur le Darfour, ou de société. Et il se moque de voir son image se faire écorner. Il se montre humain, tout simplement. On a tellement de pouvoir lorsque l'on est une star que l'on peut aider à changer les choses.

Aujourd'hui, on en est rendu à organiser des matches de football en salle retransmis sur Canal Plus. C'est ça France 98 ? Le but initial de l'association a été égaré en route. On ne peut pas banaliser à ce point un événement sans risquer de perdre son âme. Au fil du temps, France 98 est devenu une sorte de Variétés Club de France (*) bis. Au mois de février 2006, j'ai donc eu une discussion avec Henri Émile pour lui signaler que je souhaitais prendre du recul avec l'association. Il peut m'arriver d'être extrêmement direct. Je n'ai pas pour habitude de cacher mes sentiments. Surtout quand j'estime que nous faisons fausse route.

On me dit que nous ne pouvons pas effacer ce que nous avons réalisé ensemble. Bien sûr que nous ne pouvons pas, mais ce n'est pas la question. Nous avons remporté une Coupe du monde. C'était il y a dix ans. Et alors ?

J'ai divorcé deux fois. Je ne fête pas pour autant mon anniversaire avec mes ex-femmes.

Alors disons que si France 98 a sa raison d'être, j'aspire pour ma part à autre chose. Je suis arrivé à un point de non-retour. On me crachera à la gueule si on veut, on colportera les pires accusations sur moi, mais je m'en tape. Je ne traîne pas de casserole derrière moi.

Je suis persuadé que je fais peur aux anciens de France 98. Pas seulement à cause de mon caractère affirmé. Je ne pose pas de problèmes, mais tous les joueurs que j'ai croisés, adversaires comme partenaires, savent qu'il ne faut pas jouer au con avec moi. Si quelqu'un me prend pour un con, je suis capable de me lever et de le défier. Personne ne me fait peur.

Je n'ai que quelques amis dans le football, quelques bons copains. Mais on ne s'appelle pas tous les jours ou toutes les semaines. Avec la vie et l'amour, l'amitié fait partie des valeurs qui comptent le plus pour moi.

À un moment donné, j'ai cru avoir initié une réelle amitié avec certains joueurs de l'équipe de France. Une amitié qui dépassait le simple cadre sportif. En réalité, une fois les paillettes disparues, une fois un transfert réalisé, les liens ont disparu aussi vite qu'ils s'étaient noués.

J'ai joué sept ans en équipe de France avec Zidane. Si nous nous sommes parlé trois fois en dehors du terrain, c'est un maximum. Je crois simplement que nous n'avons rien à nous dire. Mais ce n'est pas le seul.

Je ne parle pas à plus de la moitié des Bleus champions du monde. Question de personnalité.

Mais parler de Zidane, c'est déjà entrer dans une autre dimension. Il bénéficie d'une telle aura médiatique qu'il est devenu intouchable. Quoi qu'il fasse de mal, on essaie de tourner l'affaire à son avantage. Son expulsion en finale de la Coupe du monde 2006 en est le plus bel exemple. Pour moi, les deux sont coupables. Le provocateur comme celui qui répond. À aucun moment on ne doit se laisser aller à ce genre de réaction. Quand j'entends ensuite le président de la République déclarer : « La France vous pardonne », je ne sais plus quoi penser. Je ne me reconnais pas dans cette France-là. Le geste de Zidane n'a aucune légitimité. Il est irresponsable.

S'il avait terminé le match, la France aurait eu une grande chance de remporter à nouveau la Coupe du monde. Il aurait achevé sa carrière sur un titre suprême. Derrière, rien ni personne ne l'aurait empêché de mettre une droite à Marco Materazzi dans les vestiaires, en dehors des caméras.

Il a fait le mauvais choix.

Dans les secteurs économique et politique, Zidane peut se montrer très utile. On l'a vu lors de son déplacement en Algérie. Il vit sa vie, cela ne me dérange pas. Sauf que lorsque l'on possède une dimension comme la sienne qui dépasse l'entendement, c'est bien aussi d'affirmer de temps en temps ses convictions. Je pense que les gens attendent de lui qu'il s'expose davantage. Surtout s'agissant de quelqu'un qui tutoie les sommets. Je n'ai rien contre Zidane. Nous sommes différents. C'est tout.

Je regrette simplement que nous ne nous servions pas de notre pouvoir, immense, pour venir en aide aux gens ou exposer nos points de vue.

France 98 est l'association de tout le monde. Elle appartient à tout le monde. Nous devons en être le relais et nous montrer imperméables à n'importe quelle pression. Qu'elle soit politique ou économique.

Les footballeurs sont-ils vraiment des abrutis ? Certains ont apporté la preuve du contraire.

L'idée d'un syndicat mondial de footballeurs, imaginée un temps par Diego Maradona et Cantona, était géniale. Elle aurait pu ébranler les instances internationales car, d'un coup, les joueurs seraient devenus les principaux acteurs, avec un réel pouvoir décisionnaire. Dommage qu'elle n'ait pas vu le jour. Pourquoi ? Simplement parce que les joueurs sont des trouillards. En privé, ils disent tous la même chose : « T'as raison de dire cela. On le sait. » Et puis, officiellement, personne ne dit rien.

Durant mes quinze années de professionnalisme, à aucun moment je n'ai eu l'envie ou l'idée de faire quelque chose qui puisse nuire à ma profession et à son image. Alors évidemment, quand je constate toutes les dérives actuelles, que ce soit sur le terrain ou en dehors, je ne peux pas l'accepter. Quand je tente d'y remédier et que l'on me répond : « Tu n'as pas le droit de parler ainsi ; tu craches dans la soupe », je me dis que nous n'avons pas fait le même métier.

Les enjeux économiques sont devenus tellement importants dans le football professionnel que personne ne veut aujourd'hui prendre le risque d'être le détonateur de quoi que ce soit. La bonne ligne de conduite, celle qui arrange tout le monde, est la suivante : « Je sais des choses mais je ne suis ni un terroriste, ni un voyou. Je ferme ma gueule. J'ai l'argent, j'ai la notoriété, je ne vais pas m'emmerder avec ces problèmes-là. »

Joueur, je n'ai jamais supporté cette attitude. Ce n'est pas aujourd'hui que je vais le faire. Chacun son histoire. Je pense en tous cas que je n'ai pas à rougir de la mienne. À vous de juger si c'est à tort ou à raison.

(*) Créé en 1971 à l'initiative du journaliste Jacques Vendroux, le Variétés Club de France dispute des matches à but caritatif et organise des tournées aux quatre coins du monde. De très nombreux anciens joueurs professionnels, parmi lesquels des internationaux de renom, en ont fait et en font encore partie.

TABLE DES MATIÈRES

Remerciements

Je tiens à remercier plusieurs personnes sans lesquelles je n'aurais pas connu la même carrière ni ne serais devenu la même personne : Pierre Tournier et Paul Pietri, mes formateurs, Arsène Wenger, Roger Lemerre, Aimé Jacquet et Jean Verbeke. Je ne peux pas oublier Stuart et Jacqueline, qui s'occupent de mes intérêts depuis tant d'années. Je tiens aussi à remercier tous ceux qui m'ont soutenu tout au long de ma carrière, avec une mention spéciale pour Odette Julien, une jeune dame de bientôt 80 ans qui me suit depuis toujours.

ISBN13 : 978-2-916400-40-2
Dépôt légal : juin 2008

Impression réalisée sur CAMERON par
BRODARD & TAUPIN
N° d'impression : 48102
Imprimé en France